次元の漂流

次元的漂流

日本文豪科幻集

[日] 海野十三 等著
贾雨桐 张乐 译

浙江文艺出版社
Zhejiang Literature & Art Publishing House

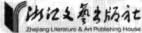

图书在版编目(CIP)数据

次元的漂流：日本文豪科幻集 / (日) 海野十三等著；贾雨桐, 张乐译. -- 杭州：浙江文艺出版社, 2024.9. -- ISBN 978-7-5339-7717-7

Ⅰ. I313.45

中国国家版本馆CIP数据核字第2024632LM0号

图书策划	邵 劼　李 博
责任编辑	邵 劼
封面设计	王柿原
营销编辑	周 鑫
数字编辑	姜梦冉　诸婧琦
责任印制	吴春娟

次元的漂流：日本文豪科幻集

[日]海野十三 等著

贾雨桐　张　乐译

出版发行	浙江文艺出版社
地　　址	杭州市环城北路177号
邮　　编	310003
电　　话	0571-85176953（总编办）
	0571-85152727（市场部）
制　　版	浙江新华图文制作有限公司
印　　刷	杭州富春印务有限公司
开　　本	850毫米×1168毫米　1/32
字　　数	204千字
印　　张	12.25
插　　页	4
版　　次	2024年9月第1版
印　　次	2024年9月第1次印刷
书　　号	ISBN 978-7-5339-7717-7
定　　价	68.00元

版权所有　侵权必究

导读

作为日本当代最为流行的文学体裁之一，与推理文学、怪谈文学相比，科幻文学由于涵盖内容广泛，作品主题繁多，也就更难做出准确的界定。事实上，许多作者都尽量避免为"科幻"下定义。作家纳博科夫曾在访谈中表示：

> 如果我们要给某类作品贴标签，那我们就得将莎士比亚的《暴风雨》归入科幻一类。（纳博科夫《独抒己见》）

日本科幻评论家长山靖生甚至认为，如果要追本溯源，那么"《奥德赛》《圣经》《古事记》《竹取物语》都可当作科幻来读"（长山靖生《日本SF精神史》）。

当然，长山的说法，更多的是在强调科幻的起源难以确定。按照学界通行的观点，日本第一篇具备科幻要素的原创小说，是儒学者岩垣月洲（1818—1872）的《西征快心篇》（1857），该作使用汉文书写，共1500字左右，讲述以日本为原型的"黄华国"组织军队西征，击败大英帝国，制定世界秩序的故事。

明治时期（1868—1912）

日本科幻作家横田顺弥将明治时期的日本科幻作品按照主题大体分为七类：科技启蒙科幻、政治科幻、讽刺科幻、搞笑科幻、哲学科幻、军事科幻、冒险科幻。其中尤为值得探讨的是政治、军事、冒险三类，三者之间亦有着密不可分的联系。

明治前期，尽管新政府通过宣言确立议会政治，实权却依然掌握在萨长诸藩的少数领袖人物手中，大多数士族、资产阶级及平民阶层并未获得广泛的参政权。在这一背景下，社会上兴起"自由民权运动"，而在文化领域，则表现为政治小说的流行。

面临舆论的猛烈攻击，明治政府选择在出版、言论方面采取高压政策。为避免与审核制度正面碰撞，政治科幻小说便如雨后春笋般涌现。这一时期的政治科幻小说内容简单，大多是主人公机缘巧合来到异界（龙宫、月球、未来等），发现此处民主政治十分发达，于是惊叹不已，云云。

进入明治中后期，随着日本国策逐渐转变为对外扩张，政治小说的主题也从"民权"开始向"国权"转变。因此，政治科幻小说在这一时期自然而然地与军事题材挂钩。围绕着日本争夺霸权的主题，除却那些描写日本人与西方人展开战争的作品，冒险科幻小说在当时也蔚为流行。该类型以押川春浪的"海底军舰"系列为代表。

当然，这一时期的冒险科幻小说并不仅仅局限于军事主题。比如明治三十九年（1906）创刊的《探险世界》杂志，就刊载过不少前往其他星球探险的作品。而其中尤为突出的，则是明治四十年（1907）10月临时发行的增刊号《月世界》，刊有八篇以月球旅行为主题的小说，其性质更加接近于后来的本格科幻，以那个时代的标准来看，实属具有超越性的作品。

不过，明治时期毕竟是日本科幻小说的草创时期，在读过许多现当代优秀作品的读者看来，作品从艺术性上讲鲜有值得称道之处。政治科幻、军事科幻两类，由于思想落后，本书未予选录；仅从《月世界》八篇中选录一篇：

《月世界竞争探险》(1907年10月)　作者：押川春浪(1876—1914)

收入本书附录之中。该作情节简单稚嫩，以现在的眼光来看，很难称之为合格的小说作品。读者从中可以一窥明治时期冒险科幻小说之风貌。

大正时期(1912—1926)

大正时期，推理文学正式在日本生根发芽，出现一批致力于从事推理文学创作的作家；同时，文坛也兴起"怪谈热潮"，诸多纯文学作家亦投身于怪谈文学创作。此种环境下，尚未独立形成体裁的科幻小说，自然而然地与推理、怪谈相结合，诞生出新的类别。本书选出具有代表性的两篇：

《魔术师》(1917年1月)　作者：谷崎润一郎(1886—1965)

身为日本文坛执牛耳者之一，谷崎素有"恶魔主义作家"之称。若要诠释"何为恶魔主义"，那么《魔术师》一文将是最好的注解。作品无论行文风格、情节构思，还是令人惊异的结局，在本书选录的16篇作品中都独树一帜，是极具早期谷崎特色的作品。

值得一提的是，作品原标题作"魔術師"，而该词在日文中通常指"魔法师"，文中亦多次出现"魔術——魔法""魔術師——魔法使い"混用的情况。因此读者不必纠结文中那位"魔术师"表演的"魔术"为何如此奇异，因为那其实是一种魔法。

《人工心脏》(1925年10月)　作者：小酒井不木(1890—1929)

小酒井不木是医学博士，同时创作推理小说；那个时代，医科、理工科出身的推理小说家并不算罕见。在短暂的创作生涯中，小酒井只留下《人工心脏》《恋爱曲线》两篇科幻作品，情节皆围绕着医学技术展开。相对于《恋爱曲线》，《人工心脏》的科幻意味更加浓厚，结局所表现的反思心理，也是当时科幻作品中常见的一种思绪。

此外，本书还收录一篇游离于那一时期主流创作之外的作品：

信号机之恋(1923年5月)　作者：宫泽贤治(1896—1933)

宫泽贤治的文学生涯类似卡夫卡，生前默默无闻，死后名满天下。作为一名与当时文坛几无交集的边缘人士，宫泽受当时的文学潮流影响甚小，作品亦呈现出与众不同的清新之感。

《信号机之恋》是一篇带有科幻要素的童话作品，将东北本线与岩手轻便铁道的两台信号机拟人化，讲述他们淡淡的恋情。当时宫泽居住在岩手县花卷市花卷站附近,两台信号机都是日常所见之物,作者将其生发为一篇童话,足见过人的感性。

昭和前期(1926—1945)

1926年,美国出版商雨果·根斯巴克(1884—1967)发行名为《惊奇故事》(*Amazing Stories*)的科幻杂志,并在其中提出"Scientifiction"的新概念,是为日后"科幻"(Science Fiction)一词的前身。

几乎同一时期,昭和二年(1927),后来被誉为"日本科幻之祖"的海野十三在科学杂志《无线电话》上开设《科学大众文艺》专栏,召集同好发表科幻小说,尽管仅仅持续4个月,但仍然是日本科幻史上具有里程碑意义的一次行动。

海野是一位有自觉意识进行科幻文学创作的作家,利用其电气工学相关的专业知识,创作出大量优秀的科幻、推理作品。本书选录的两篇,分别创作于太平洋战争开始前与结束不久。

《蛭海夫人的冷冻包》(1937年7月) 作者:海野十三(1897—1949)

《蛭海夫人的冷冻包》是海野将推理与科幻元素进行结合所创作的一篇佳作,作品中出现谋杀情节,却并不在凶手身份上设置悬念。尽管其结局部分在现在看来并非出人意料,却仍不失为一篇引人入胜的优秀科幻小说。

海野创作领域众多,在不同领域会使用不同的笔名,《蛭海夫人的冷冻包》与《大脑手术》都是以"丘丘十郎"的名义发表。不过,后者的情况略显特殊。

战争期间,海野曾创作一系列以"防空"为主题的战争小说,并时刻关注军事科技的发展状况。1944年,已亲身经历过空袭的海野以"海野十三"的笔名开启了题为《空袭都日记》的写作,直到8月10日,长崎遭到原子弹轰炸的次日,海野在日记中写道:

原子弹制造成功,一切已成定局。其影响力无可撼动。各

国均朝着这一目标竞逐,终竟是美国先人一步。(海野十三《海野十三战败日记》)

万念俱灰的海野打算自尽,最终在朋友的劝说下作罢,并在8月26日的日记中留下这样的话:

> 海野十三已死,绝不会再执笔。(海野十三《海野十三战败日记》)

这一声明,意味着海野葬送掉包含在"海野十三"这一笔名中的固化形象,可视为对战时与战后联系的一种切割。此后约两年,海野以"丘丘十郎"的笔名继续进行作家活动,所发表的第一篇作品,正是——

《大脑手术》(1945年11月) 作者:海野十三(1897—1949)

本作若是粗略看去,只像是电台中播放的二流恐怖故事,结尾的反转在今天看来似乎稀松平常。然而,故事中主人公所面临的"忒修斯之船"难题,也正是暗示着作家海野十三自身主体性的崩坏;而全文最后一句话,其第一人称的转变,也使得日本学界将本作视为海野寻求"自我恢复"的故事。

与海野经历相似的作者是兰郁二郎(该笔名与"丘丘十郎"一样,都是单字姓氏),本书选录其两篇作品:

《地图上不存在的岛》(1938年10月) 作者:兰郁二郎(1913—1944)

《火星魔术师》(1941年5月) 作者:兰郁二郎(1913—1944)

尽管都创作于太平洋战争爆发之前,但从"日章岛""竖起日章旗"等表述中,不难感受到当时社会上弥漫的气氛。总体而言,两作都属于本格科幻,可以看出日本科幻作品于这一时期逐渐形成独立的体裁。

除此之外,本书另选录四篇战前昭和的科幻小说:

《诺沙兰记录》(1929年1月) 作者:佐藤春夫(1892—1964)

《诺沙兰记录》出自唯美主义大师佐藤春夫之手,是一篇典型的反乌托邦小说。作品文风洗练,不少情节充满讽刺性的幽默,乃是艺术性、思想性兼备的佳作。不过,佐藤本人并不承认它是科学小说(当时的日本尚未诞生"SF"这一术语)。

《蛋》(1929年10月) 作者:梦野久作(1889—1936)

梦野是变格派推理作家,其作品一向以晦涩难懂著称。《蛋》篇幅短小,情节看似简单,但细究起来,依然受到弗洛伊德学说影响,登场角色、事件何者为实,何者为虚,仍需细细思量。这也是梦野作品常见的特征。

《机器人与床的重量》(1931年3月) 作者:直木三十五(1891—1934)

昭和初期,在《大都会》(*Metropolis*)等西方文艺作品的影响下,日本兴起一阵机器人热潮。那时的机器人分为两大类别:一种是与人类别无二致的生命体;另一种是金属制造、拥有永恒生命的机械体。

按照当代的审美直觉,似乎是前者更能为人类带来感情或官能上的刺激。然而,在那个时代,反而是质感光滑的金属身体被视为更加具有性诱惑力。

以机器人为主题的《机器人与床的重量》,正是在这一背景下诞生的科幻小说。作者直木三十五一生致力于大众文学创作,如今日本通俗文学最高奖项"直木奖"以其姓氏命名,即为纪念。

《狂热的宇宙射线》(1940年3月) 作者:大下宇陀儿(1896—1966)

大下在1925年以侦探小说初登文坛,此后著作颇丰,被视为日本推理小说变格派代表人物。不过,大下本人却对侦探推理作品特为依仗的手法、意外性等要素持保留态度，甚至认为强调那些元素会让自己感到羞耻，因为他希望通过写作"去讲述、去呐喊、去诉说"，去"描写人间悲欢离合"，但又不得不屈服于世俗的要求（大下宇陀儿《吾之道》）。

《狂热的宇宙射线》作为一篇成熟的科幻作品，结局其实有些追求意外性，与《大脑手术》的谋篇有共同之处。尽管本书选录的顺序将《大脑手术》放在前面，但若论创作时间，更早的还是本作。

昭和后期（1946—1989）

学术界通常以1945年战败为界，将日本科幻文学分为"古典科幻"与"现代科幻"。本书旨在为读者展示"古典科幻"时期日本科幻作品的风貌，因此于战后作品选录不多，仅有两篇：

《时间机器异闻》(1961年) 作者：广濑正（1924—1972）

《日本遗迹》(1967年) 作者：大下宇陀儿（1896—1966）

可以看出，这一时期日本科幻小说所探讨的主题已十分贴近当代作品。《时间机器异闻》是一篇正面描写"祖父悖论"的故事，开门见山，毫不拖泥带水；在对悖论的解释方面，结局给出的答案在现在看来显得有些"讨巧"，不过，其文风轻松诙谐，颇值得一读。

《日本遗迹》则是大下的遗作，尽管以"未来世界"的外衣包装，但本质依然是一种反乌托邦小说。其中"优生优育"等情节，皆是对当时日本社会问题的反映。

附录诗歌

全书末尾附录有诗人中山忠直的两首诗歌：

《致未来的遗言——写给三百年后的人类》(1924年) 作者：中山忠直（1895—1957）

《凭吊地球》(1928年) 作者：中山忠直（1895—1957）

中山的诗歌多以宇宙为核心意象，充满宏大的想象，由于创作时间较早，常被学界评价为科幻文学的先驱。在《致未来的遗言

——写给三百年后的人类》中，可以读到作者渴望共产主义早日实现的句子，那是因为此人早期确实是马克思主义者。然而，20世纪30年代后，中山逐渐放弃了之前的政治立场，发表了诸多不堪的言论。

必须承认，比起其他体裁，科幻文学的时代性印记更为鲜明。享受着最尖端科学技术成果的我们，很容易以一种高屋建瓴的态度去审视将近百年前的作品。

然而，纵观文学史，一种文学体裁的发展轨迹，往往不是一蹴而就的。日本最广为人知的科幻大师小松左京、星新一等，也是在战前古典科幻的滋养下成长；如今日本的科幻作品有如此兴盛之貌，正是有赖于先贤在文学创作的路上屡屡碰壁所奠定的基础。

本书特意着眼于此，希望为读者带来一场思维奇妙与历史厚重兼具的阅读之旅。

（何中夏）

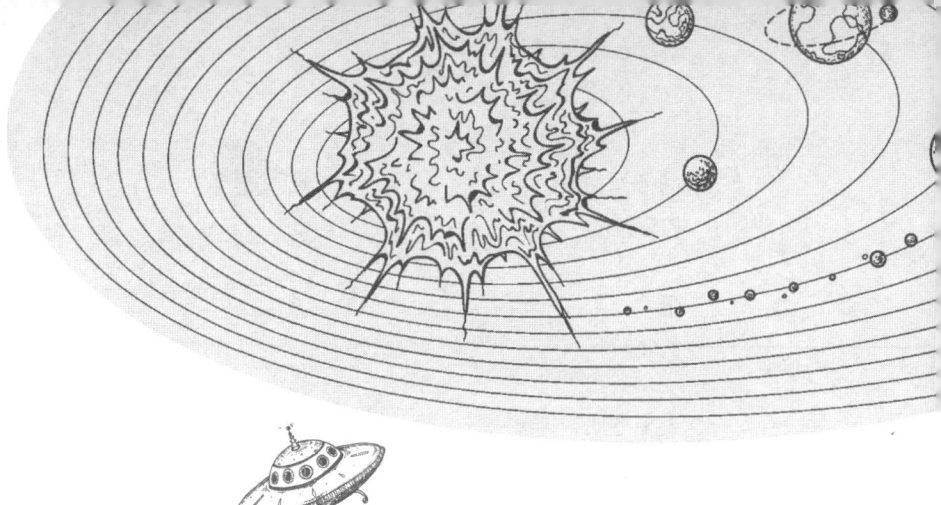

目录

001 **机器人与床的重量**
直木三十五

022 **魔术师**
谷崎润一郎

054 **蛭海夫人的冷冻包**
海野十三

080 **大脑手术**
海野十三

107 **地图上不存在的岛**
兰郁二郎

133 **火星魔术师**
兰郁二郎

153 **信号机之恋**
宫泽贤治

177 诺沙兰记录
佐藤春夫

219 蛋
梦野久作

227 人工心脏
小酒井不木

263 狂热的宇宙射线
大下宇陀儿

290 日本遗迹
大下宇陀儿

322 时间机器异闻
广濑正

附录一
341 月世界竞争探险
押川春浪

附录二
360 凭吊地球
中山忠直

附录三
366 致未来的遗言
——写给三百年后的人类
中山忠直

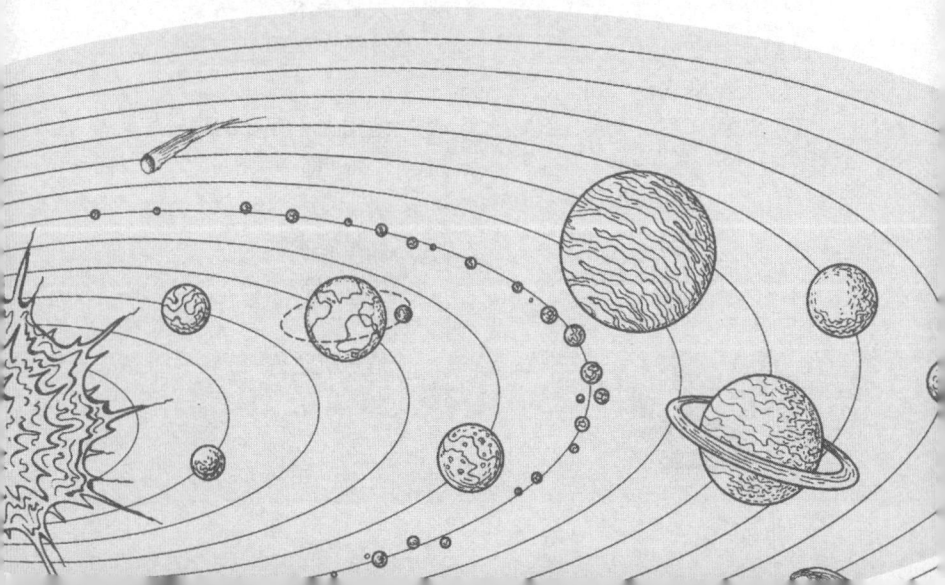

机器人与床的重量

直木三十五

1

"你真的……发自内心地爱我?"

KK电器制造厂机器人部主任技师夏见俊太郎低声问自己的妻子。他已病入膏肓,神情与声音里都充满了与病魔苦斗的疲惫。

又来了,为什么人一生病就会如此执拗?

夫人稍稍皱眉,答道:"当然,我对你始终如一。"

夫人的脸颊如水果般鲜嫩，晶莹的金色汗毛微微泛着光泽。她腰身的曲线典雅，尽显丰盈的体态，下肢紧致而光滑。

"我要是死了，你怕是不会独守空房。"

丈夫在生病前后都很癫狂，夫人想起两人的房事，肌肤泛起凛冽的寒意。俊太郎形销骨立，皮肤松垮，唯有双目炯炯，异样而狂热，呼吸中还带着些许臭味。一想到他如野兽般压在自己身上，夫人便觉得憎恶有如毛虫在周身的肌肤下蠕动。不过，一旦去掉丈夫那张令人厌恶至极的脸，夫人想起那些鱼水之欢，血管中便会涌出滚烫的爱欲。

"怎么会呢？"夫人回答。

反正要死，索性快点死，我已经受够了看护病人。她心生此念，紧接着又想，毕竟我还年轻貌美……

想到这里，她并拢自己的双手凝视着，说道："都变得这么粗糙了。"

与此同时，她眼前闪现出许多男人的脸：引诱自己的男人、半真半假地向自己示爱的丈夫同事、握住自己手不放的公司科长，还有借醉索吻的男性亲戚等，如同映照在破碎镜子上的记忆，闪闪发光。

"我死后……如果你想要男人……"

"讨厌，别说这种话。"夫人将手伸进丈夫盖着的毛毯下,握住他的手指,"别胡思乱想,快点好起来。"

丈夫疲惫不堪的眼睛看向房门。

"那个机器人……"

夫人头也不回:"快点好起来,到那时再让它为我们两个人服务。"

"把那个三号机器人当作我……"

俊太郎紧紧攥着夫人的手指,以示爱意。

"我才不要!亲爱的,你现在脑子不清楚。来,还是先睡一会儿。"

夫人抽回了手。

"我为此还做了特别的设计。"

"我不听,不听!"

夫人从椅子上站起身,随后看向房门。门边漠然地站着一个机器人,工艺精巧,由轻金属制成,用于防范入侵者。只见它一身蓝衣,戴着手套,是来自巴黎的1936年型号,有着巴黎女人青睐的容貌,始终一动不动地凝视着夫人。

2

俊太郎从床上爬起来。他眼睛干涩,眼睑周围渗出黯淡的死亡阴影,颧骨尖耸,太阳穴的血管粗大而凸出——在青瓷色灯罩映出的灯光下，这副尊容令人毛骨悚然。

他的床边杵着一个赤身裸体的铝合金机器人，身上紧密地贴合着橡胶，上面精巧地涂着与肌肤无异的涂料。这是俊太郎的研究参照物，他借此来研究机器人到底可以多接近人类。橡胶的厚薄、软硬都恰到好处，精巧地覆盖在铝制的支柱上，机器人眼珠的转动、眼睑的开合、口中的发声，以及行走和抓握，所有动作都几乎与人类无异。

生病前，俊太郎的身体就有过不适的前兆。那时他曾给橡胶上的涂层通电，让机器人为自己按摩身体。之后他让夫人也来享受这一服务时，夫人用一双媚眼注视着俊太郎，说："简直和人类一模一样。就连机器人的手都是暖的。"

"要是当恋人呢？"

"再好不过了。"夫人说着，飞快地瞥了眼机器人那面无表情却俊美的脸。

"作为恋爱的对象，它还有所不足，但其他方面都会在人类之上。"

"这可能吗？"

"很简单，只要装上轴承，令其能够自如行动就行。"

俊太郎说这些话时，夫人目不转睛地看着他。可惜，在完成机器人腹部的特殊装置前，俊太郎就病了。而现在，他打算完成这项未竟之业。

俊太郎将闪着寒光的轴承恰如其分地进行咬合,以便其可以前后左右顺滑地运动,加上通电的铜线、装入液体的橡胶袋,再装上镍板来上下挤压——为了便于操作上述物体,他在机器人背部的下半部分装了三个按钮。

俊太郎微张着嘴,虽然时常呼吸困难,但癫狂而空虚的眼中炯炯有光,他用钳子整理好传感线,拧上开关,试验轴承的运作。

"这是第一份礼物。"

他喃喃自语,然后闭目养神了一会儿,等疲劳有所缓解后,他关上机器人腹部的盖子,轻轻抱起机器人,让足部虽重,但整体轻若桐木①的机器人平躺在自己的床上。俊太郎喝了口水壶里的水,又将机器人脸朝下翻过来,然后按响了枕边的电铃。

"来了。"

隔壁房间的护士应声道,很快就打开房门走了进来,她看到机器人,不由得哎呀了一声,以此来责怪本该卧床静养的病人的轻举妄动。

---

① 桐木,指泡桐,木质软而轻韧。

俊太郎严肃地看着她，指着床说："过来，在这坐会儿。"

"您贸然起身，身体会吃不消的。"

"快过来坐下。"

说着，俊太郎躺到了床的中间。护士给他盖上毛毯。

"坐吧。"

"坐下就行?"护士在床边问。

俊太郎点点头，转而注视着机器人。护士刚在床上坐下，就见机器人用摊开的双手抓住了下面的毛毯——确切地说，是右手抓着床边，而左手抓着毛毯。然后，它似乎加大了抓握的力度，将毛毯连带着俊太郎的身体逐渐拉向自己，双手呈合抱状靠拢，右手力量之大，竟连草席都拽了过来。

"可以了，站起来。"俊太郎说。

护士起身的同时，机器人也停止了运作。

"你可以走了。"

"好，那个机器人……"尽管护士对俊太郎病态的神经质感到恐惧，但还是开口说道。

"没你的事了。"

"是……还请您不要太过勉强……"

"我知道。"

护士离开了。俊太郎仰躺在床上，一时间动也不动，但仍在脑中计算着从平常放置机器人的门边到床之间的距离。得加设一个装置，在床上重量增加的同时，机器人就会自动运行，走到床前……床下弹簧是否可行……对，弹簧有节奏地运动，达到一定的次数时，机器人就会启动——这主意不错，装置也简单。

想到这里，俊太郎再度喃喃："这是第二份礼物。"

3

夫人身着和服，叠膝而坐，长襦袢①垂至地毯。她深陷在靠垫里，抽着烟对男人说道："我当然是爱他的。"她瞥了男人一眼，看到男人眼中的笑意，便又补充道："确切地说，是爱过。"

"他得了病，又不再被你所爱，真可谓双重的不幸。"

"他自找的。他已完全丧失了做丈夫的资格，指望我还一往情深，真是岂有此理。"

男人将左手绕至椅后，环住夫人的粉颈。夫人将口中的烟喷在男人脸上，说："不过，他若能痊愈，我再照旧爱他

---

① 长襦袢，指日本女性穿在和服内的贴身内衣，分长、短两种。

便是。"

"到时候我怎么办?"

"不知道。"

"所以我们的关系会有两种情况。"

"没错。"夫人说着,用翘起的左脚尖踩住男人的鞋子。

"要么分道扬镳,要么维持现状。"

"没错。"

"到底会是哪一种?"

"那种事何必现在烦恼。"

"因为对我而言很重要。"

"要是我说会和你分手,现状难道就会改变?"

"多少有点……"

"心情上?"

"是啊。"

"那就变呗。我会和你分手,来,让我看看你的心要怎么个变法。"

夫人转过脸,正视着男人。

"发生了什么变化?"

"这也太突然了。"

"变不了?"

"我又拿不准你说分手是真是假……"

"是真的。所以你变嘛。"

男人试图拉近夫人的粉颈,夫人却抓住了他的手:"不变就休想。"

男人沉默了,握住夫人的左手,夫人仰起身:"没法变?"

"让我好好考虑一下。"

"是吗,需要事先考虑的恋爱,还值得考察吗?"

夫人微笑着说道,身上似有暗香浮动,她近距离地凝视男人,眼中洋溢着热情。

"对我而言,是。"男人加大了手上的力度。

"那你还不如机器人。"

"不如?为什么?"

"人类只会想当然,而机器人什么都不想,只做它们该做的事。"

"所以才是机器。"

"机器比人类幸福。"

"对人类而言,并不存在感觉不到自我幸福的幸福。"

"能充分感受到幸福的人,对不幸的感知也会刻骨铭心。"

"可这就是人生。"

"你是指20世纪30年代之前的人生?"①

"永久的人生。"

"那就向机器人学习啊,铃木金作。做想做的事,过无悔的人生。"

"这么说,夫人你就算现在和我分手,也不会有任何感觉?"

"你一走,我就会去找下个男人。"

"我不想离开你。"

男人眼神炙热,手上用力。

"人类男子的优点,也唯有这永远昂扬的热情了。"

"那机器人呢……"

男人只觉得血脉偾张,情难自已。可他的脸越是贴近,夫人就仿佛被人摁着似的越往靠垫里躲。

"唯命是从的机器人很好,自有主张的男人也不错。自从俊太郎制作出了机器人,我便觉得做女人有了双倍的滋味。"

夫人明媚地笑着,凝视着男人的眼睛。

---

① 本文初刊时间为1931年。

4

"我希望这张床只属于你和我。"

俊太郎说，凹陷的眼中露出有气无力的神情。

"好。"

"只有这里绝对不能玷污。"

"我发誓。"

"是吗……那你要珍惜这个机器人，把它当作我。"

"它可真精巧啊。"

皮肤的触感、体温、出众的机能、微量电流造成的充满魅惑的刺激，这些都要通过机器来感受——只有通过机器才感受得到，这对女性来说足以惊叹。

"我虽是机械技师，但独独在这个机器人上，还加上了生理学方面的研究。"

"好像是呢。"

"另外，我还相信灵魂的神秘。"

"灵魂？"

"一旦你不再爱机器人，它就会向你复仇。"

"你是说那个机器人……"

"是的。"

"什么样的复仇?"

"它会杀了你。"

夫人沉默了,但她内心对俊太郎这份执拗的爱意感到憎恶与轻蔑,便只是轻轻应道:"是吗?"

"我也就剩两三天的命了……不过,我在三号机器人里倾注了我的精神,它是我唯一想要留给你的东西。"

"又来了。你明明知道我的心。"

"正因为我心知肚明,才要反复说。因为你是不会独守空房的……"

"只要我一直爱着这位机器人先生不就行了。"

窗户半掩,拉着窗帘,床的一半也遮掩在帘下。挂在墙上的纺织品,胡桃木地板上的中国地毯,大型台灯,白色大理石的梳妆台……这一切都阴郁地缄默不语。

就算是探病的也好,快来个人吧,这念头在夫人脑中一闪而过。随后她又回忆起机器人那巧妙的、与人类截然不同的异样感来。

"机器人……是有灵魂的。"俊太郎喃喃地说。

"会嫉妒?"

"机器人要么俯首听命,要么破坏殆尽。"

"这样啊。"

夫人嘴上敷衍地应付着，却在脑中比较着机器人与新情人，只觉得燥热无比。

"已经四点了，该吃药了。"

夫人盯着手表，心中暗想，怎么还不来。

"这是能对付入侵者的机器人，要小心别伤了自己，知道吗？"

"知道了。"

夫人话音刚落，就听有人敲门，护士走了进来。

5

"这东西真是精巧，和人类哪有区别。"

前来参加告别式的人们或握着机器人的手，或摸着它的脸颊，赞叹不已。

"也不知是该褒还是贬……就像判断不了宗教更多是救人于水火，还是蛊惑人心、害人不浅，科学的发展也一样功过不明。"

"就拿机器人来说，很明显是抢了人类的饭碗。"

人们倚在墙边的椅子上，房间里烟雾弥漫，充斥着谈话声。

"谁说不是，科学上的任一重大发现，都会动摇社会、经济的根基。人造丝的发展压制了生丝,生丝生产成本的低廉又影响到了棉纱,可就是这人造丝本身,近来也因为人造羊毛的兴起而举步维艰。真是天道好轮回。"

"听说美国成功研制了便携式机器人。"

"我知道那个。"

"听说约一尺见方大小,功率多半和这个机器人差不多。装上小轮子和轻合金的支柱,就能装载并飞速地运送行李,据说只要指定好送达地点,设置好距离,甚至可以在固定的拐角处拐弯。在测量好的距离上,它可以自如地左右转向,所以能安全且精准地完成任务。"

"真不错,箱子能自个儿起步走。"

"这也是近代的风景之一嘛。据说还修建了机器人专用道路,人要是踏上去就会被撞飞。"

"都已经是这样的时代了。"

"日本也一样,电动出租车差不多也算机器人了。"

"我坐过。投入 50 钱①就会打开车门。唯一不方便的,就是去不了陌生的地方,但自打电传感器问世以来,就完全不用担心发生撞车事故了……"

---

① 钱,日本货币单位,1 日元等于 100 钱。1871 年起作为日元的辅助货币使用,1953 年末停止发行和使用。

"就该将机器人作为政府事业,将一切生产都交给那玩意儿。这样人类才能揣着手,只接受配给就好。"

"也是,除此之外的方法都只会徒增失业者。"

"不过,你发现没?"有人压低声音说道,"这机器人就连男性'象征'都有。"

"还真是。"

"那要是制作'女性'机器人,岂不大卖。"

"对你这种动不动就失恋的人来说当然是好事。机器人是不会背叛的。"

"不过,要是带去银座耍,看到机器人个个顶着与当红女星相似的脸,未免乏味。"

"要是我的话就制作新款的美人,一只眼睛大,一只眼睛小,或者脑袋前后都有一张脸……"

"总之,人类女人不管长什么样都无趣,要带就带三个鼻子的家伙上街。"

"如果对象是机器人,妻子也不会吃醋。"

"反之,妻子也会爱上男性机器人,那人类离灭绝也就不远了。"

"可以通过强制命令来保证人工受孕。"

"反正我肯定是精子持有者的典范。一旦政府公报发布人选，女人们就会蜂拥而至。"

"拉倒吧你。俊太郎那家伙这会儿肯定在九泉之下一个劲儿打喷嚏。"

"不过，还真是瞬息万变呐，社会也好，人类也好……科学的力量实在恐怖。"

6

"比起我，你似乎更爱那个机器人。"

"我对它的爱就像我对宠物狗的爱。"

"虽说并非出于嫉妒——我可没有那么愚蠢的感情，但你爱上机器人这件事，说到底，意味着我没有资格得到你。我认为这是一种侮辱。"

"那我还爱这根烟嘴呢。"

"那是两码事。"

"要这么说，的确也是。对我而言，应该算是多了一个改变了爱的形式以及感情的玩物……说起来，该怎么形容呢，它真的很可爱。我说什么，它就做什么。所以在这份爱里，似乎有一半出于我对自己的爱。我仿佛兼具两性，拥有奇妙的感觉和情感。而那感觉充满刺激，以至于欢愉无比。这感觉越异乎寻常，我就越喜欢那个机器人的金属味道，冷冷的，痒痒的……"

周遭弥漫着与体味相近、野兽般的香水味。夫人在化了妆的胸口用蓝色、红色和紫色画上了花草图案,与机器人胸前的图案相同。在她裸露的腿上,还用鲜艳的涂料在皮肤上勾勒出几根线条,这不仅能令腿显得修长,还是极具魅惑的人体装饰。

"更何况,人类的力量有限,而机器人的力量无限。随着女性渐渐适应了那种力量,就会越发觉得男性无趣。不过,人类倒也不是全无优点。"

"那,你和我……"

"时不时作为调剂也挺好的。"

"我们有过两周的约定,我……"

"我记得,约在五点。"

"而且……"

"可你五点二十分才来。如果是机器人,五点的钟声刚敲响,就会在外面敲门了。"

"如果连恋爱都让机助①这厮赢了,那人类可真就走到头了。"

---

① 日语中,会在能表达某事物特征的词语后加"助"字来进行人称化,多有嘲讽、戏谑之意。

"是呀，生杀予夺的大权，终究还是回到了女人手上。"

"好像是这样。"

男人站起身，开门走进隔壁房间。房间右侧站着机器人，身穿崭新的彩色人造丝和式睡衣，面带微笑。

男人目不转睛地盯着它："机助。"他唤道。

"在。"机器人回答。

"夫人，它居然连机助都听得懂。"

夫人款款走来，绚彩的身体在薄纱下婀娜多姿。

"它只是听懂了'机'字。"

"你爱夫人？"

"是。"

男人闻言，凝视着机器人的脸。

夫人说："它也知道'爱'这个词。"

"看来它能对这类词做出回应。"

"如果只是简单的恋爱用语就没问题……"

"真想一脚踹飞它。"

机器人沉默着。男人看着机器人那没有回应、始终保持着微笑的模样，竟觉得被踹飞的会是自己。

"真瘆人，像是有灵魂似的。"

夫人拉开床上的帘子，坐了下来。

"我们就在这儿说。"

说着,她将椅子拉到床边,胳膊肘撑在靠垫上。

7

"那破铜烂铁一直看着我们。"

男人从椅子上站起身,将椅子放到帘外,再将帘子拉上。

夫人靠在一个大靠垫上,一条腿垂在床外。男人在床边坐下,"我……"他眼神炽热地看着夫人。夫人将头埋在靠垫里,媚眼如丝地说:"你什么?"

那声音柔媚如母猫,令男人心荡神驰。

"机器人会接吻吗?"

"只会一种,简单的……"

"那这方面是人类占了上风。"

"是啊。"

男人靠近夫人,深深地坐进床里,搂住了夫人。

"不行。"

夫人摇着头。看似拒绝,实则不过是一种极具诱惑的媚态。

机器人收到了来自床上的信号,与此同时,它一如俊太郎所计算的那样,笔直地、准确无误地行至床前,将头和身体探入帘中。

"机器人,别过来!"夫人叫道。

男人也吼道:"混蛋!"

机器人张开双手。

"你要干什么?"

随着夫人的大叫,机器人大大地展开双臂,像是要连床带人一起抱住,两人脸色煞白,只觉得机器人这古怪的行为令人毛骨悚然,恐怖侵入骨髓,令身体如坠冰窟,而就在这个瞬间,机器人那柔软却强有力的手,将两人紧紧箍住。

"不要,放开我!"

夫人试图从机器人的手中抽出胳膊。男人则被勒住了肩胛骨,他右手攥住床框,用尽全力试图挣脱。夫人的腿在空中乱踢,有时也会踢中机器人,它的脸歪了,恐怖的眼珠自眼眶中剥落。

"来人,快来人啊!"夫人惨叫。

机器人缓缓地、精准地将两人越勒越紧。两人刚感受到肌肤相亲的暖意,下一刻骨头便疼了起来。

"啊——好疼!"夫人叫道。

就在这刹那,机器人说道:"因为你们玷污了这张床。"

在两人听来,那声音像极了俊太郎。与此同时,两人感到一阵钻心彻骨的剧痛，不由得惨叫起来。

"这就是机器人的灵魂。"机器人以此回应。

两人的腿痛苦地扭曲着，颤动的手指断了似的歪斜着。他们的脸变得通红，眼球中渗出了血。不久，夫人的鼻中流出鲜血，眼球暴突，几欲迸出。男人也已奄奄一息，只能发出微弱的呻吟。

等人们赶到时，一切都结束了，唯有帘布轻轻摇动。

"夫人？"用人唤道。

因有所顾虑，两个用人一时未有行动，只是面面相觑。只听到有液体滴答而落，又过了一会儿，传来咕咚一声，听上去像是机器停止运作的声音。他们看到夫人那双化了妆，斑斓依旧却失去了血色的腿自帘下垂落。两人拉开帘子，只见夫人七窍流血。而那机器人，就压在那对男女之上。

张乐　译

魔术师

谷崎润一郎

　　如今，我已记不清是在哪个国度的哪座城镇遇见那名魔术师的了。有时候，我觉得似乎就在日本的东京，可有时候又会觉得像是在南洋或南美的殖民地，甚至是在中国或印度周边的小船码头。总之，那地方远离文明中心欧罗巴，位于偏安地球一隅的某国首都，而且是极其繁华富裕的街区中一条热闹非凡的夜巷。但倘若你还想对那场所的特性、光景或氛围有更为清晰的认知，且容我一言以蔽之，它是个酷似浅草六区①的公园，但更为奇妙、芜杂，以及颓靡。

如果你听了"酷似浅草公园"的说明，对彼处之美毫无所感，也未能勾起一丝眷念，反而联想到令人不快的污秽之地，乃是你我对"美"的看法迥异所致。我口中的"美"，当然不是指十二层②下方那一群 venal nymph③，而是指公园整体的氛围。我所说的，是这背地里幽暗的洞窟近在咫尺，转至人前却总是呈现出明媚的欢颜，好奇而大胆的眼睛熠熠生辉，夜夜浓妆艳抹，并以此为傲的公园风情万种；是这无论善恶、美丑，还是笑靥与泪水都悉数溶解，光芒绽放、愈发炫目，色彩斑斓、流光溢彩的伟大公园壮观如海。在我的记忆中，我将要讲述的这座不知归属的公园，在伟大与混沌方面，是比六区更具六区风格的土地，光怪陆离，又杀气腾腾。

若是让那些认为浅草公园令人作呕、伤风败俗的人看到

---

① 浅草六区，位于东京都台东区，即浅草公园第六区。明治四年（1871），明治政府没收浅草寺及所属土地，指定为公园进行规划、构建、扩充。明治十七年（1884）分划出六个区域，其中第六区因兴建了各类演艺、娱乐场所而长盛不衰。昭和二十二年（1947）土地归还浅草寺所有，公园性质取消。六区也在昭和末期渐渐萧条。
② 十二层，即凌云阁，俗称"浅草十二层"，位于浅草六区北侧，明治二十三年（1890）建设的高层建筑，共 12 层，设有日本第一台电梯，其观景台为知名观光场所。大正十二年（1923）毁于关东大地震。
③ venal nymph，意为堕落仙女，指娼妓。凌云阁建成开放后，附近一带私娼活动极为频繁。

那座公园，他们究竟会作何感想？那里堆积着比伤风败俗更甚的野蛮、不洁和溃败，淤塞如阴沟里的污水，恬不知耻地曝露在白昼的热带烈日下，曝露在深夜的煌煌灯光下，源源不断地酝酿着湿热与恶臭。然而，听说深谙皮蛋风味的人，回味那腐坏的暗绿色鸭蛋恶心的怪异滋味时，会对其中包含的芳醇浓郁啧啧称赞。我初入那座公园时亦是如此，与之相仿的阴森恶趣扑面而来。

记得是初夏的傍晚，彼时凉风习习。我在那城镇的某家咖啡馆里与我的恋人度过愉快的约会时光后，正手挽着手亲密地在林荫道上散步，电车、汽车、人力车在身边川流不息。

"亲爱的，我们今晚不如去公园打发剩下的时间。"

她睁着那双冶艳的大眼睛，突然在我耳边低语。

"公园？公园有什么？"我略显吃惊地问。这不仅因为我浑然不知城中有她所说的公园，还因为她当时的话语中，隐隐透着可疑的腔调，听来就像是在怂恿我去做什么秘密的坏事。

"你不是很喜欢那个公园吗？刚开始，我怕极了那里，甚至觉得身为正经姑娘踏入那公园是奇耻大辱。在爱上你之后，不知不觉受到你的影响，对那种场所产生了莫名的兴趣。即便见不到你，只要去那个公园游玩，心境便如正在与你相会一般……那公园就如同你，一样的美，一样的标新立异。你怎会不知道那个公园？"

"哦哦，知道知道。"我不由自主地回答，又接着说道，"……记得那里有各种稀奇的杂耍玩意。所有号称世界奇迹的奇迹均齐聚一堂。那里有仿佛古罗马重现的角斗场，也有西班牙斗牛，还有比它们都更为离奇、妖艳的马戏团①。此外，那里还有我尤为钟爱的影戏，比起甜美可爱的你，我甚至更喜爱它。那诸多影片比挑拨着全世界人类好奇心的方托马斯②和帝王花③更令人毛骨悚然，如同白昼中的海市蜃楼，历历在目。"

"你平素喜读古往今来诗人艺术家极富盛名的诗章或戏剧，我近来在公园的影戏馆中得以领略其中数部。荷马的《伊利亚特》、但丁的《神曲》等，想必你也了如指掌。但你可曾目睹中国小说《西游记》中西梁女国的艳魔那魅惑人心

---

① 原文为Hippodrome，源自古希腊语Hippodromos，指进行马拉战车竞技的赛场，是举行大众娱乐项目的场所，现代用法引申为"马戏表演场所""剧场"等。
② 方托马斯（Fantomas），法国文学史上最臭名昭著的犯罪分子形象，于1911年由两位法国作家马塞尔·阿兰（Marcel Allain, 1885—1969）和皮埃尔·苏维德（Pierre Souvestre, 1874—1914）共同创作，共出版相关作品32卷。
③ 帝王花（Protea cynaroides），山龙眼科帝王花属植物，又名海神花，得名于希腊神话早期海神普洛透斯，该属植物的外观大多诡异多变。

的笑靥？又可曾想象过，美国的埃德加·爱伦·坡①用恐怖、狂想、神秘的精巧丝线织就的那些怪奇物语，竟通过胶片展现，活灵活现地呈现在眼前？《黑猫》②中令人战栗的地下室，《陷坑与钟摆》③中幽暗的囚牢，比小说更惊悚，比现实更鲜明，如此强烈而明亮地映照在眼前，试想其所带来的刹那心情有多令人回味无穷。而数以百计的看客静默地沉浸其中，仿佛都被噩梦魇住了般冷汗淋漓，女人挽着男人的手臂，男人搂着女人的肩头，咬着牙关，战栗着，偏又一心一意执拗地瞪着那兴奋而胆怯的眼眸，专注于影像之上。他们时时如高烧恍惚的病人，发出微弱的叹息，没有人咳嗽，甚至忘记了眨眼。他们无暇顾及这些，惊异占据了他们的灵魂，以致身体僵直。偶有人不堪那栩栩如生的刺激，背过脸仓皇欲逃，可黑漆漆的观众席上总会爆发出癫狂而喧嚣的掌声，不知起自何处，旋即四下蔓延，就连想偷偷逃离的人也不禁鼓掌相和，一时间掌声如雷，响彻场内，经久不息，场馆都仿

---

① 埃德加·爱伦·坡（Edgar Allan Poe，1809—1849），19世纪美国诗人、小说家和文学评论家。
② 《黑猫》（*The Black Cat*），爱伦·坡发表于1843年的短篇恐怖小说，是其哥特文学代表作之一。
③ 《陷坑与钟摆》（*The Pit and the Pendulum*），爱伦·坡发表于1843年的短篇恐怖小说。

佛因此而震颤……"

她的叙述如此巧妙，充满挑拨，一字一句详尽如碧空的长虹，唤起我心中明晰的幻影。我只觉得目眩神迷，我哪里是在听，分明是在看着那些电影。与此同时，我又依稀觉得自己曾数度造访那座公园。至少她声称看过的那些幻灯，时不时会朦胧地浮上我的心头，也不知是妄想还是影像，屡屡逼我凝视。

"不过，那公园里恐怕还存在着某种东西，更强烈地震慑着我们的灵魂，更新颖地蛊惑着我们的感官，前所未有、别出新意，就算是标新立异的我在梦里也无法想象。我不知那究竟是什么，但你一定知道。"

"不错，我知道。你说的是不久前在公园池畔搭起小屋、年轻貌美的魔术师。"她立刻回答，"我数度从那小屋前经过，却不曾踏入其中。镇上的人都说，那魔术师姿容绝美、摄人心魄，安全起见，情有所属之人还是不要靠近为好。坊间传言，其人表演的魔术，比怪诞更妖冶，比奇异更可怖，比精妙更邪恶。可只要穿过小屋入口处那扇冰冷的铁门，目睹过一次魔术的人，必定会如痴如醉，以至于夜夜必至。个中缘由，他们自己也不甚了了。我猜，他们定是被施了深及灵魂的魔法……不过，你总不会因此就对那魔术师心生畏惧吧？比起人类，你更喜鬼魅，比起现实，你更愿活在幻觉里，所以你绝不会错过评价如此之高的公园魔术。即便会被施以恶毒的诅咒，只要和心爱的你同去，我也绝不会受其魅惑……"

"如果那魔术师当真是惊为天人的男子，受其魅惑倒也无妨。"

我说着，如春天原野里云雀鸣唱般朗声大笑。但下个瞬间，我便遭心底蓦然涌来的淡淡不安和轻微的嫉妒背叛，不由得恶声恶气起来。

"我们现在就去公园会会那男人，看看我们的灵魂到底会不会中他魔法的招。"

不经意间，我们已徘徊在城镇中央大道上的巨大喷泉旁。乳白色大理石的石墙呈冠状的圆形围绕着喷泉，每隔一间①的距离都立着女神的雕像，泉水自神像脚下淙淙溢出、涨起，源源不竭地喷向夜空中的星辰，又在弧光灯的光芒中化为虹霓、化为云雾，在夜间的空气中潺潺呜咽。坐在一棵行道树葱郁树荫下的长椅上，我眺望着街头的人来人往，不久便发现某处的人群中出现了异常的现象。来自城镇东南西北的四

---

① 间，日本长度单位，约等于1.818米。

条道路在这十字路口的喷泉处交会,每条路上都因人群而熙熙攘攘,人们似乎享受着黄昏里的漫步,实际上却几乎都朝着同一个方向缓慢而顺畅地前行。东南西北四条路中,除了南边那条,其他三条路上的行人在十字路口的广场上会聚后,形成更密不透风的队伍,黑压压的一片,络绎不绝地涌向南边的出口。如此一来,此时在喷泉旁的长椅上休憩的我们俩,便仿佛是停滞在大河正中的浮岛,无声地孤立于周遭之外。

"快看,如此多的人都被公园吸引了过去。走吧,我们也赶紧跟上。"

说着,恋人温柔地搂着我的背站了起来。为了无论被如何推搡也不会走散,我们将彼此的胳膊挽得牢如一截铁链,汇入了人流。

在稍显漫长的一段时间里,我只是被人山人海裹挟着前行。我眺望前方,公园竟近得出乎我的意料,璀璨的彩灯绽放着蓝、红、黄、紫的光芒,悬挂在几近灼烤到人们头顶的低空,烜赫辉煌。三四层高的楼阁排列在道路两侧,也不知是青楼还是食肆,华丽的岐阜提灯①像珊瑚发饰般成串地挂在露台上,抬眼看去,只见烂醉的男男女女尽显狂态,野兽

---

① 岐阜提灯,日本岐阜县特产灯笼,特征为细骨薄纸,彩绘优雅秀丽。

般撒野胡闹。他们中也有人俯瞰街上的人群,嬉笑怒骂,偶尔朝下啐唾。他们全都罔顾体面、不知羞耻地手舞足蹈,谑浪笑敖,乃至瘫软如泥的男人,以及阿修罗般披头散发的女人越过露台的栏杆,头朝下跌入人群。转眼间人群便一哄而起,抓挠他们的脸,撕碎他们的衣服,有人惨叫哀号,有人死尸般悄无声息,却都如水中浮藻随波逐流,不知将被人潮送往何处。有个男人就栽落在我的眼前,我看着他那两条倒竖的小腿木桩般支棱着,在人群中无休无止地传递。无数双流氓恶棍的手从四面八方抓住了他的腿,先是脱去了他的鞋子,又将他的裤子撕成碎片,最后连袜子也未能幸免,他那裸露的腿被人又打又抓。又有个酒囊般肥胖的女人,被"嘿咻、嘿咻"地抬着游街,时不时如乔凡尼·塞冈第尼[①]在《欲望的惩罚》中所绘的人物般被高高抛起。

"这城镇里的人怎么都跟疯了似的。莫非今天有节日祭?"我回头看着恋人,问道。

"不,不光是今天。来此公园的人全年狂欢,自始至终都在酒醉中癫狂。在这往来的人潮中,唯有你我尚且清醒。"

---

① 乔凡尼·塞冈第尼(Giovanni Segantini, 1858—1899),19 世纪现实主义画家,作品大多以乡村和阿尔卑斯山山区田园风景为题材。文中提到的画作为 *The Punishment of Lust*。

她轻声细语地告诉我，语调一如既往地娴静认真。无论踏入怎样喧嚣的暗巷，无论陷入多么纷扰的境地，她总是不失生性典雅的沉着和纯洁的热情。在我眼中，她俨如这群魔乱舞中唯一的女神，清纯而高贵。我看着她清澈的眼眸，不禁想到狂风暴雨中明镜般晶莹剔透的秋日苍穹。

我们被人潮推挤着寸步而行，竟花了一个多小时才终于抵达近在咫尺的公园入口。此前一直比肩接踵，如巨型蜈蚣爬行般蜂拥而至的人流在抵达园门内的广场后，很快便分道扬镳，三五成群，各自随心所欲地四散而去。此处说是公园，但目之所及既无山丘，也无森林，唯有奇形诡状的高楼大厦巍然耸立，其造型极尽人工之能事，鳞次栉比仿若妖精国度之都，灯烛辉煌，数百万计。我茫然地伫立在广场中心，综观这壮观的景象，其中最令我瞠目结舌的，莫过于写着"Grand Circus"①字样的广告灯饰，在半个天际中熠熠生辉。其直径或有数十丈，酷似庞然的摩天轮，在轴心位置上刚好显露出 Grand Circus 这两个词来。而数十根辐条上，整面的灯泡射出赫烁光箭，描画出璀璨的光环，宛如在虚空中撑开了巨人的花伞，徐徐而又恢宏地旋转不休。更为惊心动魄的

---

① 意为大马戏团。

是，数百名杂耍的男女身缠几不遮体的轻纱，攀登着那辉光万丈的熊熊火柱，随着摩天轮的旋转，依次从上方的辐条跃向下方的辐条，此起彼落，接连不断。远远看去，他们连缀悬于巨轮之上，如火星溅落，如天使曼舞，衣袂翩跹，翱翔于通明的夜空中。

吸引我注意的不单是这巨轮，只见几乎整个公园的上空都布满光饰，怪诞、滑稽、妖艳，如永不消逝的烟火，蠢动着，闪耀着，扭曲着。就算是欢庆两国纳凉烟火大会①的东京市民，或惊叹大文字山之火②的京都居民，目睹此情此景，想必也会惊诧无比。彼时，我只略加环顾，所见的豪放图案及精妙线条便已不计其数，以至于迄今难忘。若要加以形容，就仿佛有神通广大的恶魔在天幕上肆无忌惮地挥毫涂画。又或者像是世界最后的审判之日，为宣告末日③将至，太阳大笑，月轮饮泣，彗星狂乱，形形色色的无数变星纵横天际，

---

① 两国纳凉烟火大会，即现在的隅田川花火大会。源自江户时代的享保十八年（1733），前一年日本因饥荒饿死数百万众，加之瘟疫流行，于是德川八代将军吉宗下令于农历五月二十八日在两国桥一带举办"水神祭"，以驱散恶疫、超度亡灵，同时允许以烟花助兴，从而形成了每年都要举办的标志纳凉开始、祈福供养的烟花大会，历经270余年，昭和三十七年（1962）因安全原因中断，昭和五十三年（1978）更名改地后重开。
② 每年8月16日在京都大文字山举行的送火仪式，是盂兰盆节仪式之一，在山间不同地点设置火堆，用篝火描绘出巨大的文字。
③ 原文为Doom's Day。

恣意摇曳。

我们所在的广场呈规整的半圆形，有七条道路扇骨般自圆弧上延伸至四面八方。其中最宽阔、最华丽的，乃是居中的大道。在公园不知凡几的杂耍小屋中，尤受欢迎的小屋大都位于这条大道上，或富丽堂皇，或岌岌可危，或诡诞不经，或匀称井然，各式建筑百花齐放，城寨般密密匝匝，参差错落，重重叠叠。那里有日本金阁寺风格的伽蓝，撒拉逊[①]风格的高阁，倾斜度更甚比萨斜塔的怪楼，更有向上隆起、形似酒杯的诡奇殿堂，整栋酷似人面的建筑，废纸般扭曲的屋顶，章鱼腿般卷曲的立柱，以及起伏的、打旋的、弯曲的、翘起的各式建筑，摆弄出千差万别的姿态，或伏地，或顶天。

"亲爱的……"这时，我心爱的恋人轻轻拉了拉我的袖子，"是什么奇观异景竟叫你看得如此痴迷？你不是常来吗？"

"我的确数度来此。"听了她的话，我顿感蒙羞受辱，慌忙点头，"可无论来多少次，都不禁沉迷其中。我就是如此钟爱这座公园。"

"好吧。"她说，面露无邪的微笑，"魔术师的小屋就在

---

① 撒拉逊，对中古时代所有阿拉伯人的称呼。

那儿，我们快些过去。"

她抬起左手，指向大道的尽头。

从广场进入大道的入口处有个赤红的鬼头，硕大如镰仓大佛，对我们怒目而视，眼中绿宝石色和墨绿色的电灯明光烁亮，它露着锯齿状的獠牙狞笑，其上下颚之间刚好形成一道拱门，人们从此处穿行而过。整个公园本就赫煌如熔炉，这条大道的明亮却更胜一筹，一道火焰从鬼口中猛烈地喷薄而出。在被恋人催促着跃入火中时，我竟仿佛有了身体焦炙之感。

道路两侧连甍接栋的杂耍小屋近看更为夸张、粗俗且充满奇思妙想。电影招牌上，花里胡哨的颜料肆无忌惮地描绘着极其荒诞无稽的场面，每栋建筑上都浓墨重彩，散发着油漆的味道，颜色独特而不知所云、令人不快，还有揽客用的旗帜、人偶、乐队、化装队伍，全都极尽混乱与放纵之能事，若逐一详尽记述，恐读者会悚然掩目。我目睹时的感受，一言以蔽之，仿佛妙龄少女的容颜上溃脓生疮，美丑交融，怪诞诡奇。就像通过凹凸镜看笔直、浑圆、平坦之物——一切形状规整物体的世界，无序、滑稽和恶心交织牵缠。坦白说，我漫步其间，只觉得内心的恐惧与不安深不见底，数次想要扭头离开。

若非恋人在旁,我或许真会在半路逃离。随着我愈发畏怯,她孩童般活泼的步伐却愈加轻快,勇往直前。我以骇于所见的怯懦眼神求助般窥探她的神态,却见她总是笑意盈盈,那笑脸无辜而又兴致勃勃。

"像你这样本分、温润的少女,面对这可怖的街景,何以若无其事?"

我数次想向她问个究竟,终究还是迟疑了。若我当真开口询问,她会如何作答?是"我若无其事是受你的影响",还是"因为我有你做我的恋人。一旦踏入爱情的幽冥之地,人便会无所畏惧,心中坦然"?是的,她定会如此作答。她是那么赤忱地信任我,那么纯粹地爱着我。她温顺如羊,纯净如雪,会喜欢上这样一座公园,便是她深爱我的铁证。她为此努力的结果,就是将我的兴趣变成她自己的兴趣,将我的嗜好变成她自己的嗜好。世人或许会说,她因我而堕落。但无论她的兴趣和嗜好有多接近于恶魔,她的心,她那颗怦然跃动的心脏仍不失人类的温情与品格。

念及此,我不禁对她心怀感激。一想到像我这样无欲无求,只怀揣着美梦四海漂泊、慵懒疏离之人,竟俘获了她那高贵的灵魂,我便觉得诚惶诚恐。

"你是如此优秀的淑女,我根本没有资格做你的恋人。

你为了和我在一起，竟不惜踏足这座公园，足可见你实在太过高尚与正直。我要劝告你，为你着想，或许该切断你我的缘分，你才会无比幸福。想到因自己之故，竟令你胆大妄为得能满不在乎地踏入这不堪之所，我便为自己的罪孽深重感到不寒而栗。"

我脱口而出，紧拉着她的双手不放，呆立在往来的人潮中。可她仍不在意，巧笑倩兮。她眉开眼笑的样子像极了无忧无虑的孩童，浑然不觉自己正面对极为不祥的毁灭深渊。于是我一而再，再而三地重申，然而她却说："我已下定决心。如今不用问你我也心知肚明，与你一同漫步在这城镇中的自己有多么快乐和幸福。如果你怜悯我，那就永远不要抛弃我。就像我不会怀疑你的真心一样，你也不要怀疑我。"

她的声音一如既往的欢愉，如鸟儿般悦耳，所说的话却莫名其妙。随即她再次催促我，直至来到她口中那个魔术师的小屋前，这时她又说："来，亲爱的，现在起我们就去一试究竟，看看我们的爱情与那魔术师的魔术，到底哪一方更胜一筹。我一无所惧，因我坚信自己忠贞不渝。"

她为了鼓励我而千叮万嘱。看到她那颗执着的真心所焕发出的美丽，即便我是个卑鄙无耻之徒，也不禁深受感触地振奋起精神来。

"我为刚才的话道歉。像你这样纯洁的女子，会和我这种污秽的男人结合，多半就是所谓的命运。你我二人的身体和灵魂，在我们出生之前，就已经被看不见的宿缘锁链紧紧相连。你仍然纯洁无瑕，我依旧污秽不堪，却天假良缘而爱河永浴。魔术师不过一介愚夫，纵然此去乃是地狱，再怎么不可思议、骇目惊心，我都将偕你同往。连你都说自己一无所惧，我又有何惧。"

说罢，我跪在她面前，久久地吻着她那圣洁白衣的下摆。

如她所说，魔术师的小屋孤零零地位于繁华街区的尽头。从沸反盈天的闹巷陡然进入幽暗、阴森的地域，我的神经非但没有镇静下来，反而更感毛骨悚然，且疑神疑鬼，总觉得不测风云就要临头。此前我一直觉得奇怪，怎么树木、森林、水流等一切自然风光在这公园里尽数缺席，直到来至此区域才初次得见些许。不过显而易见的是，用于此处的自然要素，并不是为了再现自然风光，说到底，它们是作为辅助人工造物、弥补其奇技淫巧效果的材料被采用的。听我这么说，有些读者或许会想象到《阿恩海姆乐园》[①]、《兰多的小屋》[②]

[①] 《阿恩海姆乐园》（*The Domain of Arnheim*），爱伦·坡创作于 1847 年的短篇幻想小说。
[②] 《兰多的小屋》（*Landor's Cottage*），爱伦·坡最后一篇短篇幻想小说，发表于 1849 年。

等爱伦·坡小说中描写的园艺技术,但我所说的人工山水更为使乖弄巧,更为反自然之道而行。即是说,那些草木、流水其实与拱门、招牌、电灯等物一样,不过是用以构成建筑的道具之一。存在于此的景观并非缩小的,或是改良版的自然,将其视为有着山水形状的建筑恐怕更为贴切。这里的森林缺少植物那种蓬勃的生机,满目皆是精仿品般无可挑剔的线条,与其说是庭院,感觉上更近似于戏剧的布景,只是用树叶代替颜料,用水流代替波幕①,用山丘代替纸扎罢了。

若将这山水看作舞台装置来评价,真可谓是凄惨而独特的场景,抓住了几乎难以企及的自然景致的精髓。在那里,一根树枝乃至一石之姿,都带有忧郁的暗示,布置得寓意深远,直到我们忘记它们乃是树木、石头为止,都会感到森森鬼气。诸位读者可知勃克林②那名为《死之岛》的画作?而我现在试图说明的场景,便多多少少类似于画作中呈现的效果,但其中的景物更阴冷、更晦暗、更寂寞。首先,让我的神经受到极端震慑的,是屏风般围绕着那一区域的白杨林,

---

① 波幕,歌舞伎的大型道具,描绘着波浪图案的幕布,用以在舞台上展现海洋河川的场景。
② 阿诺德·勃克林(Arnold Böcklin, 1827—1901),瑞士象征主义画家,其画作充满幻想和神话色彩,极大地影响了20世纪的超现实主义画派。文中提到的画作为 *The Isle of the Dead*,有数幅之多。

黝黑、堆叠、拥挤地林立着，我花了相当长的时间才意识到那竟是森林。因为远远望去，那形状过于怪奇，实在叫人联想不到森林。它与监狱的围墙颇可一比，没有起始也没有结束，唯有那漆黑而平坦的高墙浑圆如井壁，延绵着高耸入云。若再端详得更细致些，便能看出那墙壁蜿蜒的轮廓犹如两只硕大的蝙蝠，分立左右，自两边展开黑沉沉的双翼，呈现出握手的形状。越是留心去看，越能发现蝙蝠的眼耳、四肢，乃至翅与翅之间的空隙，都以鲜明的轮廓充斥在天地之间，清晰得宛如映在拉门上的影子。如此巧妙的剪影①究竟是如何打造出来的？我虽难下判断，却也并非毫无头绪。当我终于明白，那初见为森林，再见为高墙，三见为蝙蝠的怪物，其实是将那枝繁叶茂的白杨密林，用大气磅礴、巧夺天工的技术拟造出怪物之姿时，不禁叹为观止。

"你可知是谁设计了这片森林？正是那位魔术师。就在不久前，他自说自话地指使着花木商人不断运来大树，一眨眼的工夫就种了下去。参与种树的众多劳工没一个意识到这森林将呈现出何等形貌。他们只是依照魔术师的命令行事，将树木一一种下罢了。等森林终于形成时，魔术师喜笑颜开，

---

① 此处原文为 Silhouette。

'森林啊森林，你就化作那蝙蝠模样，以威慑世人'，说着他举起魔杖，在大地上连叩三下，于是在场的劳工们猛地发现自己一直以来埋头种下的白杨林，顷刻间竟酷似怪鸟投下的影子。从此，魔术师的盛名便随着这片森林的传闻一道传遍坊间。根据某些人的说法，其实森林并非拥有怪鸟之形，而是所见之人都会产生幻觉所致。但不管怎么说，打算前往魔术师小屋而经过此处的人，势必受到怪影的震慑，不由自主地胆战心惊。被施加了魔法的，究竟是森林还是看客，其中的秘密只有魔术师本人方才知晓。"

在听恋人讲述故事的同时，我仍凝神细细察看这附近的风景。魔法森林——此名乃城镇中人所取——不光在形态上酷似妖怪，还在半空围出又高又密的幔帐，刚好为被圈入其中的区域挡住了整个公园纷华靡丽的色彩，为打造出充满黑暗与诅咒的荒凉情境起到了至关重要的作用。被森林围住的区域，当有不忍池[①]那么大。其中大部分区域遍布阴潮的沼泽，淤塞着黝暗腐败的浑浊死水，自深处透出寒冰般冷冽的光。在魔法森林中，我已然不再相信自己的眼睛，即便面对这沼泽，也一时难以判断，那水面之所以平静如斯，是因为

[①] 不忍池，日本东京上野公园内的池塘，周长有2千米。

蓄满了真正的水，还是因为铺着玻璃。实际上那一潭死水纹丝不动，凝固在一块区域内，足以令人相信是铺了玻璃，即便投石入水，似乎也只会发出沉闷的声响。在这幽静的，死一般孤寂肃穆的沼泽正中，浮着山丘似的物体，看不分明是岛还是船，只隐隐看到标记着"The Kingdom of Magic"[①]字样的幽幽蓝光，如照亮永恒暗夜的孤星，在那物体顶部的尖端绽放着光芒。

接下来有必要稍加详细地说明那"山丘似的物体"的真面目，其实那是高耸的岩石群，酷似地狱画卷中的针山，矛尖般锐利的三角形岩石重重叠叠，默然盘踞，上面既无草木，也无房屋。仅此而已，"魔术王国"的招牌虽赫然在目，却不知那王国究竟位于何处。

"在那儿——那里就是小屋入口。"

我顺着恋人所指的方向看去，发现招牌旁边的确有个小窟窿夹在岩石与岩石之间，看起来像是铁门。一条细长而岌岌可危的便桥从我们所伫立的沼泽边一直延伸至门前。

"看那门扉紧闭，也不见游人进出，甚至听不到一丝人声，不知魔术是否仍在进行。"

---

① 意为魔术王国。

我喃喃自语，恋人听了当即点了点头。

"是啊，魔术多半已经开始，正值高潮。听说那魔术师迥异于寻常的魔术师，表演中不加伴奏，也不求掌声。据说他的魔术就是这么深刻、利落。观众全都屏息凝神，心境宛如周身尽遭水淋，不时暗自叹息。从这片宁静推断，此刻一定是表演的高潮。"

她如是说，声音带着未曾有过的沙哑和颤抖，不知是出于难抑的恐惧，还是异样的兴奋。

我俩自此沉默，踏上那条通往岛上的便桥。

进门刚走了五六步，我们那已习惯了阴惨、昏暗世界的眼睛，冷不丁被满场炫目的光线直射，只觉得天旋地转、刺痛难忍。没想到这隐于磊磊土石外观下的魔术王国，内部竟设有金碧辉煌的大剧场，柱子与天花板等都被庄严的装饰铺满，一丝空隙也无，煌煌的灯光照射在装饰上，光彩夺目、璀璨生辉。场内座无虚席，土间①、二楼、三楼都挤满了成年人，连动都动不了。观众包括中国人、印度人、欧罗巴人等服饰各异的各色人种，却不知何故，看似日本人的唯我二人。我又看到衣冠楚楚的绅士和珠光宝气的贵妇成群地待在

---

① 土间，此处指在剧场等演艺场所舞台正面的一楼观众席。

特等席的包厢里，按说他们身为此地的"上流社会"，不会轻易踏足公园这等不入流之地。其中有位贵妇许是忌惮被人识破来历，像穆斯林女子那样蒙着脸，缩肩躲于人影中，但那全神贯注望向舞台的双眸中所流露出的品位与情欲是如此醒目，以至于暴露了她的秘密。绅士中不乏此国的大政治家、大实业家、艺术家、宗教家以及浪子等各个领域的知名人物。其中大多数人的脸，我似乎曾在照片上见过多次。他们中有酷似拿破仑者、酷似俾斯麦者、酷似但丁者、酷似拜伦者，甚至尼禄、苏格拉底、歌德与唐璜也位列其中。他们何以来此魔国，我倒是能即刻做出解释。无论圣人、暴君、诗人还是学者，其心皆难抵"不可思议"之诱惑。想来他们会声称或为研究，或为经历，或为布教而来，连他们自己多半也对此深信不疑。但要我说，尽管程度不同，在他们的灵魂深处亦隐藏着与我相仿的特质，感我所感之美，梦我所梦之梦。不同的只是他们不似我这般参悟，或仅仅是因为不肯承认，我不动声色地想。

我与恋人挤进土间里错综复杂的座椅间，满目是中国人的辫发、黑人的头巾、妇人的无边帽等，就像走进了红波白浪的海洋，千辛万苦才占到两个座位。在我们与舞台之间，至少还有五六排座椅，所坐者多为欧洲的年轻女子，做雅致的初夏打扮，都有着丰满而白皙的脖颈，有如成群的白天鹅。我的视线越过数重交叠的香肩，集中在舞台上。

舞台以整面垂落的黑幕为背景，中央有一级高阶，上设一座，气派非凡，犹如王座。想来这就是"魔术王国"之王所谓的宝座。年轻的魔术师端坐其上，以活蛇为冠，罗马托加①为袍，黄金草鞋为履。台阶之下，宝座左右各有三名男女助手，恭敬如奴隶，足底朝向观众，卑微地叩首跪拜。舞台的装置与人物仅此而已，实在过于简单。

我在外衣口袋里摸索，找出进门时拿到的节目单，打开一看，上面记有二三十种表演，可想而知，全是前所未有、惊天动地的魔术。以最令我好奇的两三种举例，首先是催眠术，根据下附的小字说明可知，魔术师会将全场观众尽数催眠，故而剧场内的所有人都会依魔术师给予的暗示产生错觉。比如，如果魔术师说"现在是清晨五点"，那么人人都会看到早晨清朗的阳光，并发觉自己的怀表不知何时也指向了五点。如果他说"此乃荒原"，人们便会看见苍茫原野；说"此处是海"，人们便会看见辽阔汪洋；说"下雨了"，人们的身体就会被渐渐打湿。第二种骇人听闻的妖术名为"时间

---

① 罗马托加，又称罗马长袍，象征古罗马身份的外衣，搭在左肩并围绕全身。

加速"。魔术师将一粒种子播在土中，缓缓念诵咒文，在十分钟内，它便会抽芽、生茎、开花、结果。且种子由观众自任何地方随意挑选，不仅如此，无论是高耸入云的枝干，还是郁郁葱葱、遮天蔽日的繁叶，十分钟内定能长成。还有个表演与其相似，却更为瘆人，被命名为"不可思议的妊娠"。魔术师同样以咒文之力，在十分钟内令一名妇人怀孕分娩。说明上写道：被施咒的妇人，多数情况下是"王国"的女奴，但倘若观众内有妇人自愿一试，则求之不得。光是读到我所举的上述例子，诸位读者恐怕也能了解到，这位魔术师与平庸的魔术师不可同日而语。

但非常遗憾的是，在我入场时，节目单上的大部分魔术已经演完，只剩最后一个即将上演。我们落座不久，就见端坐在宝座上的魔术师从容起身，款款走到舞台前部，孩子似的羞红了脸，用可爱而含羞的声音低低地试着说明即将开始的魔术。

"……接下来，作为今晚最后一场演出，请允许我向诸位介绍最令人兴奋、最不可思议的幻术。姑且将此幻术命名为'人体变形法'，即是说，凭借我的咒文之力，可将任意人类的肉体转眼变作其他物体——鸟兽鱼虫，乃至任何非生物，哪怕是变形为水、酒那样的液体，也尽可如诸位所愿。

又或者，即便不变全身，亦可仅变形头颈、腿脚、肩膀或臀部等局部……"

魔术师言之谆谆，侃侃而谈，但更为夺我心魄的，是他那妖冶明艳的眉目与婀娜妩媚的风采，我陷入无尽的恍惚，不禁瞠目而视。此前我虽已听闻他拥有超凡的美貌，却不承想，他实际容颜之美，与我依形容所预想的相比，简直天渊之别。其中最为意外的是，我原以为魔术师是年轻男子，然而亲眼得见后，却全然分辨不出其究竟是男是女。若说其为女子，可他又称得上举世无双的美男子，可若说其为男子，称之为旷古绝伦的美女也无不可。我在他的骨骼、肌肉、动作、声音等一切之中，看到男性的高雅、智慧、活泼与女性的柔媚、细腻、狡黠浑然一体。且看他那满头浓密的栗发，瓜子脸上丰满的面颊，小巧的红唇，以及优雅而精悍的举手投足，所有的细节都有着微妙的协调，恰似那十五六岁、性征尚未发育完全的少女或少年所拥有的体质。而他外表的另一奇妙之处，在于不知他究竟是出自何处的什么人种。任何人看到他的肤色恐怕都会心生疑问，这男人——抑或女人，绝非纯粹的白色人种、蒙古人种或黑色人种。硬要比较的话，他的面相和骨相或许多少接近于以盛产美人而举世闻名的高加索人。但若要更为贴切地加以形容，可以说他的肉体集众人种之长，既是最复杂的混血儿，又是人类之美最完美的象征。在任何人眼中，他都充满了异国风情的魅力，只要他肆意挑逗，无论男女均会心醉魂迷。

"……而我事先有一事与大家相商……"魔术师仍滔滔不绝，"我会先试验性地在此处候命的六个奴隶身上施法，将他们一一变形，以馈诸位。但为了证实我的魔术究竟如何神秘、如何堪称奇迹，还请务必允许我诚邀全场的绅士淑女们自告奋勇，上前来体验我的魔术。自我在此公园演出伊始，至今宵两月有余，其间几乎夜夜有许多自愿的观众为了我主动登上舞台，甘愿成为魔术的牺牲。牺牲——不错，正是牺牲。以尊贵的人类之姿，甘受我法力摆弄，变猪犬，变顽石，变粪土，若无在众目睽睽下出丑的勇气，是不可能来此舞台之上的。尽管如此，我每夜都能在观众席上发现几位奇特的牺牲者。甚至还有传闻称，其中不乏身份尊荣的贵公子或贵妇人悄然投身于牺牲者中。因此我相信，今夜也将一如既往地有勇士辈出，自愿参与其中，并以此为傲。"

说这番话时，魔术师那苍白的脸上浮现出既得意又凄惨的微笑。而大多数观众，受其三寸不烂之舌的鼓动，越是遭傲慢的态度对待，便越是被他勾了魂去，心悦诚服。

魔术师随即招手，从始终跪在宝座前、木雕泥塑般匍匐在地的奴隶中，召一名可人儿上前，那女子梦游般踉跄来至魔术师面前，再次跪坐于地，像松了线的提偶，颓然垂首。

"在我的奴隶中，你最受我垂青，也最为可爱。只要你再忍耐五六年，我定会将你培养为卓越的魔术师，使你成为别说人类，甚至凌驾于神魔之上的世界一流魔法师。想来，你一定因成为我的仆从而深感幸福。你必然已经察觉，成为魔国的奴隶远比做那人间的女王更为美满。"

魔术师用脚踩住女奴及地的长发，昂首伫立，庄严地发出如下命令。

"说吧，即将施行的变形术虽一如往常，但今夜你想变作何物？如你所知，我是仁慈的王，会遂你心愿，无所不可，你只管将所喜之物说来。"

听他的语气，就好像是赐予了她无上欢愉的恩宠一般。

那女奴的全身本来如石膏般僵硬，此刻却突然触电了似的瑟瑟而抖，紧接着，她的嘴唇也如融冰的河水般动了起来。

"啊啊，我王慈悲，感激涕零。今夜我愿化作美丽的孔雀，在您的宝座上盘旋。"

说着，她就像婆罗门修行者祈祷似的，双手高高举向天空，合起手掌。

魔术师欣慰地点点头，随即从口中诵出咒文。说是要十分钟，实际上不出五分钟，女奴全身便覆满了孔雀的羽毛，在剩下的五分钟里，她肩部以上的人类部分也渐渐变化成了孔雀的头。在后面的五分钟刚开始时，仍有着年轻女子容颜的孔雀睁着那喜悦的眼，嫣然含笑，接着她恍惚了起来，阖眼皱眉，这渐次痛苦的过渡至禽首的过程，是整个表演中最具诗意的情境。就这样十分钟过去了，化作孔雀的女奴飒爽地展开双翼，振翅有声，翩跹而舞，在观众席上方回翔了两三圈，然后飞回宝座旁，当下如一朵锦云落地，轻悄地降落在台阶中间，遽然尾屏尽展，像打开了一把五彩斑斓的扇。

其余五名奴隶也被依次召至魔术师面前，挨个被施以魔术。三名男奴中，一人声称想变成豹皮，铺在王的宝座上。另两人请求变作两座纯银的烛台，照亮台阶两侧。最后两名女奴想化作一对优雅的蝴蝶，翩然伴随在王的左右。他们五人的愿望皆被当场应允。

满场观众目睹此等前所未有的绝技在眼前展现，震惊之余鸦雀无声，不敢相信自己的眼睛，怅然若失。特别是第一名男奴被那魔术师的魔杖一敲，顿时纤薄如仙贝①，化作一张美丽的豹皮，并伴随着刹那间的痛苦呻吟，就在这瞬间，

---

① 仙贝，一种日式的薄脆饼，由面粉或米粉制成。

坐在我前方的一名女子战栗着掩面,任由同来的男子抱住了自己。

"如何,诸位?有谁愿意成为牺牲者?"

魔术师用比之前更为骄矜的态度问道,他驱赶开两只交错飞舞的蝴蝶,在舞台上走来走去。

"……莫非大家就那么害怕被魔国俘虏?所谓的人类威严或形态,就值得你们如此留恋?或许你们认为,为了我而遭到变形的奴隶们境遇悲惨可怜。可是,纵然外形变成了蝴蝶、孔雀、豹皮或烛台,他们也仍未丧失人类的情绪与感觉。此刻洋溢在他们心中的,是你们做梦也感受不到的无限喜乐欢愉。他们的心境究竟有多么幸福,只要有人上来一试我的魔术,便知分晓……"

魔术师说着,环顾剧场,不知是不是生怕一旦让他眼睛盯住就会被催眠,众人不约而同地缩起肩膀、压低身体。这时却突然出现了衣物沙沙的摩擦声,随之响起的还有女鞋轻踏地面、从土间一角走向舞台的脚步声,打破了笼罩着剧场的沉寂。

"……魔术师啊,想必你一定记得我。比起你的魔术,我更沉迷于你的美貌,今昨两天都前来捧场。若你能将我加入到你的牺牲者中,便能成全我的痴恋,我也就无怨无悔了。

请将我变作你穿在脚上的金草鞋。"

我被这番话勾起了好奇,于是战战兢兢地抬起脸来,只见方才那位在特等席上蒙着脸的妇人殉道者般拜倒在魔术师面前。

被魔术师的魅力所惑,蒙脸的妇人之后,又接连有数十名男女蹒跚着走上舞台。而即将成为刚好第二十名牺牲者的,正是如梦如痴地离开座位的我。

就在这时,我的恋人紧紧拽住了我的衣袖,她泪如雨下地说:"唉,你终究是输给了魔术师。我深爱着你的这颗心,即便目睹那魔术师的美貌也不曾迷失,然而你却被其所惑,将我置之脑后,想要舍弃我,去做魔术师的奴仆。你可真是自轻自贱、薄情寡义。"

"你说得不错,我就是个自轻自贱的人。我已沉迷于那魔术师的美貌,将你忘了个干干净净。我的确是输了,但对我而言,还有比输赢更重要的问题。"

即使在说话期间,我的灵魂依然像是被磁石吸引的铁片般向往着魔术师。

"魔术师啊,我想变作潘神①,在你的宝座前狂舞。请务必实现我的愿望,役我为奴。"

我奔上舞台,梦呓般胡言乱语。

"甚好,甚好。你的愿望再适合你不过。你从一开始就不必生而为人。"

魔术师哈哈大笑,用魔杖在我后背一敲,转眼间我的双腿便长满了浓密的羊毛,头上也出现了两只角。与此同时,我胸中那所谓人类的良心带来的苦闷悉数消失,只觉得心中的愉悦如太阳般明媚,如汪洋般浩瀚,滚滚而来,滔滔不竭。

一时间,我欢喜得忘乎所以,兴高采烈地在舞台上欢腾雀跃,但没过多久,我的欣喜就被我曾经的恋人破坏了。

她追着我的脚步,惶惶然来到舞台上,对魔术师这般说道:"我并非受你美貌或魔法魅惑前来。我来是为了夺回我的恋人。请将他那可憎的潘神之姿重新变回人类。如若不行,那就索性将我也变作那般模样。即便他抛弃了我,我也永远不会舍弃他。既然他成了潘神,我便也做潘神。我要永远与他形影相随。"

"很好,那就将你也变作潘神。"

---

① 潘神,希腊神话中的牧神,半人半羊,喜歌舞狂欢。

魔术师话音刚落,她便化为了面目可憎的半兽之身。随即,她猝然向我奔来,猛地将她头上的角紧紧缠在我的角上,无论怎样奔跑跳跃,我们的两颗头颅都再也分不开了。

张乐 译

蛭海夫人的冷冻包

海野十三

一个雾蒙蒙的早晨。

我脖子上挂着相机,站在桥头,眼前的桥宽阔而高耸。

朝雾中,这座需仰视的高桥画出一道有如女人胸部般舒缓的曲线,将视野分割开来。水珠打湿了组装好的铁桥的桥梁。桥的另一侧是仓库的灰墙,它们的形状如出一辙,静默地相对伫立,但从中途开始渐渐隐入雾霭,不似往日能一望到底。

气象台的预报很准,播报员声称拂晓时会有浓雾,果然不错。

朝雾中传来了脚步声，身穿霜纹土黄色工服的人三五成群地出现，随即又消失在雾中。我就是冲着抓拍这样的构图，才会早早候在桥头。

我取下镜头盖，对落在取景器上的影像反复调整焦距，这时我察觉到有人悄悄来到了我的身后。

可就在这当口儿，取景器上映出了一辆汽车，它突然出现在桥的对面，缓缓朝这边驶来。车的造型十分奇特，低矮的车身上载着一个黑不溜秋的玩意儿，酷似西洋的棺材。开车的是一名女士，鼻梁高挺，气度不凡，脸上透着精明劲儿，却骨瘦如柴，显得有些歇斯底里。不管怎么样，面对这意料之外的抓拍素材，我又怎能轻易放过，赶紧啪地按下快门。

我抬起头，再次仔细观察那辆载着怪异货物经过的汽车。那是辆敞篷车，底盘很低，驾驶它的女性还不到三十岁，五官端正，颇显年轻。她的面容如蜡像般白皙剔透，高挺的鼻梁有着几何上的美感，一头乌黑的短发，穿一身黑如丧服的洋装，一看便知是高知女性。

我认真地打量那形似棺材的奇特货物，只见上面遍布森严的金锁，还安着结实的黑色皮制把手，就像长着耳朵似的，不是一个而是两个。

那不是棺材，看着像是怪里怪气的大皮包。

女人仿佛蜡像般面无表情，开着车从我跟前徐徐经过。我任相机垂挂在脖子上，全神贯注地目送那辆奇异的车子渐行渐远。

"您很在意那玩意儿吗，先生？"

"是啊，挺在意的。"

"……那是'蛭海夫人的冷冻包'……"

"咦，蛭海夫人的冷冻包？"

我猛地回过神来，不经意间与我攀谈起来的陌生声音来自……

"啊，你到底是谁？"

我回过头，盯着站在我身后的流浪汉模样的年轻男子。

"我啊，我不过是附着在这条街上的煤渣。"他露出没有牙齿的牙龈笑着，"不过关于蛭海夫人的冷冻包，放眼这条街没人比我更了解。用一杯香浓的高级咖啡，外加涂满德国奶酪的吐司做交换，我就可以告诉您蛭海夫人的冷冻包里到底装着什么。"

说着，年轻的流浪汉将颤巍巍的手指抵在他发紫的下嘴唇上。

在某高层建筑中一家安静的餐厅里，面对咖啡与奶酪吐司，年轻的流浪汉显得颇为怀念，他开口道："您刚才看到的那位蛭海夫人，可是拥有医学博士称号的女人。她专攻整形外科，但涉猎广泛，通晓所有医学类别，可谓举世罕见的大天才。

"田内整形外科术，是蛭海夫人引以为傲的学术成就。您怕是不知道，是蛭海夫人彻底改写了近代的整形外科学。想必您也不会知道她是如何改写的。听我说下去，您自然会明白，毕竟蛭海夫人经过五年的努力，就取得了通常来说需要五十年才足以达成的进步。好了，官方介绍就到此为止，咱们来说说真实发生的事。不过，这事颇为离奇，叫人难以相信是事实。"

于是，年轻的流浪汉时断时续地说了下去。

成为专业领域最高权威的蛭海夫人前年终于结婚了。

那位当世无双的新郎年方二十五，比夫人小五岁。传闻他出身于盛产丝织品的北方某镇，是当地知名财主家的第三个儿子。大家都对此深信不疑，然而这是彻头彻尾的谎言。有个小插曲虽然简短，但拿来当作证据再合适不过。

事情发生在前年的冬二月①。

某下町②爆发了一场激烈的械斗。

战况惨烈，双方均死伤十多人。此外，还有一个人称"口琴千太郎"的街头不良少年不幸遭到池鱼之殃，也被砍倒在地。白色的救护车一路狂飙，将他送去的地方正是蛭海夫人的外科医院。

口琴千太郎脸上有三处刀伤，肋骨处被劈入五寸之深，生命垂危。要是普通医院根本回天乏术，但蛭海夫人于心不忍，将其送入特别研究室，日夜寸步不离地救治。她的苦心没有白费，病人大有好转，令前来探视的警察难以置信。可没过多久，就在即将拆下绷带的时候，千太郎逃出了医院。

接到蛭海夫人的报案，警察错愕地赶来，虽说戒备森严，但毕竟是医院，有的是脱逃的途径，事已至此，也只能接受。

不过警察倒是出乎意料的从容，他们认为千太郎很快就会回原先的老巢暂时落脚，到时候肯定能逮到他。

然而千太郎此后压根儿就没有回去。警察也疑惑不已，猜他或许是逃出东京远走高飞了，可到处一打听，哪儿都没

---

① 即农历十一月。
② 下町，即平民居住区，源自日本江户时代，权贵住在"高台（高地）"，而百姓只能生活在城中的低洼地带。

有他的踪影。口琴千太郎带着他心爱的口琴，就这样不知去向。

两个月后，蛭海夫人结婚了。

所嫁之人名为万吉郎，小夫人五岁。此人眉眼如画，俊美得宛如偶人，难怪会令蛭海夫人一见倾心。

殊不知，蛭海夫人的这位如意郎君万吉郎其实就是口琴千太郎。

这话听来未免牵强。您恐怕会认为，千太郎再怎么乔装改扮，一旦遇到熟识的警官，或他原来的伙伴，一眼就能识破他口琴千太郎的真身，但那是不可能的。如今光看脸，万吉郎已全无半点千太郎的影子。也就是说，夫人的新郎万吉郎长得和口琴千太郎毫无相像之处。千太郎本就生得俊秀，万吉郎更是一表人才，他们甚至连脸形都截然不同。

尽管如此，千太郎的的确确摇身一变成了万吉郎。

那么，这匪夷所思的改头换面究竟是什么时候发生的？答案其实很简单。在蛭海夫人的特别研究室里，千太郎的脸就被修整成了万吉郎的脸，从此面目一新。这正是蛭海夫人划时代的学术成果，是凭借田内整形外科术的威力所缔造的奇迹。

"这世上惯以美丑度人，待遇天差地别，我向来对此嗤之以鼻。"蛭海夫人在其论文上写道,"造成美丑差异的关键,我认为主要出在五官的立体几何学问题上。五官的尺寸、排列等若是得当便是美人,不得当便是丑人。而决定美丑的五官尺寸、排列等差别偏又极其微小。有时候,美人的眼睛仅仅歪斜一度就会沦为丑人,丑人的嘴唇稍稍短上一厘米,就成了美人。许多人就为了这微不足道的一度或一厘米的几何学问题耗费一生,实在可发一噱。在我的整形手术中,减去尺寸上的毫厘简直易如反掌。一般来说,在人体各部位的整形手术中,将人脸改颜易形最为简单,尤其整形效果之显著,非其他部位所能比拟。本书记述的田内整形手术由我所创,当其普及全世界时,这世上必将再无相貌丑陋之人。"

与其说蛭海夫人的主张实在大胆,倒不如说她胸有成竹、信心十足。

如按医学博士蛭海夫人所说,这并不单单是改变人的外形。她分明是在断言,能够将面积不大,又有凹凸起伏的人脸像制作黏土工艺品般随意捏揉塑形。近来,登门向蛭海夫人求教的外科医生人数激增,想必也是由于夫人惊世骇俗的手术效果流传开了。

至于蛭海夫人是被口琴千太郎的哪方面吸引,从而选择他做自己丈夫的,这又是另一个有趣的问题了。总之从结果上来说，千太郎就此自称万吉郎，与比自己年长的蛭海夫人双宿双栖。

除当事者外，无人知晓这一惊天秘密。警察自然也没有发现千太郎竟已改头换面，成了蛭海夫人的佳偶。于是这对不寻常的新人，在不为人知的秘密刺激下，更添了几分欢愉的兴奋，在夫人的闺房中同床共枕，互诉比翼连理的衷肠，只恨良宵苦短。

以同居生活为契机，蛭海夫人的生活方式也完全改变了。她曾是潜心钻研学问之人，故而面对新的生活方式也采取了超人般的探索与实践，几乎夜夜都神魂颠倒地彷徨在深不见底的陶醉迷境中。

"……再这么下去无论如何我都活不长。"

年轻的新郎如今却心生畏惧，暗自口吐怨言。

身为不良少年，千太郎——不，万吉郎并非不谙世事，也经历过常人难以忍受的训练，纵然他在那方面造诣不凡，最终却沦为精力难以想象的有如超人的女性的囚徒，如今只能发出绝望的悲鸣，走投无路、境况凄凉。

"亲爱的，你今天一点精神都没有，怎么了？"

身穿薄衫的蛭海夫人边揽镜梳发边询问年轻的丈夫。

"还问我怎么了，你……"

万吉郎冲着天花板喷了口烟,声音嘶哑地应道。

"哎呀……"

夫人凝视着丈夫映在镜中的脸,近来他形容枯槁,面色蜡黄。渐渐涌上心头的担忧,令蛭海夫人从百分之百的妻子状态中一点一点脱离了出来,很快她就又成了百分之百状态下的蛭海博士。

"哈哈,我明白了。"说着,蛭海夫人挺起胸,扬起鼻子。这是她看诊时必然会有的习惯,"男性还真是孱弱。不过既然我意识到了,那就不再是问题。你放心吧,接下来一段时间,我每天都给你注射。"

正如蛭海夫人所确信的,萎靡不振的万吉郎在注射的效果下迅速恢复了精神。一个月不到,他就远比入赘前还要精力旺盛了。

"要论治疗,还是我媳妇儿厉害。"万吉郎用食指用力揉了揉人中,"不,照你的话说,应该归功于现代医学的突飞猛进,呵呵。总之这么一来,我也对现代医学这玩意儿更感兴趣了。"

从那之后,万吉郎积极地缠着蛭海夫人对自己进行各种治疗。

在蛭海夫人看来,万吉郎是世间的至宝,即便是他稍显过火的要求，她也乐于满足。但事关新式治疗，尽管麻烦，也要建立在扎实的临床实验基础上。因而蛭海夫人每天从凌晨忙至深夜，穿着手术服，心无旁骛地为住院的患者们开刀、缝合。

外界对蛭海夫人的评价越来越高。博士新婚燕尔，却更热心于工作，这样的赞誉声随处可闻。蛭海夫人在医院里持续地执高频电刀[①]进行手术，她的研究欲望熊熊燃烧，比她过去为掌握田内整形外科术而展现出的研究态度还要炽烈。可是，她的研究热情已不复往昔的纯粹，只是为了向年轻的丈夫万吉郎献媚而做出的努力，她的纯真又使得这一点格外令人惋惜，一想到是什么导致了蛭海夫人陷入如此可怜的境地，便不禁要怜悯起她对万吉郎如火山般炙热的爱慕之心来。

站在蛭海夫人的立场上看，她或许的确值得怜悯，但对于被她疯狂爱着的万吉郎而言，可未必是活在天堂里。

简单来说，就是不良少年出身的万吉郎厌倦了只守着蛭海夫人一个人。

诚然，蛭海夫人用其卓越的治疗能力彻底改造了万吉郎

---

① 电刀，一种取代机械手术刀进行组织切割的电外科器械，通过有效电极尖端产生的高频高压电流对组织进行加热，实现对肌体组织的分离和凝固，从而达到切割和止血的目的。1920 年起应用于临床至今。

的体力,取得的成果堪称奇迹,甚至可以用超弩级战舰①的问世来形容。所以万吉郎现在真就相当于如虎添翼,愈发雄风大振,就连蛭海夫人自己也十分满意,觉得无可挑剔。可万吉郎内心的角落中,在自己那蜡黄枯槁的新婚早期曾对蛭海夫人抱有的恐惧心就像是块污点,令他始终耿耿于怀。那恐惧一有机会就会冒头,唤醒让他不安的威胁,而那威胁如今已一点点转变成了对蛭海夫人的厌恶,挥之不去、难以消解。

万吉郎打算设法逃离蛭海夫人。可一旦他彻底摆脱掉她,大受威胁的就会是他的生活了。他早已看不上那种埋头苦干、月薪区区 50 日元的薪俸生活。在蛭海夫人身边,他即便游手好闲也照样吃喝不愁,每季都能换上量身定做的新西装,随便上个街半晚就能挥霍掉近百日元的零用钱,所以他根本不打算舍弃如今的生活。他盘算着在经济状态维持不变的前提下,仅让自己的身体从蛭海夫人的管控下解放出来。

这奢望真能顺利实现吗?

---

① 弩级战舰,即超无畏级(Dreadnought Class)战舰,源自英国海军建造的无畏号战舰,后将同等规格的战列舰划分为无畏级战舰。弩级是日本将"无畏"翻译成片假名"ドレドノト"后,取首字母"ド"用对应的汉字"弩"来表示所形成的称呼。

不过这万吉郎可不仅仅是个吃软饭的小白脸。如果调查他的过去，就会知道他是不良团体的智囊，负责出谋划策。虽比不上拿破仑曾夸下的海口，不过凡是他觊觎的东西，也从来没有失手过，所以如果比较头脑灵光的绝对值，说不定万吉郎还要略胜蛭海夫人一筹。

万吉郎为解开这个难题绞尽脑汁，为转换心情，他来到以往自己最爱溜达的大川端①发呆。

黝黑的河水哗啦哗啦地冲刷着石墙。驳船拖着三艘载泥的大拖船，轰隆轰隆地喷吐着黑烟，驶向下游。五六只海鸥随风而去，咔嚓咔嚓地敲打着细长的喙。从入海口的方向，不时传来阵阵海潮的腥味。

万吉郎为了静下心来思考，便来到阒无一人的岸边砂石堆放场，坐了下来。

就没有什么万全之策吗？

他甚至想过找借口出去旅行，但再长的旅程，最多也就两三个月。与一生的长久相比，那样短暂的解放又算得了什么？

装疯躲进医院怎么样？可进医院一检查，立马就会露馅。

---

① 大川端，东京隅田川端的下游，特指吾妻桥到新大桥那一段右岸部分。

要不干脆不着痕迹地杀掉蛭海夫人？不，万吉郎对杀人毫无兴趣。万一被怀疑，真进了监狱，那他付出的牺牲可就太大了。

那么，虽说是下三烂的招数，但要是找个美男子诱使蛭海夫人出轨，设计令她为之倾心呢？这主意还是不妥。夫人不是那种水性杨花的女人，她疯狂地爱着万吉郎这个人，不会轻易移情别恋。所以这也行不通……

万吉郎下意识地捡起砂石堆上的一块碎石丢向河面，随后又捡起一块扔了过去。

意想不到的事发生了。在万吉郎的前方，有一道高高的石墙垮塌至河中。从那石墙对面冷不丁冒出一颗脑袋来。

"快住手！为啥拿石头丢我？我这午觉睡得正香呢。"

万吉郎呀地叫出声来。

他一眼就看出从石墙下凭空冒出脸来的是个年轻的流浪汉。看来石墙下有可容一人躺卧的狭小空间。

那流浪汉翻过石墙走了过来，万吉郎递了根香烟给他，让他坐在自己身旁。

"先生，你有能填肚子的东西不？"

"巧克力行吗？"

年轻的流浪汉嚼着巧克力棒，渐渐打开了话匣子，和万吉郎东拉西扯地聊起天来，万万没想到，就在这期间，万吉郎想到了一个绝妙的点子。

"嗯，这办法好！我怎么会没意识到呢。啊啊，赞美取得飞跃进步的伟大医学……"

万吉郎在狂喜之下拉住流浪汉的手，将他拽了起来，与他抱在一处，在砂石场上手舞足蹈，真可谓是心花怒放。

"来，你跟我走，我给你指一条顶好的生财之道。而且还有女人哦，水灵灵、香喷喷的可人儿。"

流浪汉张大嘴，呆若木鸡。

万吉郎的妙计究竟是什么？

蛭海夫人真不愧聪颖过人。

她老早就发现年轻的丈夫万吉郎对自己怀有歹意。

可正如万吉郎也预料到的，无论年轻的丈夫打算如何加害自己，她都不愿与他分离。她下定决心，就算不择手段，也要将心爱的丈夫留在自己身边。哪怕万吉郎就离开一天，自己也必定会丧失理智。

可怜的蛭海夫人对自己年轻的丈夫万吉郎的爱恋，就是这般执迷不悟。

什么临床实验，什么医院的经营，如今都被她渐渐抛诸脑后。她心里就装着两件事，防止万吉郎离家出走，以及不让别的女人夺走他，并为此焦心劳思。

因此，在万吉郎偶尔要外出时，就曾引发过无论如何都耻于被他人看到的大骚动。具体情况恕我不能在此详述，总之蛭海夫人就像水蛭一样吸附在万吉郎的身体上，绝不打算轻易离开。万吉郎也就说了句要去理发店，却引发了这场闹剧。

而这种疯狂的行为，更将万吉郎的心越推越远。这虽是人之常情，却也的确是情天孽海中的悲剧。

"亲爱的，你总算回到我身边来了。"

丈夫一回到家，蛭海夫人便会毫不顾忌他人眼光，潸然泪下地抱紧丈夫结实的胸膛。

或许是蛭海夫人的贞节感化了万吉郎。据夫人的观察，丈夫这段时间简直就像变了个人，一举一动都恢复了曾经的纯真与热情。虽然偶尔也会用以往的语气吼上几句，但事后再回到房间时，丈夫的心情就已经不可思议地好转了。夫人甚至心生期待，认为很快就能重新找回以往生活中的满足感。

一日，蛭海夫人独自待在研究室里。她那天莫名觉得疲惫，便在长椅上舒展开那丰满的身体闭目养神。她以前经常这么睡，这次也想久违地在这里小憩一下。

然而也不知怎么的，一闭上眼，头脑反而清醒过来，再睡不着了。

"……可能是神经衰弱。"

蛭海夫人感到轻微的头疼，便轻轻揉了揉额头。

尽管睡不着，但夫人仍一动不动地躺着，只是猛地睁开了眼睛，凝视着动弹不得的自己，就仿佛躺在那儿的是别人的尸体。

她愈发觉得不对劲，仿佛只有脑髓从头盖骨中蹦了出来。而那脑髓中，各种物象如高速旋转的万花筒般出现又消失，消失后又摇身一变再次出现。在这眼花缭乱的闪现中，蛭海夫人陡然瞥见一个令人惊惧的幻影。两个男人手牵着手站在一起，长得都与她深爱的丈夫万吉郎一般无二。

"啊啊，莫非是真的？不，这不可能！"

蛭海夫人焦躁地盼着那骇人的幻影尽快消失，然而事与愿违，那幻影却格外不怀好意地凸显出来，越来越鲜明。最后，两个万吉郎指着夫人，哈哈大笑。

多么可怖的幻影。

深爱的丈夫不是一个，而是两个，这可能吗？那润泽的头发，秀美的额头，英武的剑眉，明澈的朗目，笔挺的鼻子，湿润的红唇，丰满的面颊，还有性感的耳郭……还会有另一个男人拥有这些并别无二致吗?

夫人只觉得寒意顿生,瑟瑟而抖。

不过,夫人那清晰透彻的头脑虽感到恐惧,另一方面却探出了敏锐的分析之爪,试图赋予那无意义的幻影以意义。

"……是了,说起来在一种特殊情况下这的确是有可能的。而且这想法在当下早已是常识。"

夫人长叹一声。

太可怕了。可怕的诡计。可怕的圈套。

是什么令夫人惊呼"可怕的圈套"?是一团可怕的疑云,自己所爱的丈夫万吉郎是真的万吉郎吗?

这世上不可能有两个长相、身形都不差分毫的人存在——这话放在过去,一点不假。可时至今日,却未必能如此断言,也无法令人信服。不不,在今时今日,至少在蛭海夫人的田内整形外科术大获成功之后,这话便完全不可信了。

正如制作死亡面具①时一样,只要有一个原型,就能轻而易举地复制出无数张一模一样的脸。当然,如果不通过蛭海夫人开创的新整形外科术实施,一切便无从谈起。

蛭海夫人自己最为清楚,她的新整形外科术十分可靠。

---

① 死亡面具,英文为 Death Mask,指用石膏或蜡将死者遗容保存下来的面部模具。

而在这种情况下，为了自己创造的、万无一失的手术学，夫人不得不亲手毁掉她赌上生命去爱的偶像，多么讽刺。

曾坚信已牢牢攥在手中的丈夫，到底是不是真万吉郎？那家伙究竟是万吉郎，还是模仿他的冒牌货？

夫人从没想过，自己出神入化的医术有朝一日竟会如此折磨自己。早知如此，就该让它停留在尚不完善的程度。世人由神所创，而想要制造出与其不差分毫的复制人，或许这本身就已是对神明覆水难收般的亵渎。

蛭海夫人二十多年来未曾流过眼泪，此刻却泪如泉涌。她猛地伏在长椅上，双肩颤动，如孩童般号啕大哭起来。

从那之后，蛭海夫人的脸颊遽然消瘦，黑眼圈也浮现了出来，想来这也理所当然。

但凡她独自待在房中，皓齿便抽搐似的抖个不停，不知不觉间咬破嘴唇，鲜血淋漓；又因为用指尖狂揪秀发，以至于蓬头散发，面目狰狞如堕入地狱的恶鬼。

尽管如此，聪慧的蛭海夫人在丈夫万吉郎面前却是判若两人，衣妆楚楚，温存相迎。她才没那么蠢，会让万吉郎察觉到哪怕一丁点儿自己发狂般纷乱的内心。

而且在此期间，蛭海夫人在和颜悦色的面具下敏锐地观察着万吉郎的容貌与举动,没有丝毫懈怠,一点儿细枝末节都不放过。她下定决心,一旦发现眼前之人并非真万吉郎的证据,自己便当即一跃而起,一击敲碎这个冒牌货的天灵盖。

然而丈夫没有露出半点马脚。没有露出马脚,就意味着这与丈夫真伪难辨的男人仍是真的万吉郎,可这一点同时又再度刺激了蛭海夫人的神经,若不能倾尽心血更进一步敏锐地观察,以确认那男人是否巧妙地冒充了真万吉郎,夫人是不可能心安的。所谓的"无间地狱",或许指的就是夫人的这种心境。

烦闷日夜萦绕不去。猜疑又生出新的猜疑,混乱的涟漪日益扩散。

到了最后,夫人的理智终于被逼至绝境,离彻底疯狂只有一步之遥。

黄昏时分,夫人待在自己那没有点灯的房间里,消瘦得如同木乃伊的身体坐在油桶上,久久地沉思。她究竟会因无计可施而惨败,就此陷入癫狂,还是计上心头,理智总算得以幸存?

"啊……"

夫人在黑暗中发出一声呻吟。

就在这时,她脑中灵光一闪,妙计天降。

"啊，看来天无绝人之路！"

就像石蕊试纸由蓝变红一样，夫人苍白的面容上也蓦然泛起了血色。

"……真是个绝妙的主意。"

夫人咚地一跺脚，像上了发条的人偶般从油桶上一跃而起，一把拿起脱在一旁的手术服，推开沉重的门扉，沿着宽阔的走廊向万吉郎的房间疾步走去。

两个小时后，蛭海夫人那只一向空空如也的冷冻包变得鼓鼓囊囊。

那只冷冻包通常放在蛭海夫人的特别研究室里，是一种最新型的便携式冷库。有时，夫人会将解剖过的、用于动物实验的狗或兔子尸体装在里面提着外出。

不过此时此刻，狗或兔子的尸体都被悉数取出，移进了垃圾箱。夫人先将冷冻包清洗得干干净净，然后将七零八落的人体，包括手、脚、躯干还有头颅统统塞了进去，塞得满满当当。那支离破碎的人体不是旁人的，正是值得她誓死不渝去爱的丈夫万吉郎的身体。

蛭海夫人将万吉郎活活肢解，装入了这只冷冻包。

那么，蛭海夫人终究还是杀害了自己深爱的丈夫吗？

不，这么下定论未免为时尚早。

总之，夫人就这样把心爱的丈夫的身体拾掇进了冷冻包。从此，她将冷冻包带在身边，寸步不离。无论是离开房间片刻来到走廊上，还是有事外出，这只冷冻包都会陪伴在夫人身边。

夫人这才感到心爱的丈夫完完全全属于自己。他再也不会上街闲逛，当然，也再不用担心他会被其他女人夺走了。

夫人喜不自胜，将当日的感想记录在日记中。那是夫人生平第一次写下日记。她的简短感想，内容如下：

×年×月×日。雨。

气压750毫巴①。室温19.7摄氏度。湿度85。

我终于决定下手了。

我将这世上我唯一挚爱的丈夫带进特别研究室，用高频电刀肢解了他。丈夫直到最后，似乎都不认为自己是在被肢解。

我实在太想搞清楚，作为丈夫与我朝夕相伴的那个男人，究竟是不是万吉郎本人。所以我将丈夫的身体解

---

① 毫巴，气压单位，巴的千分之一。

剖得七零八落。

剖检的结果,这具身躯的确属于我真正的丈夫万吉郎。不,或许应该说,我认为这具身躯的确属于万吉郎。不不,不该用这种含糊的说法。这就是万吉郎,不可能是其他人。

至于原因,在于这具男性的身体具备我平素早已确认的一切特征。拿内脏举例,丈夫的左肺门有病灶,胃下垂5厘米。(若有人问,要是除了我丈夫之外,还有一个和他容貌相同、年龄相当的男子左肺门也有病灶,胃也下垂了5厘米,该当如何?不,不可能会有这样的人。虽说偶然并非不存在,但说到底,所谓的偶然就意味着不可能。我又不是非科学人士,才不吃偶然那一套!)

我不禁如孩童般高呼万岁。我心爱的丈夫现在已完全归我所有。迄今我都如同身处地狱画卷,苦不堪言,但现在已然烟消云散,就像暴风雨过后的万里晴空。我怎么就没能更早一点想到这个妙计。

按照最初的想法,我计划在剖检结束后就重新拼接丈夫的身体,将他唤醒。以我的手术技巧,这种事易如反掌。然而临了,我却突然改变了心意。

于是我将我所痴恋的丈夫那支离破碎的肢体直接塞

进了冷冻包,决定暂缓组装他的四肢令其苏醒。这是为什么呢?

因为我无意间想到了第二个惊世骇俗的妙计。恐怕,我在今后的二十年内,都不会将万吉郎零落的身体拼接起来。在此期间,我会一直将丈夫的肢体存放在冷冻包里。这又是为什么呢?

二十年后,我已是年逾五旬的老妪。即便借助整形外科术的威力,令外表依旧如新娘般鲜嫩水灵,但精力的衰退是无法掩盖的。如果我令万吉郎在今日复苏,二十年后,他便会衰老为四十五岁的老翁,精力也必然会同样严重衰退。四十五岁的老翁做我的丈夫,天哪!光是想象,就令我郁闷不已。

丈夫还是尽可能年轻的好。特别是在我自己精力衰退的时候,有个年富力强的丈夫,该是多么有益健康的灵丹妙药啊。我这才如梦方醒。

我决定在今后的二十年间,将心爱的丈夫万吉郎好好地冻在冷冻包里。

等我五十岁的时候,就让刚好是我一半年龄的二十五岁的万吉郎获得重生。

在那之前,我打算潜心钻研让男人死心塌地的医学手段。任何事只要花上个二十年，没有不成功的。

啊，我心爱的丈夫，你就在这冷冻包中安睡上二十年吧！

"我说完了。怎么样，关于刚才在雾中街头所见的'蛭海夫人的冷冻包'，您对我的解说可还满意？"

年轻的流浪汉说着，撩开遮住宽阔额头的长发，一口气喝光已经冷掉的咖啡，好像那咖啡仍很美味似的。

我没有回应，沉默地凝视着黄色的墙壁。

"……莫非不合您的意？如此有趣的故事都……"

年轻的流浪汉用力握紧黄油刀，猫似的绷紧了身体。

我故意轻轻哼了一声。

"倒也不是无趣，但你若肯再多说一些，这故事才算得上精彩。"

"我已知无不言了。"

"撒谎。你还留着关键的部分没有讲。"

"您说什么？"

"我且问你，身为这个故事的讲述者，为何你对其中隐情知道得如此详尽？看你说话的样子，简直就像曾和蛭海夫人同处私密空间。你到底是谁？希望你报上名来。"

"……"

这回轮到年轻的流浪汉默不作声了。

"那换我来说，你看这个故事如何——万吉郎为了摆脱蛭海夫人，重返千太郎的身份，耍了个小聪明。他将大川端岸边石墙下冒出来的小流浪汉诱进一家新外科医院，整容成自己的模样。也就是说，造就出了两个万吉郎。准备万全后，真万吉郎将假万吉郎留在蛭海夫人身边，自己则在外随心所欲地逍遥快活。在这期间，夫人解剖了不知情的假万吉郎。如今装在冷冻包里的就是那个假万吉郎。可怜的蛭海夫人啊，抓住肺门病灶和胃下垂的证据深信不疑，叫嚣着科学家就是要消除偶然，然而真万吉郎多半会嗤之以鼻，毕竟'科学总是会向偶然让步'。经此一事，真正的万吉郎大彻大悟，成了流浪汉的一员，死乞白赖地拿往事换咖啡喝……这么说怎么样？"

我刚说到这里，年轻的流浪汉像想起什么似的冷不丁站起身来。我让他别走，他却充耳不闻，飞快地跑了出去。

落单的我失去了谈话的对象，只得无所事事地从窗口探出头去，遥望着下方，心想要不了多久刚才那年轻的流浪汉应该就会跑出大楼，我想再看他一眼，便一直等着，可离奇的是，迟迟不见他的踪影。

我只看到在远远的十字路口,蛭海夫人那酷似黑棺的冷冻包正徐徐行过,不知要去向何处。

张乐 译

大脑手术

海野十三

美丽的小腿

在最为明亮的那扇窗户下,我抚摸着自己毛乎乎的小腿,这时友人鸣海三郎一如既往不经通传地闯了进来。

"嗨!"鸣海按他一贯的作风草草打了声招呼,随即问道,"你这是在做什么?"

"唔。"

我爱答不理地应了一声,仍继续着同样的动作。近来我的小腿全然没了脂肪，消瘦得厉害，小腿肚还没有年富力强时的三分之一粗。

"无意义的动作还是别做了。"

鸣海说着，在我对面盘腿坐下，却又旋即起身，从房间的角落里找出一只烟灰缸，返回原处重新坐好。我收回小腿，将挽起的裤腿放回至脚踝。

"……"

"莫非你……"

"什么？"

"莫非你打算将这对宝贵的小腿卖给迎春馆？要真是这样，你可得听我一句劝。"

在友人那严厉视线的逼视下，我感到全身像遭受了中子风暴似的，大脑的一部分顿时变得滚烫。

"迎春馆？啃，你居然知道迎春馆？"

"那种罪恶殿堂必须尽早铲除。听说买两只胳膊要50万日元，两条小腿则要75万日元，是不是？"

"嘿嘿嘿嘿，你连这都听说了？"

"挂着'迎春馆'这样的美名，却在做这种龌龊的买卖，真是岂有此理！我还听说，那里会将买下的四肢翻上数十、数百倍的价格，卖给那些有钱的老人……"

"可是鸣海啊，这世上存在这种买卖有什么不好？人一老，四肢就不利索了。身体各方面的机能都在衰退，对生存也就没了盼头。在这种时候，买下朝气蓬勃的四肢或内脏，通过简单且完善的手术移植到自己身上，转眼就能返老还童。你不觉得移植手术很棒吗？"

"别搞错了，我并不是在否定移植手术本身。移植手术的突飞猛进，在造福人类上功不可没。但我认为，实施这种手术必须像濑尾教授所做的那样，自始至终都要光明正大。就拿濑尾教授来说，假如他收治了一位因交通事故肝脏破裂而濒死的男人，要当即进行手术，将患者的肝脏摘除，并移植库存肝脏来取代。所用肝脏来自无肝脏病史的死者，摘除后留库备用，而且死者的遗嘱是为了全人类的幸福，主动将肝脏卖给人体集成器官部的。这才称得上光明正大，因此接受了濑尾教授手术的患者不会有任何罪恶感。移植手术就必须这么做才行！"

鸣海一本正经地慷慨而谈，我却无动于衷。根本没必要去追究移植手术是否光明正大，总之，只要接受移植手术的人能获得幸福就行了。有这闲心，还不如去关心医生的手术本领如何。

"怎么样暗川，你在听吗？"

"嗯，听着呢。说起来，迎春馆的事，你到底是打哪儿听来的？"

"听某个新闻记者说的。不过那记者好像也是在俱乐部里听同行说的。据说在街上根本就找不着迎春馆，但只要进去过一次，必然会深受内中盛况震撼。另外，听说在我们小说作家圈中，也有个熟悉迎春馆的家伙，可惜我偏偏忘了问名字。哎呀，你笑什么？"

我一惊，赶紧敛容正色，说道："实际上，迎春馆馆主和歌宫钝千木氏的手段甚为高明。这位和歌宫钝千木氏……"

"你说的这位和歌宫钝千木是主任医师？"

"是的，是位须发皆白的老人。不过，他虽是老人，但除毛发外，全身都青春洋溢、精力充沛。我看八成是用他拿手的移植手术修整过了……"

"想不到，真是想不到！你什么时候和那样的恶魔走得这么近了？我说这话可是为了你好，你还是离那个和歌宫馆主远点儿。出入那种地方，最后肯定没好果子吃。"

纯真又一根筋的朋友对我怒目而视。

"索性你也去见见和歌宫医生。见了后，你就会收回刚才所说的话。"

"哼，谁要靠近那种下作的家伙。"

"和歌宫医生端详着我修长的小腿说：'你的小腿非常优秀。长达 43 厘米的小腿较为罕见，不仅如此，你的胫骨和腓骨的形状也很优美。胫骨正面居然形成了纯正的双曲线。'而且他还告诉我，如果我有意出售，他愿出 99 万日元购买。"

"你可别做傻事。我在这儿跟你把话说清楚了，你觉得卖掉天赐的神圣之躯合适吗？更何况还是为了物质欲望出售身体，实在是恶劣至极。万一你真要那么做，我就和你绝交！"

鸣海大呼小叫，用膝盖咚咚地敲着榻榻米，弄得尘土飞扬。但我还是说道："如果事出有因，卖掉更好，难道不该卖吗？再说我的身体，卖不卖由我自己做主。"

"我不允许！绝不能卖。而且……而且，试想要是珠子小姐知道了，她会有多难过！你们之间必然会产生裂痕，而且是会导致别离的致命裂痕……"

"不会的。"

"怎么不会！你想想看，珠子小姐她……"

"倘若这就是珠子所希望的，你还有什么话说？"

"……"

惊异的技术

我原本打算将此记录写成札记形式,可一旦开始动笔,老毛病就犯了,还是写成了小说体。我只得停笔蒙混过去。我寻思着今天非得按札记风格来写不可。

不管我怎么撵,纠缠不休的鸣海三郎就是不长记性,几乎每天都不请自来胡扯一通。有这朋友真叫人头疼。

他势必会对我意图卖腿的事谴责到底。刚开始他还搬出珠子来劝我,被我将了一军,让他明白是珠子希望我这么做的,他便不再提了,反倒怪罪起珠子来,大骂"这种要你去卖腿的女人根本就是佛口蛇心"。不仅如此,他还尽说晦气话——什么"要不了多久,珠子肯定会背信弃义,把你一脚踹开"之类的,闹得我极为不快。我让他立马滚蛋,可他鸣海岂会因此善罢甘休。于是他这回又改变了攻击目标,转而对和歌宫医生的手术吹毛求疵。

"虽然我不知道那个和歌宫是怎样的手术圣手,但肯定还是会留下难看的手术痕迹。也就是说,缝合处会红肿扭曲,留下丑陋不堪的疤痕……"

我用力摇了摇头。

"你一个外行,凭什么质疑和歌宫医生的手术本领。这十年间，外科手术完成了技术上的腾飞，首先就是根绝了以往会残存的丑陋疤痕。所以整容手术之类的才会越来越盛行。更何况在这一点上，和歌宫医生的手术放眼当代无人能及。其实，我在医生那里见过数十……不，数百名接受了手术的人，一次都没发现过像是伤疤的痕迹。"

"嚯，是吗？就当是那样好了，那么当纤细的小腿取代原来粗壮的小腿接上时会怎么样？就算接合处的表皮上不会留下痕迹，粗细之差无疑会导致分层，依然有碍观瞻。"

"你太没常识了。在以美观为前提之一的现代外科手术中，怎么会出现分层这种蹩脚的处理。在手术前，会用旋转拍摄器进行精密的测量，再用显像管完成估算设计，从而在材料范围内选定接合后的整条小腿，以形成正椭圆函数以及双曲线函数曲线。因此就连结合部位切口的横截面积都能计算出来，再根据这些数值，剔选不需要的赘肉并切除。所以大腿与需移植的小腿会严丝合缝，绝不可能出现丑陋的分层。你明白没？"

"哼，道理我懂，可谁知道实际情况会怎样？不，我不是不相信你的话。只是，虽然不知现代的外科手术有多先进，但这毕竟不是拼接人体模型，而是接合活生生的肢体，必定困难重重。比如血管与血管如何连接？神经细胞间又如何连接？这些可都难乎其难啊。"

"这些从来就不是难题。在大腿处一刀切断后，当即拍下切口照片，显影后投射在墙壁上，放大至整面墙大小。然后同样地，对需要连接的小腿切口进行拍照、放大和投影。这两者当然不可能一致，但毕竟同为人类肢体，彼此相似。不过为了接合，光是相似可不行，必须完全一致，也就是说要调整骨头、血管、神经、肌肉、皮下脂肪、皮肤等的排列状态，做出相应的设计，将其从相似调整为一致。当然，首先要达成骨头和骨头的一致，再依次决定血管、神经等的排列坐标，之后才是替换排列的手术。借助高频电刀、带电器械和一众电极，这手术只需五分钟便能完成。这样一来，无论是大腿的切口，还是与之相接的小腿的切口，排列、粗细、形状都会像是一个模子里刻出来的，完全一致。之后将两者紧密贴合，通上电，进行瞬间粘连。最后就剩下对皮肤与皮肤的接合部位进行妥善处理，等这一步也完成后，全部的手术便结束了。怎么样，这么解释你能理解吧？这手术所拥有的技术就相当于将零件组装成引擎，实施起来可靠且简单。"

我在这里止住话头，凝视着老友的脸。鸣海轻轻点了点头。

"怎么样，鸣海，理解了？"

"嗯，多多少少。可就算你说得没错，接好的小腿立马就能听从大脑的指令动起来？"

他仍不死心地刨根问底。

"那自然是要进行一番周密的试验才成。特别是神经反应要接受细致入微的检查。血液循环则可以通过心脏心形线①图来全面确认。还要用有尺②高速电影来拍摄运动与肌肉的关系，通过显像管的光斑运动检定肌肉压力，并同程拍摄，一旦有什么异常，立刻就能发现。只有当以上所有试验全部完成后，麻醉才会解除。"

"嗬，你了解得还真是详细，我看都足以胜任和歌宫医生的助手了。"

鸣海语带嘲讽，而我置之不理，兀自说道："现代医术早已不是天才的特技，它已成为具有普遍性的机械技术，只要借助机械之力，谁都能够操作。至于和歌宫医生所谓的'神技'，无非是将他掌握的真理无畏而坦率地转为机械技术，并运用自如罢了。"

---

① 心形线，又称心脏线，是外摆线的一种，因形状酷似心形而得名，和心脏本身并无关系。
② 尺，日本电影业界对电影长度的一种特殊叫法。电影胶片长度单位通常为英尺（1英尺等于30.48厘米），而日本古时度量衡为尺贯法，1尺等于30.3厘米，因与英尺相差无几，所以日本电影业界惯以尺来表示影片长度。

"那要照这么说,你崇拜的和歌宫医生其实就相当于某种魔术师。你必须立刻与他断绝往来,这是我恳切的忠告。"

"少废话,我的事由我自己决定。"

我终究还是将多管闲事的鸣海轰了出去,转头就去迎春馆卖掉了两条小腿。这么一来,就算是鸣海也会闭嘴了。此外,我按照珠子所希望的,以两条小腿为代价,购买了五年青春和一双代用的小腿,当场移植。

疑 惑

珠子果然心花怒放,比我预期的还要欣喜。她握着我的双手看来看去地比较我的腿,夸赞说比以前更为光滑。

之后我们坐上游艇,出发前往濑户内海的观光群岛。

在幸福又奢华的生活中,我们浑然忘却了时间,到处游玩。但这样的生活也终会迎来厌倦之时。算起来刚好过了三个月。也不知道是我们中的谁先开口说要走的,反正提出后我们便离了岛,回到原先居住的城市。

我为了和珠子同居,打算找个新住处,珠子却不同意。她说同居需要好好准备,收拾旧居也需要时间,让我给她五周时间。我虽觉得五周长了些,但难得珠子开口,也就同意了。我们在停车场前作别,迄今已有两周左右,我再没见到珠子。

　　在我看来，即便不住在一起，我去珠子住处拜访，她也不会不欢迎，于是在停车场前作别的第二天，我就去美兰寮找她。没想到，公寓还在，她却不见了。不，准确地说，公寓的建筑还在，名称却变了。公寓已被卖出，成了仓库。我向看守仓库的人打听珠子的下落，他却只是摇头。我大失所望，甚至开始对珠子感到不满。

　　不过，我在回家路上转念一想，说不定珠子给我寄了告知搬家的信件，只是如今还在邮递员手上。也许再等上一天，那封信就会送到我家里来。

　　我回到家，一心一意地等着那封信寄来。时间实在走得太慢，我来到檐廊上晒太阳，同时竖起耳朵，希望第一时间听到邮递员走近的脚步声。然而时间一分一秒地过去，我的愿望始终未能实现。

　　我的心境逐渐凄凉。慌什么，还有明天呢，我也试着"骂醒"自己，可那凄凉感并未消失。我下意识地抚摸起自己毛乎乎的小腿来——唉，虽说这是那时候我买来安在自己身上的商品，现如今却也成了我的第二代小腿，可我越摸，心中反而越发凄凉。我曾经的小腿修长美丽，这双却迥然不同，皮肤异常粗糙不说，恶疮留下的疤痕像塞着咸梅干般凹陷着，甚至有三处之多，而且腿骨也丑陋地扭曲着。更糟糕的是，恶疮仍会时不时地冒出来，散发出难以忍受的恶臭。毕竟这玩意儿只要5000日元，自然没理由再去奢求什么，但如果我早知道会令自己如此烦恼，购买青春时就会再稍微还还价，多留点钱买上一双普通的小腿。要是有钱，现在再重新买双好腿也不迟，可惜钱全花在了与珠子的游览之旅上。老实说，我眼下正琢磨着该怎么筹钱。

就在我往那倒霉催的小腿上贴膏药时，没承想鸣海走了进来。

"嗨暗川，你果然回来了。"

他说着，和往常一样找到烟灰缸，拿着它在我面前盘腿坐下。因为不想让他看到我的第二代小腿，我惊慌失措地怒吼着让他滚蛋。可鸣海只是哼了一声，瞥了眼我的小腿，露出毫不在乎的表情。

"你没和珠子小姐在一起？"

"那又怎么了……"

我被他问得猝不及防，不由得脸色发青。

"没啥，要是惹你不高兴了，我道歉。就是吧，我刚刚瞅见珠子小姐的背影了……"

"咦，是在哪儿……详细说说。"

鸣海吃惊地盯着我的脸看了一会儿。

"我可没打算刺激你。我看到她走在 H 街上。"

"是一个人，还是有同伴？"

"这个嘛……叫我怎么说才好。"

"你照实说。我现在就想知道真相。珠子是不是和别的男人走在一起？那个男人是什么样的家伙？"

我咄咄逼人的追问反倒令鸣海迟疑了，但他最终还是回答了我。

"倒也不是什么可疑人士。"

"少说废话……那家伙到底是怎样的男人？"

"是你认识的人。"

"不要兜圈子。珠子身边的男人是谁，快说！"

"也没什么不能说的。是濑尾教授。"

"什么，濑尾教授？就是大学濑尾外科的主任教授，那位濑尾医生？"

"是啊。所以你也不必那么激动。"

我沉默了片刻，喃喃道："珠子找濑尾教授究竟有什么事？"

我猜不出理由。可是考虑到旅行回来后珠子就跟我玩失踪，完全联系不上，因此就算对方是濑尾教授，两人并肩走在一起这件事，对我而言仍算是严重的问题。

"你刚才说是在 H 街？"

"喂，你变颜变色地要去哪里？等一下，我让你等等！"

我将鸣海不知所措的声音抛在身后，飞奔而出。目的地当然是 H 街。

H 街拥挤喧闹。我奋力拨开汹涌的人潮，有时又会被人潮反推回来，一遍遍地寻觅着要找的人，最终却一无所获。不知那两人藏到哪里去了。

也罢。想必那两人总还会出现在 H 街的。我下定决心，到时候一定要把他们逮个正着。于是，我几乎每天都去 H 街蹲守。

不用说，我所等待的珠子来信，第二天也好，第三天也好，甚至再往后的日子里，都始终没有到来。对 H 街的监视也毫无效果，我始终没能发现珠子他们的踪影。

此后过了相当长的一段时日，一封匿名信寄到了我的手上。一看到那封信，我便意识到信中必然写着我所渴求的重要信息。

拆开一看，果然是份可疑的文书。全文用平假名写就，而且是用日文打字机打出来的。内容如下：

> 暗川，正式警告。小宫珠子从和歌宫钝千木处买下了你那双美丽的小腿，并将其献给了她爱慕的男人。今后你若掉以轻心，后果不堪设想。
>
> 早耳生上

我的预感没错。据这位早耳生说，是珠子从和歌宫医生手上买下了我的小腿，献给了她一直以来深爱的男人。而我今后要是掉以轻心，后果不堪设想。

珠子早有深爱之人，这我无从否定，不过在此前的游览之旅中，她可只字未提。现如今，她却买下我视若珍宝的小腿献给了那个男人，真是岂有此理！屡次三番劝诱我卖掉小腿的，不是别人正是珠子。哄我卖掉后，她又自己买下来，馈赠给老相好。真是罪大恶极，不可饶恕！

另外，她爱慕的男人究竟是谁？他现在肯定已经将珠子赠予的我那美丽的小腿移植到了自己身上，正春风得意着呢。我竟然被人当成傻瓜来耍。是了，这下我算明白了。她之所以会和外科手术的权威濑尾教授走在一起，一定是拜托教授做的小腿移植手术。

我怒不可遏。随着时间的推移，我头痛加剧，心如刀割。

不能就这么放过他们。无论如何我都要逮住那个男人，若不能让珠子知道厉害,便难消我心头之恨!

我终于化作了复仇的恶鬼。

寒风中的夜市

化作复仇之鬼的我,失魂落魄、没日没夜地徘徊在街头巷口。目的当然是逮住珠子,以及那个胆敢骗取我天生美腿的男人。

然而,珠子和那个男人始终没有出现在我的视野中。他们并非藏而不出,我多次听闻有关他们的目击情报。只是我运气欠佳,始终遇不上他们。

于是我自暴自弃地迁怒于和歌宫医生,冲上门去大闹,如同恶鬼附身,将医生摁在诊查床上,质问他为什么把我那双得天独厚的小腿转让给珠子那种人。医生并没有怪罪我的无礼,心平气和地对我晓之以理,"既然是我向你买下来的,怎么处理便是我的自由,你无权责难"。我只得松开勒住医生咽喉的胳膊,当场跪下,为自己的失礼谢罪。那天,我请医生买下我的双臂后才离开。所得 115 万日元,高于一般价格。作为替代品,我花 8500 日元买了双便宜的胳膊移植过来,其原先的主人是被轧死的。这么一来,我还净赚 114.15 万日元。有了这些钱,生活上一时不成问题。

毫无疑问，没有人能在被迫陷入这种受诅咒般的处境时，还能继续若无其事地生活。我自然也不例外，日夜寻求刺激，生活逐渐颓废。其中种种荒唐行径，我实在不敢在此诉诸文字，但可以说，我花起钱来也日益挥霍无度，没过多久，卖掉双臂得来的110多万巨款就都落入了别人的腰包，我不得不再次为筹钱烦恼。其结果，是我借着酒劲闯进和歌宫医生那里，或卖掉心脏，或卖掉一整个后背的皮肤，内脏也好什么也好，统统被我依次卖掉换成了钱。尽管我已穷途末路，但还是死守着一样东西不卖，那就是脖子以上的部分。若是把脸给卖了，我便没了标识，所以不管发生什么，唯有这张脸，我是绝不能卖的。

困顿和懊恼压得我喘不上气来，但我仍旧在街头奔走探寻。然而命运之神始终不肯眷顾我，我还是没能发现珠子和她的情夫。每天寻至深夜，再拖着精疲力尽的身体回到住处，这已成了我的常态。

鸣海那家伙倒是照旧跑来，像个脑筋愚钝的老奶奶般关照我，对我苦口相劝。

"你也真够蠢的。我虽不知道珠子有多倾国倾城，但倘若她是天生丽质的美人，或许还值得你这般穷追不舍。但你仔细琢磨琢磨，她怕是根本就不值得。"

"天生丽质？怎么说？"

"重点就在于此。你听我说，珠子和濑尾教授早就认识。听人说，她以前可没那么漂亮，甚至可以说其貌不扬，却突然脱胎换骨成了美人儿，难道你不觉得这里面暗藏蹊跷，与濑尾教授实施的整容手术脱不了干系？就为了这么个人造美人，你这蠢货居然蠢到献出纯粹的生命与灵魂。换言之，珠子就好比是印在杂志封面上的美人画，为这种东西神魂颠倒的你，就是个大傻瓜！"

"……"

这话正中我的痛处，令我终日怏怏不乐。鸣海这家伙彻底摧毁了我热爱的偶像。那之后，我愈发苦闷，对珠子的眷恋有所冷却，但对她所作所为的恨意反而燃烧得更为炽烈。

"好，既然如此，就算化为白骨，我也要逮住那个情夫……"

正好在那个时候，我从某个渠道听闻珠子和疑似情夫的人曾并肩走在 K 坂的夜市中，这让我想到了新的寻踪手段，并立刻着手进行。我打算加入 K 坂的夜市，摆一个看手相的小摊。然后我就可以守株待兔了。

我取得了该夜市委员会的许可，戴上黑色的礼帽，拖曳着同样乌黑的长斗篷，提着这行当惯用的老式灯笼，站在寒风中的坡道上，在小便横町①的幽暗角落里招揽起生意来。开始的两三天还算乐在其中，但过了四五天，我便明白这生意可一点儿也不轻松。不，应该说这工作若没有相当的体力根本干不来。但我并未气馁。

就算得了风寒，我也没有休息，吸溜着鼻涕继续夜夜硬撑。然而我的付出没有得到回报，只有焦躁与日俱增。珠子和她的情夫行事似乎颇为巧妙。

没想到，有个机会从天而降。就在我站街揽活的第四周周五晚上，也不知怎么的，我注意到从坡上走来一位绅士，他的腋下夹着公文包，有些微醉地踉跄着来到我的身旁。

"啊，濑尾教授！"

天哪，眼前的人毫无疑问就是濑尾教授。这时有个念头在我脑中电光石火般闪过。

哈哈，我要找的兴许就是这位医生。我竟然把他和珠子的关系忘了个一干二净。对啊，说不定珠子就是把我的小腿送给了这位濑尾教授。很好，我这就验验看！

我心跳如鼓，之后便什么都顾不得了，既不害怕也不觉

---

① 小便横町，又写作小便横丁，现已改名为"思い出横丁"，位于新宿站西口处的昭和风情饮食街，原为战后建立在废墟中的露天市场，因当时很多人沿街小解而得名。横丁即为小巷。

得丢脸，像疯狗似的窜出暗巷，冷不丁捉住教授的胳膊，生拉硬拽地将他拖进巷中。接着，我掏出藏在身上的小刀，刺啦一下从下往上割开教授的裤腿。教授修长的小腿甫一露出，我便唰地打开商用手电照着亮，仔仔细细地检查教授毛乎乎的小腿。

"呜哇，救……救命啊！"

这时教授有失身份地尖叫着求救。这下糟了，人潮顿时向我们这边涌来。我见势不妙，丢下灯笼和手电拔腿就跑，一溜烟地穿过昏暗的小路，往更为晦暗的方向逃去。

我虽仓皇而逃，心情却很舒畅。在我所怀疑的濑尾教授的裤腿下，并不是那双被我卖掉又令我念念不忘的小腿。也就是说，濑尾教授并非我要找的人。

这结果不坏，可那个始终不露面的情夫到底是谁，又长什么样呢？

无间地狱

狼狈地逃出来后，我唯恐被人追踪，当晚便去叩响了鸣海家的大门，请求借宿一晚。

鸣海听我诉说事情经过后，先是针对我的乱来训诫了一通，然后说："无论今晚发生什么事，都有我顶着，你只管安心睡觉。"托他的福，我得以酣然安眠。

到了早上，窗户刚透亮，我便条件反射地跳了起来。我害怕的事并没有发生。鸣海还在身旁呼呼大睡，这里是他的家。追踪者到底没能抓到我。我总算放下心来。

我来到餐厅同鸣海一起吃罢早饭，又去他的房间，围坐在电暖器旁抽烟。

这时，鸣海突然冒出一句莫名其妙的话来。

"我说暗川，真有迎春馆馆主和歌宫钝千木医生这个人吗？"

我一时语塞，不能作答。

"怎么突然这么问？"

"因为我这段时间挖地三尺都没找到这么个人。"

"你找的方法不对。"

"不，我不这么认为。根据我的调查，很多人都听说过迎春馆，也听说过和歌宫钝千木医生，可是没有人知道迎春馆的具体位置，也没有人见过和歌宫医生。这难道不古怪？对此，你能给出令我满意的解释吗？"

"哈哈哈哈。"

我朗声大笑。

"你笑什么？"

"笑你疑心病重。像和歌宫医生那样的贵人，哪能轻易现身人前？光是医生和迎春馆广为人知这一点，难道还不足以证明他的存在？除了真正希望进行人体买卖手术的当事人外，医生可没工夫接见闲杂人等。光是工作就够他忙的了，何况还要继续进行更为深入的研究。"

"那你带我去见和歌宫医生。"

"不行。你又不想动那种手术，行不通的。"

"总之我实在是大惑不解。好吧，既然你不肯，我就再找别的法子解开这疑惑。"

听了这话，我感到彼此话不投机，便离开了鸣海家。之后我便愈发活得颓废堕落了。

为了生活和刺激，我不得不狠下心来，身体"零件"越卖越多。本来想至少保住脖子以上的部分，现在也做不到了，我卖掉了眼球、所有的牙齿，以及还不背的耳朵，最后连头发带脸皮都卖了出去。此后的我极度恐惧照镜子，真是凄惨至极。

我再不复曾经的面容，虽然凄凉，却也有好处。以前的熟人都已认不出我了。就连鸣海，即便在街上迎面撞见，他也毫无察觉地从我身边走过。我变得轻松多了。

在某个时刻，一个疑问出其不意地冒了出来。我已容颜大改，声音也变了，从四肢到脏器全都换过，那么现在的我，是否还能算是原来的我？我会吃这么大的苦头，也是因为原来的我招人喜欢。然而，仔细想想，所谓的"原来的我"，如今已所剩无几，要说只剩下大脑也不为过。其余的部位全是外来物，由质量低劣的、别人的零件七拼八凑而成。我很怀疑，这样苟且的拼凑体，究竟还值不值得爱？这问题出乎意料地深刻，令我对触及它而追悔莫及。可事已至此，覆水难收。除了解决问题外别无他法。

现在的我，和原来的我同样值得自己去爱。

啊，多么可怕。我犯了个天大的错误。我为了爱自己而备尝辛苦，却反而在不知不觉间彻底摧毁了自己。世间还有比这更悲惨的事吗？对我而言，这是极大的悲剧，可在世人眼中，这恐怕是最滑稽的喜剧。

我全然丧失了自信与希望，疾病缠身。身心都日渐衰弱。思考能力开始明显减退，记忆力也大不如前。这下就连"原来的自己"所剩的最后财产——大脑也开始腐败了，眼看很快就会化为虚无。这新生的预感变成沉重的恐惧，折磨着我的身心。

于是我整日翻阅医书，研究"返老还童法与永生"，得出的结论如下：

> 通过更替脏器及四肢,虽可实现外表的返老还童,但脑细胞的衰老不可避免,故不可能获得永恒的生命。

我不禁心灰意冷,但没过多久,我无意中发现这本医书的版本已相当古老,于是这一回我试着依次检索近期的医学杂志,发现上面刊登着值得关注的新学说。

"……近来大脑手术取得了令人惊异的发展,令过去认定不可能的种种问题转而具有了相当的可能性。衰老的脑细胞可以继代培养成年轻有活力的脑细胞,从而达到具有划时代意义的返老还童效果。在具体的实施上,向低智能脑细胞移植在手术上相对容易成功。"

这篇文章令我重新振奋起来。谢天谢地。我脑细胞的衰老并非回天无力。我必须设法找到返老还童的途径。可要怎么做才好?

我苦思冥想,最后还真就想到一个。这解决方法可谓异想天开,但位于我如今的处境,实属不得已而为之。还望读者们莫要吃惊。我打算摘除身体中"原来的我"仅剩的最后财产——衰老的大脑皮质,将其移植到关在动物园里的年轻大猩猩的大脑里。多么绝妙的想法啊。如此一来,我便能将大猩猩那无穷无尽的充沛精力据为己有了。

我苦苦哀求和歌宫医生为我实施这大胆的大脑手术。所幸医生出于深切的同情，欣然允诺，并按我的要求进行了手术。几天后我醒转过来时，已经成了一只大猩猩，拥有前所未有的怡然心境，以及充沛的精力，过着从笼舍中眺望动物园游客的生活。樱花花瓣从我的笼舍上方翩然飘落，我有生以来第一次拥有这安逸的生活，只觉得心旷神怡。

我祈祷这样安乐的生活永无止境，然而就在我入园后不久，我的无忧无虑在某一天被突然褫夺了。当时，有个游客站在我的笼舍前，当我扬起脸来看到他时，不禁连声长啸，獠牙毕露。

那个男人——那个站在我的笼舍前，正意兴盎然地俯视着我的男人，他的脸、肩、身段、四肢，乃至整个身姿样貌全都和曾经的我一模一样。那个瞬间，我恍然大悟。

就是你啊，从我的双腿开始，双臂、脏器，甚至连面孔都通通买去了……是你，把属于我的东西掠夺殆尽。买走也就算了，又何必集齐后拼凑起来？特别是现如今还站在我的笼舍前卖弄，真是岂有此理……可是啊，你并没有夺走我的全部。你没有得到我的脑细胞。最为关键的脑细胞如今依然属于我。啊哈哈，可怜虫。

我捧腹大笑。那男人似乎听懂了我的话，勃然变色，逼近我的笼舍。

"啊，危险！"

有人从身后拉住了他。竟然是鸣海。鸣海怎么会和那个冒牌货待在一块儿？我感到纳闷，却无暇细想。那个冒牌货抓住笼舍的铁栏，前后摇晃着，用我听不懂的语言冲我破口大骂。我顿时火冒三丈，猛地站起来扑向笼舍，双手摁住令我深恶痛绝的那个男人的小脸蛋儿，一口咬了上去。啊啊，多么痛快！

* * *

以上便是第34号病房的患者××氏的札记。该患者今日将接受我执刀的大脑手术，从札记明显可以看出他错乱的精神状态。不过，该患者并非患有精神疾病，而是弹片导致的脑髓压迫性损伤，基于此我认为通过实施大脑手术应该能够恢复。

此外，该札记相当有趣，虽明显表现出了患者的脑部症状，但若非事先就对该患者有所了解，一读之下甚至会当作有条有理的故事来接受。但是，该故事中大部分事件并不存在。

换言之,根据该患者的挚友鸣海三郎氏的说法,得知以下有趣的事实:

一、名为珠子的妇人并不存在,完全出自暗川吉人的幻想。

二、迎春馆与和歌宫钝千木氏也同样不存在。不过我们有理由相信,和歌宫医生乃是暗川吉人自己分饰两角所扮演的角色,将暗川吉人的名字"ヤミカワキチンド"倒过来读作"ワカミヤドンチキ",便成了和歌宫钝千木,这恐怕是他身为小说家所设计的文字游戏。

三、暗川吉人连一根汗毛都没有卖出去过,更别提最后只剩下脑细胞并移植给动物园里的猩猩,纯属虚构出来的妄想。不过有两件事属实:一是那日吾带他出门散步,在落英缤纷中走进动物园,来到大猩猩的笼舍边;二是他靠近大猩猩的笼舍,吾吃惊地拽住了他。

在此,吾衷心希望不幸的暗川吉人在濑尾教授精心的手术治疗下,能幸运地恢复到战前的健全状态。

张　乐　译

地图上不存在的岛

兰郁二郎

1

红蜻蜓在空中轻快地飞舞,碧空如洗,澄澈得简直叫人吃不消。

"就连夏天也要结束了……"

中野五郎走进已混熟了的监视员①所在的苇棚，喃喃道。

"可不，就要和这份工作说拜拜了……"

监视员圭被太阳晒得黝黑，眼神空洞地看着停在望远镜筒口的红蜻蜓。

或许是心理作用，自打红蜻蜓翩然现身后，就连号称夏日宝座的 K 海水浴场，海风中也刮来了秋天的气息。波浪的起伏明显激烈起来，原本挤得沙滩密不透风的遮阳伞和帐篷也在日趋减少。正因为此前格外壮观，如今便显得分外萧瑟。

"我说……能再借我瞅瞅吗？"

"……"

圭只是微微动了动眼珠表示同意。

中野擦了擦架设在那里的望远镜上的目镜，轻轻将眼睛凑了过去。

和往常一样，他从水平线的方向径直远眺。海面上有两艘船，用肉眼很难看见。但也仅此而已。

于是他转而看向右手边的海岬方向。

圭曾笑称，用望远镜窥视算得上是一种"职务外快"，

---

① 本文指海水浴场的监视员，是进行气温水温测量、水质检测、水中和岸边安全确认、水深水流确认、器材确认等工作以防范事故发生的专职人员，并负责在事故发生时及时通知、协助救生员。

因为会看到相当"稀罕"的东西。但对中野而言,意义还不止如此,他喜欢的是用望远镜窥视这件事本身。

虽说这充其量只是一架地面望远镜,口径很小,倍率很低,但仅仅是通过如此简单的镜筒看出去,便能将肉眼所不及的世界尽收眼底,实属赏心乐事。不知为何,但凡人类,对不为人知的事物,都有暗自独享的欲望,既然如此,那么望远镜的确是能让人体验到个中乐趣的机械。

——海岬方向也没有异常。能看到有个男人在走动,像是钓鱼归来,只是鱼篓空空,一无所获。

然而,就在他打算改变望远镜的朝向时,他冷不丁注意到有一艘陌生的船只泊在岩石背面的凹陷处,那船约有10吨位,周身涂白,很是时髦。

他知道,在那块岩石背后是一潭湛碧的深渊,用来停泊那么大的船绰绰有余,但真看到有船只停靠还是第一次。

至于那艘船,他也从未在这一带见过。由于岩石挡住了一半以上的船身,看不见位于船尾的船名,不过那极具现代风格的流线型船头随波轻摇,一看便知是艘快船。

"有艘难得一见的船。"

中野从望远镜上挪开眼睛,回头望着圭。

圭那张晒黑的脸上依然无动于衷。

"唔……多半是外国人的船。"

圭敷衍地应道，看都不看一眼。中野自讨没趣，便又重新通过望远镜看去。

"……"

他只不过将视线挪开了片刻，其间船上不知何时已有了人影，而且还是明艳动人的年轻女性，身着纤薄的连衣裙，色调与其说是淡紫色，其实更接近于豆沙色，在阳光的反射下光彩夺目。中野忙不迭地重新擦了擦目镜的镜片，调节焦距，专心致志地观察起来。

那名女性是日本人，二十岁左右，乌黑的短发在海风中飘扬，她站在白色的船舱前，倚着栏杆。每当海风轻拂她的身体，那雕塑般匀称的丰满胴体便透过透镜展现在中野眼前。

随后，她不经意地朝这边看来，当中野透过透镜蓦然与其正面相对时，忍不住"啊……"地低声感叹。她的美就是这般叫人情难自禁。

2

中野目不转睛，看得浑然忘我，却见船舱内又走出一人，这回是名男子，不过依然是日本人。圭刚才说是外国人的船，看来也只是信口开河罢了。

让我看看是个怎样的男人……

中野将焦点对准那人，结果又是"啊……"的一声惊呼。

"怎么了，中野？"

就连圭也被惊动了，慢腾腾地询问。

"唔，没事，没什么。"

中野随口应道，姿势就跟挂在望远镜上似的，目不斜视地看着。

可事实上，他的眼睛死死抵在透镜上，简直恨不得将其塞进眼眶。

透镜的那一边，站在甲板上的那个男人，正是自十五六年前的大地震以来就杳无音信的中野的舅父细川三之助。中野那时还是初中生，与记忆中的相比，舅父苍老了许多，但他可以断言自己绝没有认错。

家里早已将地震之日当作舅父的忌日，并给他立了牌位，没想到他居然健在，而且还悠闲自在地坐着船跑到这种地方来……既然还活着，他为什么连一张报平安的明信片都不往家里寄？

中野听说这位舅父本来就是一位特立独行的科学家，不光把自己关在研究室里与世隔绝，就连博士学位都拒不接受。

可就算他是个怪人，从倒塌的研究室里销声匿迹，直至今日连一封告知情况的书信都没寄过，也未免太过离奇，更何况，他眼下还带着美少女，乘着一艘时髦的快船，跑到这夏日的海滨兜风，真是匪夷所思。

中野会目瞪口呆并不是全无道理。

于是目瞪口呆的中野从望远镜上挪开眼睛，又向那艘船所在的方向连瞥数眼，也没和圭打招呼，就径直奔出这微微隆起的苇棚监视所，在沙滩上飞跑。他想靠得近些，好加以确认。

刚翻过凹凸不平的岩石，那艘船便豁然出现在眼前。奇怪的是，船身并无一处写有船名。不过这种事根本无所谓。甲板上的人——

果不其然，正是舅父细川三之助。

"舅舅！"

"……"

舅父吃惊地扬起头，脸上瞬间泛起喜悦的红晕。但除此之外他一句话也没说，反而强迫自己似的低下头去。

"舅舅，我是中野呀。中野五郎。"

然而细川三之助仍一言不发，甚至还背过身去。可令他尽显老态的银白鬓发颤动着，似乎在诉说内心激烈的挣扎。

他身旁的丽人欲言又止，视线在他们两人的脸上来来去去，本已抬至胸前的手，又无力地垂落了下来。

在他们之间就像围着玻璃的隔断，令人扫兴。

在这其中，唯有舅父他们搭乘的那艘优美的白船，在微波轻荡的深渊中投下了鲜明的影子。

3

十五六年间音信全无的舅父，再加上他在不期而遇下竟极其冷淡的态度，反倒叫中野自己感到无所适从，乱了方寸。

于是他愤然离去，但到了午后，眺见那艘船仍静静地泊在原处，中野又恢复了冷静，重新思考。

刚才看到舅父那不理不睬的样子，他只顾着气愤，但话说回来，曾是科学家的细川三之助并没有表现得多么冷静，尽管只是脸色微微泛红，尽管只是鬓发微微颤动，但其内心无疑产生了强烈的波动。

如此看来，舅父肯定有不能做出回应，也不能与中野交谈的理由……说不定就是出于这个理由，舅父才会刻意在长达十五六年的时间里销声匿迹。

会是什么理由呢？

中野自然是全无头绪。

于是他打算再去问个明白。刚才有那少女在旁，舅父也许不便开口。

他吃罢午饭，久违地穿戴整齐，沿着海岸走去。

白船依旧泊着，四下静悄悄的，听不见半点人声。

中野蹑手蹑脚地登上白船。

上船后，他首先注意到的事颇令人诧异，从脚下的触感推测，整艘船竟然全由硬铝合金或是诸如此类的轻金属制造而成。

不知从何处传来时钟般规律的机械音。他侧耳听了一会儿，除此之外再无其他声响。

中野站在原地稍加思索，决定放弃原来寻找舅父的打算，就近躲进了一个似乎是用来放置救生工具的箱子后面。

他想看看舅父到底住在什么样的地方。此外还有一个令他一拍脑袋就决定偷渡的原因，那就是方才在船上出现的美丽少女……

之后不知又过了多久，应该还不到十分钟，中野发觉海风中莫名有了凉意。这么说起来，虽然微弱，但这艘船似乎在震动。

哎呀，莫非船开了……

就在他纳闷的时候，船速似乎在急速地上升，风压也增强到几乎要把人吹跑的程度。

在风压下喘不上气的中野慌了手脚,不由得奋力扑向两三步外的舱口,不顾一切地栽进船内。

他松了口气。看来,这艘船起航的速度迅猛得难以想象。

或许是听到了中野栽进来的动静,客舱的门打开了,有人蓦地探出头来,正是那美少女。

"哎呀……"

她看到靠在对面墙上、气喘吁吁的中野,不由得大吃一惊。

"啊,刚才真是抱歉……我想着再见上舅父一面,不料船居然起航了……"

中野深鞠一躬,尽可能地挤出善意的笑容。

"什么,你迄今都在甲板上……真亏你没有被吹走。"

"谁说不是……这速度可真了不得,再加上出发得如此轻快,我竟然丝毫没有察觉到是何时启动的。"平野喘了口气,"……而且一点儿发动机的声音也没听到。"

"发动机?"她反问,但随即又点点头说,"船上没装那种老古董,这是电动船。"

"哦哦,这么说果然是用蓄电池之类……"

中野这才反应过来,这艘船之所以呈现出时髦的流线型,正是因为没有烟囱来碍眼。

"蓄电池又笨重又占地方,我们不用。"

"咦?那是靠什么装置驱动的?"

"什么装置啊,怎么说呢,是通过无线接收电力来驱动的。"

"哦哦……"

"就好比收音机接收无线信号一样,这艘船靠接收传送的电力来运转。"

"……真是高招,不过,当真有这么个'电力电台'?"

"有啊,就是因为有,船才会动起来的嘛。"

"……原来如此。"

"这是你舅父的发明。"

"啊,是说细川舅舅?"

"是的。"

"他在哪儿?"

"在那边的机械室……要我带你去吗?"

"不,不急。我叫中野五郎。"

"之前就听你说过了。嘿嘿,我的名字更好记,小池庆子。"

"小池庆子小姐。"

"嗯，倒过来念也一样①，很好记吧？嘿嘿嘿嘿。"

看来，她是个开朗大方、无忧无虑的女孩。

4

在一间宛如船长室般豪华的房间里，白发苍苍的细川三之助独自靠在一张大写字台上。

"啊，你怎么……"看到由小池庆子领进来的中野，他不禁欠身欲起，但随即又将表情从脸上抹去，"怎么会来这里？"

"一个没留神船就开了……而且还和庆子小姐说了会儿话。"

"伤脑筋……现在已经离岸1000公里，再想回头可没那闲工夫了。"

"1000公里？都这……这么远了……"

"是啊，这艘船比你们所知的飞机还要快得多，因为接近音速，1秒可航行340米……眼下已开了30分钟，所以已经航行了612000米……"说着，细川三之助转而看向庆子，"怎么不早点告诉我这男人上船来了？"

---

① 小池庆子无论正读还是倒读，日文都是"こいけけいこ"。

"一个没留神就……"

庆子恐怕是有生以来第一次露出害羞的神情,她鞠了一躬后就离开了房间。

"……伤脑筋,眼下要去的地方可是绝不能暴露在人前的。"

舅父眉头深锁,开始在房间里兜圈子。中野也还记得他的这个习惯。打从前起,舅父一有烦心事就会这么做。

"我们到底要去哪儿?"

"你还好意思问,也罢,只能告诉你了,目的地是太平洋上的某座岛屿,当然了,它在地图上是不存在的。"

"还有那样的岛?"

"这不是明摆着的吗,当然它远离正常的航路,而且地形低矮,就算来到近旁也难以发现。"

"你就是在那里待了十几年?是在做什么?"

"……受人之托从事研究。出于保密的目的,规定不得对外联系……这次外出是进行必要的采买,本指望着在像K海岸这种拥挤闹哄的地方反倒不会引人注目,没承想你居然在那儿,看来我的运气到头了。"

"不过,从这船来看,你们在做的事规模可不小,到底谁在经营?"

"名字我不能说，说了你肯定知道。总之此人是个大富豪，盛传他从美国归国途中遇上海难，好不容易捡了条命回来，但脑子变得有点不太正常。事实上，他在海上漂流时发现了这座岛，便故意拿脑子不正常当由头离开日本，召集我这样的科学家，在那个岛上建造一个伟大的科学国度。在这个意义上，再没有比地震更适合作为科学家大量失踪的理由了。当时下落不明的大部分人，现在都在岛上干劲十足地从事着研究。"

"……这简直就是痴人说梦。"

"别说蠢话！或许在你们看来的确如同痴人说梦。可是，还有比我这艘船更快的东西吗？你如今就在以人类所能达到的最高速度航行，再清楚不过的事实就摆在眼前。"

"……"

"秒速 340 米，意味着与音同速，甚至几可匹敌地球的自转速度。所以，若这艘船向着与地球自转相反的方向航行，便永远都不会知道夜晚为何物……说这个速度是空气中的最高速度恐怕也不为过。"

"了不起……而且我一点儿震动都感觉不到，波浪不会对它造成影响吗？"

"波浪？哈哈哈哈。"舅父笑了起来，"别开玩笑了，要真是在海上乘风破浪，怎么可能达到这个速度，这艘船其实是在离海面五米左右的低空飞行，至于船的形状嘛，是为了避人耳目……"

正说着，中野感到船速急剧下降，随之传来的还有波涛不疾不徐的起伏感。

"降落在水面了？"

"嗯，我们到了。"

"究竟是什么样的岛……"

中野跑到舷窗边向外探看。可他们依然处于汪洋中央，左右皆是茫茫海水，连针尖儿大的岛影也没看见。

"还没到？"

"不，就在那里。"

"可目之所及唯有海水……"

"为了避免闲杂人等靠近，我们把岛藏起来了。"

"把岛藏起来？"

"没错，其实是用海市蜃楼——人造的海市蜃楼呈现出一片汪洋的假象。"

"嗬……"

"我觉得这实在有趣。假设有大批敌机前来轰炸东京。防御飞机虽得以升空，却不可能将敌机尽数击毁。半数敌机入侵到黄昏时分的东京上空，雨点般掷下毒气弹、炸弹，整个东京天翻地覆，最终化作废墟……然而，这其实只是用人造海市蜃楼在太平洋上幻化出的东京，敌人冒死远征运来炸弹，却只是白白丢进了空无一物的太平洋……怎么样，这情节是不是很有趣？"

细川三之助滔滔不绝。

他所说的固然有趣，中野五郎却心不在焉，刚才他身后的门被庆子打开了一道缝，她那向内窥探的眼睛，再加上他对隐藏在人造海市蜃楼深处、尚不知庐山真面目的岛屿的想象，吸引了他全部的注意力。

5

在小池庆子的陪同下，中野五郎踏上了隐藏在人造海市蜃楼深处的科学之岛"日章岛"，他甫一登陆便惊得目瞪口呆。

在他的想象中，既然号称"科学之岛"，所见场景必然是死气沉沉的混凝土厂区，然而当他一步踏进人造海市蜃楼的障壁后，眼前豁然开朗，"日章岛"宛如一座用百花缭乱来形容也毫不夸张的花园，呈现在他的面前。在南国明媚的阳光下，樱花、紫藤、唐菖蒲、大丽花、女郎花、桔梗……

分属四季的百花同时竞相绽放,美不胜收、蔚为壮观,完全超出了常识的范围。而花海的另一侧是连续不断的研究室,由硬质玻璃制成,线条优美、如梦似幻。

然而,更令他惊诧万分的是,迎上前来的十余名少女竟都与他身边微笑着的小池庆子长得一模一样,如同一个模子里刻出来的。

要说是多胞胎,倒也会显得几分相映成趣。可看到十余名相貌体态全都如出一辙的少女并排而立,中野只觉得有着莫名的压迫感。

"这到底……"

中野呆立当场,庆子饶有趣味地仰视着他的侧脸,像恶作剧的孩童得逞了似的开怀大笑。

"很壮观吧?刚开始,我也觉得特别诡异,就像我的影子在四下徘徊……不过如今已经习以为常了。有时反而还挺有用的,就算我恶作剧,也不会知道到底是谁干的。"

"……不过,真亏你们能召集到这么些如此相像的人。"

实际上,中野打第一眼见到庆子时起,便心怀感激,觉得自己遇到了理想中的女性,终此一生都不可能再遇上比她更完美的人。然而,现在却看到与庆子别无二致的女孩们并排站在自己眼前,他深受打击,只觉得天旋地转。

"召集?不是的,是制造出来的。"

她语出惊人,却说得若无其事。

"制造?"

中野大吃一惊,再次环视那群少女。可要说这些是人造人,也未免制作得太过精巧,精巧得简直匪夷所思。

虽然他不知道此秘境中的科学究竟有多万能,但他实在无法相信眼前这一个个活生生的少女是被制造出来的。

"你所说的制造出来,难道是指人造人……"

他话音未落,少女们便一片哗然。

"哎呀,讨厌!"

"过分,居然说我们是人造人……"

"这个人有点发懵啊。"

"我说庆子,这人叫什么名字?"

"告诉我们嘛,有什么不能说的。"

"你们不觉得他还挺帅的吗?"

"庆子们"并肩而立,七嘴八舌。看来就算是在这座科学之岛上,少女们的闹腾劲儿也不会有丝毫改变。中野只觉得血往上涌,头昏脑涨,但唯有那句"居然说我们是人造人……"在耳边不停回响。

她们不是人造人?那么……

那么,他就搞不懂庆子所说的"制造出来的"是什么意思了。

中野抱住脑袋,险些拔腿就逃。要不是之前都在指挥船只卸货的细川三之助刚巧过来,保不准他真就逃跑了。

舅父几句话就将"庆子们"打发回了研究室。

"怎么搞的,刚上岛就引起这么大骚动……"

"我也一头雾水。"说着,中野询问舅父"制造出来的"是什么意思。

"哦,是这么回事,这要怪庆子没说清楚。"舅父瞪了庆子一眼,"很遗憾,就算在这座岛上,也尚不能将人造人制作得如此精巧,更何况,那些姑娘都是血肉之躯。但是整形外科的医学水平已经达到了可以自由改造容颜美丑的程度。虽说容貌有美丑之分,但都无外乎两只眼睛一个鼻子一张嘴,简而言之就是五官的配置问题。若配置得当,丑八怪也能变成绝世美人……不过,这毕竟不像捏面人那么容易,还是需要参照模特的。而你眼前的这位庆子小姐正是模特人选。所以才会有一模一样的美人儿成群出现……"

"原来如此……"

中野恍然大悟,同时又感到些许满足。正如自己所想,就算在这"日章岛"上,庆子也美得足以成为模特。

"不过,你不喜欢吧?要是在路上冷不丁遇到,的确会吓一跳。"

"也许会,但这不过是小小的代价……"

"是吗……"

庆子故意别开了她那张蔷薇花瓣般的脸。

6

在舅父的引领下,中野穿过四季之花共同盛放的花园,向研究室的方向走去。

研究室由硬质玻璃制成,采光上无可挑剔。地上部分只有一层,看似只是平房,实则在地下有数十层之深,甚是庞大。地下部分的房间全都安装着冷光灯。由于冷光灯能将电能百分之百转化为光能,能效之高远超将电能大部分消耗在热量上,只有少得可怜的百分比转化为光能的普通电灯。此外,调节到适宜的温度和湿度,并且得到净化的空气清新地流通着。唯有一点令人遗憾,不知不觉间庆子已不知去向……

舅父却对此漠不关心,只顾一个劲儿地往前走,以致中野甚至无暇回头查看。

他们最先推开的门上挂着写有第 256 号室字样的门牌。门刚一打开,便有小动物猛地窜到中野的脚边来。

中野不由得后退几步，定睛一看，那动物虽只有小狗大小，却毫无疑问是一只象。他诧异地抬起头，这回映入眼帘的是大如牛犊的巨型蟋蟀。此外似乎还有形形色色的生物。但没等他细看，就见那只蟋蟀摩擦起门板那么大的翅膀，发出破钟般震耳欲聋的鸣叫。从那"金、金虫吉蛉"的叫声听来，眼前的虫子似乎并非蟋蟀而是金琵琶①。但怛然失色的中野无暇确认，而是忙着奔出门外。

"你怎么了？"

中野喘息未定，腿上被那只小狗大小的象用细弱的鼻子蹭过的地方仍旧痒痒的。

"这妖怪屋一样的房间是怎么回事？"

"说来话长，总之是用来研究物种大小相关问题的房间。按说兔子有兔子的大小，老鼠有老鼠的大小，各物种的大小基本上是相对固定的。营养再好，也不会出现狗那么大的跳蚤，反之再怎么营养不良，也不会有青鳉鱼那么小的鲷鱼。不过这么看来，这项研究已几近完成，所以才会弄出牛犊大小的金琵琶，以及小狗大小的象。"

"……"

---

① 金琵琶，即云斑金蟋，因形状和声音都像琵琶而得名。

"你怎么一副吓破胆的样子，呵呵呵呵。"舅父似笑非笑地在沉默不语的中野肩上拍了一下，"那我们就往那边走吧……"

他们又顺着长长的走廊走了好一会儿，直到在写着第502号室的房间前停下脚步。

"这里面最近出了很多牺牲者……"

"牺牲者？"

中野带着不知会有什么从里面窜出来的惧意，却又按捺不住好奇，提心吊胆地向内窥探。

房中有个银白色的装置，酷似大型潜水艇，已经组装得七七八八了。

"那是登月火箭，第二艘了。"

"第二艘……什么意思？"

"第一艘火箭没能成功。十分之一秒的计算误差导致出了大岔子。"

"就因为差了十分之一秒？"中野反问。

"没错。差之毫厘，谬以千里。到月球的平均距离约为38万千米，如果令火箭以每秒500米的速度飞行，则大概需要8天21小时抵达。秒速500米是根本无法想象的速度。何况为了保持这样的速度，火箭的初速度极其惊人，以至于在市内电车突然发动时顶多只会摔倒的人类，会在火箭发射的瞬间被猛摔在地而死。好在已经有了防范的方法……只可惜，在第一艘火箭发射时有十分之一秒的误差，即在计算上将小数点点错了一位数，导致火箭抵达月球时形成了七千五百二十六万四千米的误差。谬以千里啊。第一艘火箭就因为这个缘故飞过了月球，飞向茫茫宇宙……"

"……然后呢，会怎么样？"

"然后，因为没能抵达月球，"日章岛一号"这艘火箭，如今仍飞行在无边无际的宇宙中，飞行在零下270摄氏度的无尽黑暗中……当然，氧气和食物想必早已耗尽，火箭已变成一口承载着15名地球人遗体的棺材，但它仍会继续飞下去。宇宙是真空的，所以它不会停止，只会无休无止地运动……也就是说，它化作了一颗星辰。"

说到这里，就连细川三之助也黯然神伤，他关上门，对中野说："不过这一次会成功的。我们很快就会在月球上竖起第一面日章旗。接下来，我带你去刚才提到的整形外科看看……"

7

他们来到的房间是第665号室。

"来,我们进去……"

舅父径直往里走,中野也紧随其后。

因为听说这就是制造出与庆子一模一样的美人们的整形外科室,中野踏入室内时便格外睁大眼睛想看个究竟。

房间里似乎还有内室,外部的房间给人以医院看诊室的感觉。而且看样子,以美女为对象的手术已经结束了,一旁的椅子上坐着一排面相凶恶的男人,肆无忌惮地盯着中野这个不速之客,彼此窃窃私语。

细川三之助对此视若无睹,直接走进内室,来到一个穿白大褂、正在看病历的秃头老人面前,两人低声嘀咕了一阵,很快就点着头招呼中野过去。

"啊,什么事?"

"能躺上来吗?"

细川三之助指了指身旁类似手术台的东西。

"咦,躺……躺在这?"

"你不愿意?"

"那还用说,我又没有哪里不舒服。"

"事到如今你不愿意可就难办了。我就是想着让你帮这个忙,才默许你跟来的。"

"打……打算对我做什么?"

"没什么,就是麻烦你做一回模特。"

"模特?"

中野如梦方醒。坐在椅子上面相凶恶的那排男人,想要他这张帅气的脸。

照舅父的说法,似乎正是看中了他的外表才带他来这座岛的。他是被带来做模子的。

中野不顾一切地试图逃跑。他侧身闪躲,却被秃头医生猛地捉住了右手。

"啊——"

惊愕之余,他意识到自己不单单是被抓住了,还感到针扎般的刺痛。

与此同时,他全身陡然瘫软无力,看来是被注入了强效的药剂。

中野意识蒙眬,昏昏沉沉地感到自己被抬上了手术台,有什么压在整张脸上,就像被戴上了死亡面具……

* * *

中野感到太阳毒辣地晒着自己,总算睁开了眼睛。

身体依旧轻飘飘的,但很快他就发现这是因为自己在一艘小艇上,而小艇漂浮在海上。

我怎么会在小艇上……

中野竭力支起上半身,一点一点调节眼中涣散的焦点,视力刚一稳定,他便吃惊地瞪大了眼睛。

在他眼前划桨的男人,就像对镜自照,与中野五郎本人全无区别。

"啊呀,你醒了……"

听到这个声音,中野的眼睛瞪得更大了,在船尾掌舵的,正是小池庆子。

"你……你也……"

"嗯,到底还是跟着来了……"

庆子凝视着中野,看上去心情很好。

"既然中野先生也已恢复了意识,那我就此告辞……大约十分钟后,会有一艘日本汽船经过……"

说着,与中野一模一样的男人站起身,向两人略施一礼,纵身跃入大海,以拔手游①的泳姿游走了。

中野慌忙环顾四周,可怎么看,他们眼下都身处茫茫汪洋之中,光靠游哪里游得到头。

对了,隐藏在人造海市蜃楼中的"日章岛"就在这附

---

① 拔手游,日本的一种传统泳姿,最初属于武术技巧的一种。

近……

他反应了过来。可无论他如何凝目细看，都辨认不出岛屿所在。

仔细想来，就如同做了一场漫长的噩梦。然而，美丽的庆子就在眼前巧笑倩兮，所以绝不是梦。

水平线上出现了一个小点儿，是一艘汽船，对方很快就发现了在大海中漂流的小艇，鸣着汽笛渐渐靠近。

中野与庆子一起奋力挥手，同时他想到，不知在那"日章岛"上，与自己如出一辙的男人们和与庆子一般无二的女人们会不会共同生活、成为爱侣，这让他突然涌起了想要再度举目四望的心绪。他悄悄拧了一把自己的腿。

自己是真的中野五郎，可眼前的庆子是真的庆子吗？

张 乐 译

火星魔术师

兰郁二郎

高原之秋

"空气真好啊……"

英二说着,翕动鼻翼,像棒球投手般尽情地挥动双臂。

"嗯,毕竟天朗气清嘛。怎么样,来对了吧,偶尔上这种地方散散心,心情就会莫名地好起来,是不?"

大村昌作连哄带骗,好不容易把萎靡不振的英二拽来这稍微过了最佳季节的高原,好在英二看起来还算满意,他这才松了口气。

"你要这么说,我可不敢苟同。"英二当即回过头反驳,"来这儿除了空气好点,也没什么可取之处。"

"哎呀,别这么说,时隔十五年,难得火星今年再度靠近,这种秋高气爽的高原最适合用来观测火星了。"

"或许吧……要不在这周围走走?离星星出来还早呢。"

"好……"

大村苦笑一声,与英二一起迈开步子。

秋空中浮云如碎,在午后阳光的穿透下发着光。

火星观测的话题令他们听起来像是正经八百的天文学者一行,其实大村昌作不过是个上班族。虽说只是区区上班族,但他好歹也是公司里由同好们组建的"星之会"的干事,尤其对火星的兴趣更胜他人。总而言之,他一向自诩为业余天文学家。这次休假,适逢火星时隔十五年再次靠近地球,所以他说服堂弟英二,借休养的名义顺便来高原上的私立天文台观星,这是他以往靠书信往来搭上的关系。

"反正只要一涉及火星,昌作哥就如痴如狂的。"

"有什么不好?"

"那倒没有,这兴趣是不错,只是……"

"只是什么?别欲言又止的。"

"我哪有。就是……说起来,是什么样的契机令你变成火星狂的?"

"火星狂?还有这种词?'狂'就有点伤人了。"

"你先别生气。'狂'在这里是褒义词,什么棒球狂啦,飞行狂啦,也就是爱好者的意思。"

"算你小子脱身得快。罢了,说起来也就是一旦有了兴趣,就越来越觉得有趣了,就拿火星来说,它在漫天星辰里格外赤辉烁烁,刚开始吸引我的也是这一点。"

"现在也是?"

"别开玩笑了,我怎么可能会一直因为星球是红色的而觉得有趣。"

"那是因为什么?"

"现在我最感兴趣的是'火星生物',要说万千星辰中,既是最接近地球的兄弟星球,又必定存在生物的,非火星莫属。"

"最近的不是月亮吗?"

"要说距离嘛,肯定是月亮更近,但它没有空气,也没有水,已然是死去的世界,就别指望它了,更何况一旦我们搭乘火箭或是别的什么飞出地球,最先造访的也只会是火星,这要是顺利的话,火星就会成为地球的别墅,在地球的别墅上竖起日章旗岂不痛快。"

"你这也扯得太远了。"

"嘿嘿,不过反之,如果宇宙中有天外来客会趁地球人磨磨蹭蹭尚未行动之际前来袭击地球,那无疑也是火星人打头阵。"

大村说着,微微转过头去——他似乎听到了脚步声。回头一看,果然有个中年男子和大村他们一样,缓缓地走在一眼望不到头的草间小径上,也不知他是什么时候冒出来的。不过,他看上去不像他们今晚要找的私立天文台的人。只见他边走边摇晃着手里的包袱,像是住在附近的人从镇上买了东西回来。

于是大村不再关注他,重新转回头,再次与英二并肩同行,漫无目的地继续着草间小径上的散步。

另一个世界

"这么说,火星上有人——也就是所谓的火星人咯?"

英二接着昌作的话说,也不知他是真的产生了点兴趣,还是随口附和而已。

"虽说不能确定,但存在的条件足矣。"

"对了,老早以前'火星运河'①的话题很受关注。"

"嗯,只是目前尚不清楚那究竟是什么。不过,植物的存在倒是毋庸置疑的。火星上也有空气,且富含氧元素。氧是活泼元素,既然存在游离氧,就意味着必然存在植物,再加上火星的夏天看起来郁郁葱葱,到了秋天则会渐渐呈现出黄色,这恰恰证明了那里植被繁茂。②"

"我说,你怎么越说越复杂了。"

"哪里复杂,多有趣啊!除了地球,像这样百分之百生长着植物的星球,火星是空前绝后、独一无二的。"

"原来如此,不过,它离太阳那么远,不会特别寒冷吗?"

"冷肯定是冷的。不过,就拿这地球来说,就算是全年冰天雪地的南极,企鹅之类的生物不也活得好好的。想必火

---

① 1877年,意大利天文学家乔范尼·夏帕雷利(Giovanni Schiaparelli, 1835—1910)在观测火星时发现火星上有许多暗线连接着较大的暗区,形成网状系统,他用意大利文将这些线条命名为canali,意思是"沟渠(水道)",后来在译成英文时被译成了"运河"。长期以来,对火星上到底有无运河的争论持续不断。直到1976年,美国"海盗1号"和"海盗2号"探测器相继登陆火星,证实了运河并不存在,终结了长达一个世纪的火星运河之争。本文成文时(1941),真相尚未揭开。
② 这是一种曾普遍被人们接受的推测,但现在已经被证明是错误的。火星夏秋颜色不同不是因为植被,而是因为火星极冠(水冰及干冰覆盖区)面积的变化。

星上的生物能够抵御寒冷……再说，火星生物无论是植物也好，动物也好，本来就可能与地球上的生物截然不同。"

"也是，毕竟进化之路大相径庭。"

"嗯，也可以换个思路这么想：地球上的人类是由动物进化而来的，但火星上的人类或许并非进化自动物，而是进化自植物，比我们进化得更为彻底，这才成了火星人。"

"……"

英二不寒而栗，不禁环顾周边草木。光是想象草木进化出了人类的模样，他就不由得毛骨悚然。

"不过，不管是哪种情况，火星上动植物的历史都比地球古老得多，无疑一直处于进化之中。假如火星上也有栗树或柿树，说不定也会如此壮观……"

大村昌作说到这里，突然大惊失色，呆立当场。

英二的侧脸也显得神色僵硬，唯有眼珠子还转动着四下探看。

也不知怎么回事，两人不知不觉间竟迷失在一处诡谲怪诞的所在。

万里晴空上，秋日的灿阳普照大地，所以这不是梦。

不对，刚刚两人信步闲谈，一路行来，迄今都没感觉到曾越过什么分界线，所以这不是脱离现实的异世界。

本该如此，但当他们猛然察觉到异样而环顾四周时，却看到了怪异离奇、绝非现世的东西——这意味着呈现在眼前的光景，是匪夷所思的另一个世界。

怪物果实

"昌作哥……"

"怎么，英二……"

两人无意义地互相呼唤，随后便再无下文。

这不仅是因为关于火星的话题莫名地偏到了令人发毛的生物上，更是因为他们举目所见，已断不能算是寻常风景了。

刚刚大村正说到在火星上进化的植物，说到假如火星上也有栗树或柿树时，他指了指旁边的一棵栗树，而这棵树，就是令他们最先意识到不对劲的东西。

在这棵栗树茁壮的枝干上，刺果竟似祭典灯笼般巨大，上面的刺有如五寸钉，压得枝条都弯了。其中有的刺果已经开了口，煤球大小的栗子看起来摇摇欲坠。不，要光是这样倒也就罢了。

再往前一点的那棵柿树才叫骇目惊心，硕如足球的果实在阳光下光润晶莹，几乎压折枝头，也说不上来是瘆人还是什么感觉，反正那情形叫人难以置信。

大村也好，英二也好，若是独自来此，肯定不会相信眼前所见，反而会怀疑自己的眼睛看错了，日后恐怕也绝不会向别人提起，因为根本没有人会相信如此愚蠢的无稽之谈。

然而，眼下他们是两个人。两个人四只眼睛，看得是明明白白、清清楚楚。

大村与英二先是面面相觑，随即便赶紧加快脚步走了过去。他们本打算好歹远离这两棵长着巨果的怪树，没想到走了二三十间后，只见道路两侧田连阡陌，再次令两人骇然不已。

眼前是田野没错，但黄瓜大如丝瓜，西瓜和南瓜硕大得宛如雪人，茄子更是令人联想到眼看就要撑爆的气球……所有的作物都比常识中的标准大上几号，密密匝匝地直叫两人目瞪口呆。

此情此景，实在光怪陆离。

倘若只有茄子，或只有柿子大得出奇，他们也不至于惊骇成这样，反而会觉得有趣，就像得知九州的茄子有菜瓜那么大时一样。

然而，当所有的东西都生长得如同怪物一样巨大，并清清楚楚地展现在他们眼前时，不禁令他们油然生出整个地球仅剩他们两人的不安来，这不安虽不着边际，却在不知不觉间愈演愈烈。

以至于他们甚至产生了疯狂的念头,莫非马上就会有大象那么巨大的狗冲出来?大蛇般的蚯蚓该不会正在他们背后虎视眈眈、伺机而动?

"昌作哥,要不就此折返……我们回去怎么样?"

英二的声音带着些许嘶哑。

"嗯……"

两人慌慌张张地往回走,但还不到一分钟,就在刚刚那棵柿树旁迎面撞见了正走过来的一个男人。

这男人好像在哪见过……

只有这男人是正常大小。两人不由自主地松了口气,同时也想了起来。对了,是刚才走在后面的男人。

或许是因为留着未加打理的胡须,看不出从草间狭窄的小径上迎面走来的男人的确切年纪,但男人却意外地和善,他笑盈盈地说道:"你们怎么一副担惊受怕的模样,哈哈哈。"

"……"

"哈哈哈哈,觉得'火星果实'怎么样?中意的话,就摘一个吃嘛。"

男人说着,非常自然地指着几乎和自己头一般大的柿子。

"火……火星果实?"

"不错，进化后的果实。"

"……"

男人就像看穿了大村他们的内心，若无其事地说出了"火星果实"这样不可思议的话，他到底是何许人也？

大村虽茫然，但听到"火星"二字还是不由得竖起了耳朵。

"要不你们索性上我家去坐坐？我会将火星果实之事慢慢道来，如何？"

男人的声音平稳而有力。

"敢问在……哪？我们时间不多……"

"不远，就在前面，茅屋陋室，还请不要嫌弃。"

"这样啊。"大村回头看了英二一眼，"那我们就去打扰片刻……"

那男人却已头前领路，健步如飞，像是笃定大村他们会来似的。

火星魔术师

他们又再次走至那片怪田，从一旁穿过，对面是一座葱郁繁茂的常绿树林，在林间道上没走多久，眼前便豁然开朗，一户用茅草铺顶的农家孤零零地建在林中，森林就是它天然的绿篱。

两人在男人的带领下径直走进屋内，茅屋内部竟全被改造成了西式风格，有桌有椅。房间给人一种乡巴佬赶时髦的感觉，不过这只是最初的印象，他们马上就会丢掉这肤浅的认知……

男人自称志贺健吉。这么一看，起初以为他人过中年是走了眼，越看越觉得他年轻，甚至觉得他说不定也就和大村差不多大。

"恕我冒昧，刚刚你说……"

大村刚开口就又沉默了。

这是因为有位少女端庄地为他们端来了茶水。在这被异样的火星果实环绕下的独门独户中，会出现这样一位少女实在出人意表。不知是不是刚才尽看到些诡奇之物，她那清新脱俗之美，令人猝不及防。

"欢迎两位，请慢用。"

"啊，谢谢……还请原谅我们冒昧造访。"

"哪里，哥哥总会觉得百无聊赖，两位肯定是被他硬拽来的。刚好今天菊花也开了……"

"什么？"

大村和英二不禁面面相觑，方才在庭院中，他们看到大朵的花盘，还以为是迟开的向日葵，但听她这么一说，的确怎么看都是菊花无疑。他们何曾见过如此巨大的菊花。

想必这也是历尽漫长进化的"火星花"吧……

不过，进化并不仅仅意味着形体的巨大化，而是发展成该物种的最佳形态。只是，为了实现这一目标，也可能会导致形体变大。所以寻常所见的栗子和柿子或许尚未达到它们的极限，如果能更顽强地进化，更为适应气候，养分的摄取也更充分的话，结出如此处所见的巨大果实，开出如此处所见的巨大花朵，也未必会是痴心妄想。

"看来你们已经满脑子都是火星植物了，哈哈哈。"志贺健吉将杯中的茶一饮而尽，笑嘻嘻地说道，"不过，容我先向两位说声抱歉，迄今你们所见之物，全都不是什么火星果实，而是地球上的。"

"你说什么？"大村不禁反问。

"植物的种子怎么可能会从火星跑到这里来，其实方才听两位兴致勃勃地谈论火星的话题，随后又受到我所培育的作物惊吓，我就不由得脱口而出……"

"原来是这样……"

"不过，这些的确不是寻常作物，之后在市场上出售时，想来打出火星栗子、火星茄子之类的幌子也无妨。托二位的福，让我想出了绝佳的商标。"

"这么说，那些都是志贺先生种出来的?"

"是啊。两位估计谈得兴起，来时没注意到写着'志贺农场入口'的告示牌。若非如此，你们又怎会若无其事地走进这被村里人白眼相看、称为'疯子''魔术师'的农场里来。"

"不，我们初来乍到，不曾听说过这些，可是……"

可是，那么硕大的柿子、黄瓜，甚至菊花，真能种得出来吗……

是啊，虽然疑问已到嘴边，但眼见为实，因目睹铁证而大惊失色的他们，事到如今根本无可置疑。

——原来如此，他是魔术师。

"你的'可是'后面是不是想说不可能种得出来? 我也充分理解，毕竟光靠嘴说，谁都不会相信。村里人即便看到了实物，也还是不肯认可，就好像我给他们看的是什么冒牌货似的。"

志贺健吉的眼中流露出悲愁之色，他那美丽的妹妹也在一旁缄默不语。

"我相信! 至少我相信自己的眼睛和你们两位。"大村见状，不由自主地将兄妹二人都当作了谈话对象，"我虽不知道这项发明用了什么方法，但这绝对是伟大的发明，是能在农业技术上引起大革命，并能一举解决粮食问题的伟大发明！"

"是吗？你真这么想？而且说起来我用的方法非常简单，和肥料什么的没有关系。不是那种不断使用高价肥料，等着草木吸收养分的旧式消极农业技术。我采取的方法更为积极，直接对植物的体质进行改造，比如茄子就改造茄子的体质，麦子就改造麦子的体质。"

健吉说着，那张胡子拉碴的脸上容光焕发。

飞跃的进化

"两位对染色体可有了解？"

志贺健吉从晓牌香烟的烟盒里抽出一根烟，愉快地点上火。

"染色体？"

"是的，染色体。动物也好，植物也罢，都由无数细胞构成，而细胞中就有能够通过显微镜观察到的多条染色体。"

"原来如此，那又如何？"

"关键就在这里，这个叫染色体的玩意儿就是问题所在。染色体的数量是由物种决定的，无论是狗还是菊花都不会例外。比方说,百合有24条染色体,狗有20条,人类的话,据说男性有47条,女性有48条①……"

在健吉侃侃而谈期间,英二偷偷瞥向大村。志贺健吉冷不丁开始高谈阔论,内容则天马行空,英二是一点儿也听不懂。首先,染色体这玩意儿他闻所未闻、见所未见,更令他摸不着头脑的是,话题怎么突然就不再是那些硕果累累的"火星水果"了呢?

"觉得无趣吗?"健吉也瞥了一眼英二,看出了他的心思,"不过,如果不事先做好铺垫,接下来我要说的话听上去就跟胡说八道没两样。村里人也是听到这里就大多跑光了。"

说着,健吉露出一丝苦笑。英二则微微皱起了眉头。

"不过,就要说到有趣的了。"志贺健吉露出一副吊人胃口的表情,"杂草一样的野生小麦有14条染色体,而我们食用的种植小麦的染色体数是它的3倍,也就是42条,还有,野草莓有14条染色体,我们食用的草莓的染色体数是它的4

---

① 实际上人类体细胞中有23对染色体,包括22对常染色体和1对性染色体(即XY、XX)。该结论由华裔科学家蒋有兴(Joe Hin Tjio, 1919—2001)于1955年12月22日确认,结束了由美国遗传学权威佩因特(T. S. Painter, 1889—1969)得出的48条染色体结论在细胞遗传学界长达30多年的理论地位。本文成文时,48条染色体尚是普遍认识。

倍,即 56 条,由此可见,虽然同为草莓,但染色体数多的,品质更为优异,比如长势更好,更耐寒暑等……"

"原来如此,这么说,只要设法增加染色体的数量,就能培育出优异的作物?"

"没错,可以这么认为。因此,若能人工增加染色体的数量,势必可以培育出卓越的作物……"

"想来志贺先生已寻得妙法?"

大村说着,又一次向庭院中的菊花看去。

"哪里,这功劳可算不到我头上。最近国外在一种生物碱制剂的使用上取得了极大的成功。这种方法很简单,在烟草和玉米上都大获成功,尤其是一种叫金盏花的植物,用药后的开花直径比标准大了一倍,极为美丽……而我就只是在此基础上稍加改良罢了。"

"虽然你说这只是稍加改良,但实际上这项工作恐怕相当不容易,你不必如此谦逊,完全没必要,光这项成就已足够粲然可观。依我看,倒不如大肆夸耀、宣传,方是利国利民之计。"

大村不知不觉间兴致盎然。就连英二也深有同感。对于田地有限的日本而言,在同样面积的农田里,若能收获到远比此前丰产且优质的作物,此举便堪称划时代的伟大发明。

盛赞之下，志贺健吉怪不好意思地看着两人。

"总之，这发明伟大如斯，你还有什么好顾虑的？染色体这啊那的未免复杂，索性不扯这些理论，就单用'火星果实'的噱头来大卖特卖，你意下如何？"

"谢谢……听君一席话，我也终于有了自信，如你所说，比起理论，还是实物本身更关键……"

健吉与身边美丽的妹妹相视而笑，开心得就像多年的呕心沥血终于得到了回报。

火星人

"……而且啊，火星上的植物说不定还真就长这样。至于地球，历经几百万几千万年的自然进化后，果树会结出这样的果实也未可知。比起地球，火星上的空气更稀薄，阳光更细微，而且水源匮乏，但从地球看去，火星上依然郁郁葱葱。可想而知，火星草木的染色体必然更多、更优异……要照这么说，你只用区区数年就完成了自然界需要耗费几千万年的进化。"

几人说得兴起，不知不觉间秋阳西落，庭院中的杉树上空，赤色的火星比往日更为明亮。大村和英二都浑然忘记了本该去天文台观测火星的事，只出神地凝望着暮色泛起的窗边那比向日葵还要硕大的菊花。

　　远离都市的噪声,高原上这久违的静谧令他们如痴如醉,甚至连从椅子上起身都觉得吃力……

　　……大村猛地回过神来,不知什么时候志贺健吉那瘦骨嶙峋的手臂已牢牢抓住了椅背,他那胡子拉碴的脸逼近大村耳边,简直就像要压在上面似的,急促的呼吸喷在大村的侧脸上,令人心里直发毛。

　　"……喂,诚子,看来刚才混在茶里的药终于起效了,他们两个都睡得很香,嘿嘿嘿嘿。"

　　咦?

　　大村大惊之下差点儿蹦起来。然而手脚如同灌了铅般冰冷沉重,连声音都发不出来。被叫作诚子的妹妹似乎说了些什么,可他听不见。

　　唯有志贺健吉那伴随着急促呼吸的、恶魔般的声音在耳边时断时续。

　　"……真是踏破铁鞋无觅处,得来全不费工夫。终于可以进行最后的实验了,草木实验已经做得足够多,如果增加人类的染色体会怎么样……男性有 47 条染色体,两倍便是 94 条,再尝试增加到三倍的 141 条……不知这两人能否成功变成世上最初的'火星人',要是成功的话,说不定会出现不同凡响的新人类。在他们眼中，以往的人类就如同猿猴般低等……还是说会彻底失败？……就算失败了……"

听到这里，大村已经连脑袋里都被灌满了冰冷的铅。之后，他便什么都听不见了……

* * *

拂晓时分，天光未亮，星光下的草间小径上有两人行色匆匆。

正是大村和英二。他们埋头赶路，急着去赶始发的上行列车。大村脑海中浮现出诚子的脸，是她拼命摇醒了两人。

"快点，快逃！不管是多么了不起的实验，也不能让你们两位为此牺牲，快逃吧，我在哥哥的茶里也同样下了安眠药，我想你们一时半会还算安全。"

大村摇摇晃晃地站起身，但他注意到眼前的桌上已经摆好了盛着浑浊液体的容量瓶和注射器等物，想起刚才那令人毛骨悚然的话，顿时如冷水淋头般已睡意全无。

"多谢，可要是我们逃了，你岂不是会遭殃？"

"不，我还不至于……"

"可是，搞不好你会成为那个危险实验的牺牲品……"

"别再说了，我们毕竟是兄妹……"

诚子别过脸去,是的,大村始终忘不掉星光中她那张如夕颜①般苍白的脸。

大村一路频频回头,但无济于事。诚子终究无意追来。

——日后,不知何故,"火星果实"始终没有出现在市场上。莫非志贺健吉在对自己的身体进行奇怪的实验?说不定,他已和他那美丽的妹妹一起变成了不可思议的"火星人"。

张乐 译

---

① 夕颜,即瓠花,一年生攀缘草本瓠子在夏天傍晚所开的白花。

信号机之恋[1]

宫泽贤治

　　哐当哐当，咻呜噗噗——

　　蝎子红眼[2]天上现，

　　便是黎明破晓时。

---

[1] 本文原标题为『シグナルとシグナレス』，是对信号机的拟人化表现，シグナル（signal，意为信号）是男性，シグナレス（signaless）是女性。本故事的背景舞台为宫泽贤治生活的岩手县花卷市花卷站，东北本线与岩手轻便铁道（现釜石线）两条线路在此交会，シグナル是东北本线的金属臂板信号机，而シグナレス为岩手轻便铁道的木质臂板信号机。为方便区分角色，本译文译为容易看出性别的信太、信子。

[2] 指天蝎座α星，即心宿二，天蝎座中最亮的恒星，是一颗红超巨星。

远野①盆地暗沉沉,

唯闻寒水潺潺声。

哐当哐当,咻呜噗噗——

冰冷沙砾热气冒,

火花闪现幽暗中,

来至蛇纹岩崖前,

东方甫有霞似火。

哐当哐当,咻呜噗噗——

鸟儿初啼树生光,

盈盈碧水奔流去,

千山万壑遍染霜,

莹莹光华多耀眼。

哐当哐当,咻呜噗噗——

疾驰果然身上暖,

我已气喘汗淋漓,

还想再跑七八里②,

今日又逢霜满天。

---

① 远野,日本岩手县中东部城市。
② 此处为日里,1日里等于3.927千米。

哐当哐当，嘎叽，咻呜噗噗——

轻便铁道上，头班列车唱着歌，略显匆忙地自东而来，在此停靠。有气无力的蒸汽从火车头下方逃遁而出，奇形怪状的细长烟囱里则冒出了寥寥几缕青烟。

轻便铁道上的电线杆们总算安下心来，嗡嗡地窃窃私语，信号机咔嗒一下抬起白色的臂板。这根笔直的信号机便是信子。

信子轻叹一声，抬头仰望。只见薄云千丝万缕，遍布天宇，向结霜的地面投下冷冷白光，同时静静地向东游移而去。

信子始终凝望着流云的去向。她优雅地将臂板极力往那个方向探去，悄声自语："阿姨们今早也一定在向我这边眺望。"

信子总是，总是对她们牵肠挂肚。

"咔嗒。"

后方宁静的上空冷不丁传来声响，信子急忙转头看去。在始终堆积如山的黑色枕木的另一头，主线铁道上那根巍然耸立的信号机柱为了迎接自西远道而来、喷吐着滚滚白烟的列车，放下了他那坚实的手臂。

"早啊，今早还挺暖和的。"主线铁道上的信号机信太站得如士兵般威风凛凛，一本正经地问候信子。

"早上好。"信子低下头，轻声回答。

"少爷，这怎么行！还请你以后不要随便屈尊和那种货色说话。"夜间为信太供电的胖电线杆煞有其事地说道。

信太显得很难堪，尴尬地沉默了。怯懦的信子则恨不得消失得无影无踪，或是插上翅膀飞得越远越好。可她有心无力，只能一动不动地站在那里。

缕缕云纹如纤薄的琥珀板般略显暗沉，微弱的阳光隐隐透下，信太配属的电线杆愉悦地看着在对面原野上行驶的小型运货马车，用荒腔走板的调子低声唱起歌来。

> 咚咚，go!go!
>
> 薄云落美酒，
>
> 酒中白霜流。
>
> 咚咚，go!go!
>
> 咚咚，go!go!
>
> 霜化地泥泞，
>
> 马儿蹄深陷，
>
> 人也骂咧咧。
>
> 咚咚，go!go!

之后他也一直持续地唱着莫名其妙的歌。

趁此机会，信太偷偷托西风传话。

"请千万不要往心里去。这家伙粗鲁得很，一点礼节都不懂。实际上我一向都拿他没辙。"

轻便铁道上的信子心慌意乱地低下头喃喃道："哎呀，没事的。"

奈何她站在下风处，声音传不到本线上的信太那儿去。

"能原谅我吗？老实说，要是你生我的气，那我连活着的意义都没有了。"

"哎呀哎呀，怎么会！"位于轻便铁道上、木头制成的信子为难地缩起肩膀，但其实她那微垂的脸上蓦地泛起了喜悦的白光。

"信子小姐，请仔细听我说。如果是为了你，我敢在下一班十点的列车到来时不放下手臂，纹丝不动地努力坚持给你看。"

风声咻咻，轻送话语，却在此刻猝然停息。

"哎呀，那么做是不行的！"

"当然是不行的。火车来时，硬撑着不放下手臂于你于我都有害无益，我是不会做的。但我的意思是，哪怕是那样的事，我也愿意去做。因为对我而言，你是这世上最重要的人。请务必给我你的爱。"

信子一直低头注视着下方，沉默地伫立。信太配属的低矮电线杆仍在唱着荒唐的歌。

> 咚咚，go!go!
> 山上岩洞里，
> 狗熊把火点，
> 浓烟滚滚冒，
> 逃出洞穴来。咚咚，go!
> 田螺慢腾腾，
> 呜呜，田螺慢腾腾。
> 它的大盖帽，
> 上等呢绒做。咚咚，go!go!

信太性子急，他等不来信子的回复，不由得心急如焚。

"信子小姐，你不肯回应我吗？啊啊，我简直深陷黑暗，眼前仿佛就是黑黢黢的深渊。啊啊，雷来劈我吧，将我劈个粉身碎骨。让我的脚下喷火吧，把我远远地抛到天边去。我已一无所有，万事皆休。雷来劈我吧，将我劈个粉身碎骨。

让我的脚下……"

"不会的,少爷。打雷时有我挡在你身前,为你消灾抵祸。你只管放心。"

信太配属的电线杆不知何时止住了歌声,竖起头上的金属杆,还冲着信太眨了眨眼睛。

"欸,你在胡扯什么。我根本不是那个意思。"

"那敢问是怎么个情况?小的洗耳恭听。"

"行了,你给我闭嘴!"

信太大叫,但随后连他自己也不再作声。云渐渐散去,柔和的阳光洒落下来。

黑云横在西边的山脉上,初五的月亮自云中微露脸庞,在西沉入山前短暂地洒下纯铅般的光辉,笼罩着车站周遭。冬天枯萎的树木和重重堆叠的黑色枕木自不用说,就连电线杆也全都酣然入睡。夜静更深,唯有远处轰然鸣响,也不知是风声还是水声。

"啊啊,我还有什么活下去的意义。每当火车到来便放下手臂,戴上绿色的眼镜,做这些事又到底是为了什么?真是了无生趣,啊啊,还是死了好。可要怎样才能死?果然还是得被雷劈、被火喷……"

主线铁道上的信号机信太今夜依旧无眠,愁绪如麻。可郁郁寡欢的并不是只有他一个。在枕木的另一侧,轻便铁道上的信号机信子脸色苍白,无精打采地站着,她举着红灯,也同样心烦意乱。

"唉,信太先生真过分,我不过是难以启齿,以至于没能回应他,没想到他立马就大发雷霆。我算是彻底完了。神啊,你落雷在信太先生身上时,也请连我一起劈了吧。"

信子说着,不停地对着星空祈祷。不料其中的只言片语竟传到了信太的耳边。信太吃惊地挺起了胸膛,略加思考后,他不禁颤抖起来。

于是他颤抖着问道:"信子小姐,你在祈祷什么?"

"我不知道。"信子压低声音回答。

"信子小姐,你这么说可就过分了。我正在祈求自己立刻死掉,要么被雷劈得灰飞烟灭,要么脚下喷火飞得无影无踪,要么被狂风连根拔起,要么被挪亚大洪水吞没,只求一了百了。即便如此,你也连哪怕一丁点儿同情都吝于施舍吗?"

"哎呀,我祈求的就是喷火和洪水啊。"信子脱口而出。信太听了大喜过望。咔嗒咔嗒、咔嗒咔嗒,他颤抖得愈发厉害了。

就连他所戴的红色眼镜都晃动了起来。

"信子小姐，为何你会一心求死？告诉我，请快点告诉我。我一定会帮你赶走那个混账东西，所以告诉我到底怎么了？"

"因为我惹你生了那么大的气。"

"嘿嘿，啊呀，你说那件事？呵，不不，如果是那件事，你无须在意。没事的，因为我根本没有生气。我啊，只要是为了你，哪怕被摘掉眼镜、卸掉手臂、沉入沼泽深处，都不会怨恨你的。"

"哎呀，真的？好高兴。"

"所以请给我你的爱。说啊，说你爱我。①"

此时，初五的月亮刚好位于云与山顶的正中间。信太颓然失色，宛如灰色的幽灵，他说："你又不吭声了。你果然是讨厌我。算了，反正我注定死于喷火、洪水或狂风。"

"哎呀，不是的。"

"那是怎样？是怎样，怎样？"

"我从很久以前开始，心里就只有你了。"

"真的？真的？真的？"

---

① 本句所使用的"僕を愛する"（爱我）表达，被认为是日本近代文学中对爱情史无前例的表达手法。

"嗯。"

"那就没问题了。我们结婚吧!"

"可是……"

"没什么好可是的,等春天一到,我们就托燕子通知大家,举办结婚仪式。请务必答应我。"

"可我是如此平凡……"

"我知道。可对我而言,这样的你难能可贵。"

听了这话,信子鼓起所有的勇气说道:"可你是金属做成的,还是新型号。你不仅有红、绿两副眼镜,夜间还能亮起电灯。然而我用来在夜里照亮的是煤油灯,眼镜也只有一副,还是木头做的。"

"我知道。所以我才喜欢你。"

"哎呀,真的?我好开心。那我愿意。"

"欸,谢谢你,真高兴啊,我也做出承诺。你一定会是我未来的妻子。"

"嗯,是的,我必定矢志不渝。"

"我要送结婚戒指给你,你看,远处有四颗并列的蓝星。"

"嗯。"

"在最下面那颗的旁边,能看到有个小小的圆环吧?那是环状星云①。请收下那圆环，这是我对你的一片真心。"

"嗯，谢谢，我收下了。"

"哇哈哈，笑死人了。你可真有一手。"对面那黑蒙蒙的仓库突然喊了一嗓子，声音响彻云霄。

两人立刻缄口不语。

不过那仓库又说："别担心，这事我绝不外传，一定守口如瓶。"

就在这时，月亮猛地坠入山中，周遭顿时陷入一片昏暗。

这会儿，风吹得格外强劲，以至于无论是主线铁道还是轻便铁道上的电线杆们都心神不宁，哼哼唧唧地发出了陀螺般的嗡嗡、嗖嗖声。尽管狂风肆虐，天空却依旧晴好。

信太配属的胖电线杆也已不再唱那荒唐的歌。他尽量蜷缩起身体，眯着眼睛，混在同伴中呜呜地呻吟着。

这时东方渐亮，天色蔚蓝，晨光耀眼，信子先是凝视着在其中徜徉的行云，然后将视线瞥向信太的方向。今日的信太如巡警般站得笔直，仍借着风大胖电线杆听不见他说话的工夫，向信子搭话。

"好大的风啊。你有没有头痛发热？我好像有点儿眩晕。

---

① 指天琴座的环状星云 M57。

我有好多话要对你倾诉,你只要点头或摇头就行。因为就算你回答,也传不到我这边来,如果觉得我说的话没意思,你就横向摆摆头。这其实是欧洲人的做法。在他们那儿,像我们这样关系亲密的人在交流时,为了避人耳目都是这么做的。我在那边的杂志上看到过。我跟你说,仓库那家伙真古怪,在我们说话的时候冷不丁横插一杠子,还保证会守口如瓶,那家伙可真胖,他今天也眨巴着眼睛往这儿看呢,托风的福,他虽然知道我在和你说话,眼下却根本听不到内容。不过我说的每个字你都能听到吧?要是听得到,你就晃晃头。对对,就是这样,看来你听得到。好想尽快和你结婚啊,春天快些来就好了,我们可一点儿风声也不能漏给我身边那个会从中作梗的浑小子,到时候再突然打他个措手不及!啊呀,风太大了,我喘不上气来。啊啊真糟糕,先不说了,喉咙实在疼得厉害。你明白吗?那待会见。"

之后,信太呜呜呜呜地哼着,不停眨着眼睛,一时间不再言语。

信子也乖巧地等待信太的喉咙恢复正常。与此同时,电线杆们依然嗡嗡哐哐地响着,风仍呼啸不止。

信太吞咽着唾液,不停咳咳、咳咳地清着嗓子,喉咙的疼痛总算有所缓解,于是他又对信子说起话来。可此时狂风怒吼如熊在咆哮，周围的电线杆们嗡嗡的呻吟声震天响，就像漫山遍野的蜂巢被同时捣毁了似的，导致信太好不容易发出的声音传到信子那里，还能听清的就只剩下一半了。

"喂，想必你是知道的，我为了你什么都肯做，哪怕在下一班火车到来时不放下手臂也在所不惜。我想你肯定也有同样的决心。你真美，想来我们的同类在这世上不计其数，其中女性应该占了一半，而你是其中最动人的。虽说我也不了解别的姑娘，但我坚信肯定如此，怎么样，你听得见吗？我们周围的这些家伙，有一个算一个，不是蠢货就是笨蛋。你看，我旁边这总是从中作梗的浑小子正拼命眨巴着眼睛，寻思着我到底在对你说些什么。说到这家伙，他的体形简直比粉笔还要寒碜，你看，这回他又撇起嘴来了。真是个无可救药的蠢蛋。你能听见我说的话吗？我的……"

"少爷，打从刚才起你就一直喋喋不休地说什么呢。再说，跟信子那种货色到底有什么好说说笑笑的？"在众多喧嚣声中，信太配属的电线杆冷不丁恼羞成怒地大吼大叫起来。

信太和信子顿时面无血色，赶紧挺直了向着彼此倾斜的身体。

"少爷，你倒是说啊。职责所在，我非知道不可。"

信太好不容易重新振作起精神，他觉得因为风向的缘故，无论说什么，电线杆都听不到，于是一本正经地说道："蠢货，等我和信子小姐结了婚，过上幸福的日子后，就给你找根粉笔做新娘。"

这话立刻传到了站在下风处的信子耳中，信子虽担惊受怕，却还是忍不住笑了出来。目睹这一幕，信太配属的电线杆自然怒不可遏，当即气得发抖，紧咬着一点血色也没有的嘴唇，立刻采取了应对措施，也就是往东京方向想办法，向位于下风处的轻便铁道上的电线杆询问信太和信子的对话内容，以及刚刚信子为何发笑。

唉，这可真是信太一生的失策。在比信子还要更下风一些的位置上，有一根耳朵很灵的长电线杆，别看他一直望着天空装聋作哑，其实把刚才的那些话一字不落地听到了耳朵里。于是，他立刻将听来的内容经由东京回复给信太配属的电线杆。信太配属的电线杆咬牙切齿地听着，一听完便暴跳如雷，大吼大叫。

"该死的，呸！可恨！太可恨了！混蛋，欺人太甚！混蛋！我说少爷，我堂堂男儿，被如此愚弄怎么可能善罢甘休！结婚？你试试看啊，我们全体电线杆都会反对！至于信号机那帮人,他们难道还敢忤逆铁道长①的命令不成?而且铁道长还是我叔叔,有本事你倒是结一个看看。哼!混账东西!哼!"

说着,信太配属的电线杆立刻向四面八方发送电报。没多久,大家的回应来了,他神色有所缓和地听着,看来他们确实万众一心地约好要反对到底。而且他肯定也已经顺利地请叔叔铁道长助自己一臂之力了。信太和信子被这突如其来的变故惊得呆若木鸡,到现在都没缓过神来。信太配属的电线杆在所有反对的准备都就绪后,却突然哭诉了起来。

他边哭边说:"啊啊啊,这八年②来,我日夜不眠不休地照顾着你,这就是我得到的回报?啊啊可悲啊,世道已乱。啊啊完蛋啦。可悲啊,莫非连美国的爱迪生先生也放弃这凄惨的世界了吗?呜呜呜呜,哐哐哐哐……"

风势越来越猛,西方的天空怪异地泛着朦胧的白,正纳

---

① 此为作者宫泽贤治虚设的职务,借以讥讽当时的日本铁道省。铁道省成立于本文开始连载的三年前(1920),原身为内阁铁道院,因为更积极地推动山田线的建设,搁置了岩手轻便铁道国有化的进程,因此在宫泽贤治看来,铁道省是导致了主线铁道上的信太与轻便铁道上的信子"门不当户不对"的罪魁祸首,所以文中的"铁道长"也是反对两者结婚的。
② 即岩手轻便铁道全线通车(1915)到本文开始连载时(1923)的年数。从1919年起,花卷市当地民众就不停请愿,要求将岩手轻便铁道升级为国有铁路,而在宫泽贤治执笔本文的1923年,请愿活动达到了高潮,这也是他创作本文的原因之一。

着闷，雪就纷纷扬扬地下起来了。

信太苍白无力地站着，他悄然侧目，看向温柔的信子。信子虽啜泣不止，但为了迎接刚好到来的两点班次的火车，她仍无精打采地放下了手臂，肩膀令人心疼地微微颤抖着。风在空中呼啸，而不知眼泪为何物的电线杆们在风中喧嚣，哐哐哐，当当当。

夜晚来临。信太颓然伫立。

月光照在洁白的云朵上。雪地亮晶晶的，反射着小小的红光或绿光。万籁俱寂。白皑皑的山脉寂然地横亘，宛若年轻的白熊贵族的尸体，远远的，白天那阵狂风的余威尚存，萧萧有声。然而四下仍一片静谧。黑色的枕木都睡了，做着有红色三角、黄色点点以及各种东西的梦。与此同时，年轻的、悲伤的信太轻轻地叹了口气。而半冻僵的、温顺的信子也同样发出了轻柔的叹息。

"信子小姐，这下我们可麻烦了。"信太忍不住悄悄对信子说道。

"嗯，都是我不好。"信子脸色苍白地低着头说。

各位可想而知，信太听了这话真是心如火焚。

"唉，信子小姐，我真想和你一起远走高飞，躲到没有大家的地方去。"

"嗯,如果我能走,我会跟你去任何地方。"

"我说,你能看到天上那团小小的蓝色火焰吗,比一直在天上的我们的结婚戒指还要高远得多,你看,在很远很远的地方。"

"嗯。"信子仰望天空,仿佛想用她那小巧的嘴唇去亲吻那团火。

"那里一定燃烧着蓝色的雾火。多想和你一起安坐在那团蓝色雾火之中。"

"嗯。"

"不过,那里没有火车,那么我就耕田种地好了,总要干点什么。"

"嗯。"

"啊,星星啊,遥远的蓝色星辰,请带我们走吧。啊啊,慈悲的圣母玛利亚,以及衣被苍生的乔治·斯蒂芬孙[①]先生,请聆听我们肝肠寸断的祈祷吧!"

"是啊。"

[①] 乔治·斯蒂芬孙(George Stephenson,1781—1848),英国技术工程师,第一次工业革命期间发明蒸汽机车,被誉为"铁路机车之父"。本文中,他与前文的爱迪生在铁路信号机、电线杆等角色的眼中与神明无异。

"来，我们一起祈祷。"

"好。"

"慈悲为怀的圣母玛利亚，看看在这清澈的夜里，在这冰冷的雪地上苦苦祈祷的我们吧，衣被苍生的乔治·斯蒂芬孙大人，听听你仆人的仆人发自悲恸灵魂的真挚祈祷吧，啊啊，圣母玛利亚！"

"啊啊。"

星星无声地东升西落。红眼的蝎子闪烁着，匆忙地自东方现身，而象征着圣母玛利亚的月亮①始终用充满慈爱、尊贵如黄金的眼神注视着两人，当它沉入西边黑沉沉的山中时，祈祷累了的信太与信子已经睡着了。

很快又到了白天。毕竟日升月落总是周而复始。

光灿灿的太阳从东边的山头升起，信太与信子立刻染上了桃色的光辉。这时突然传来一个铿锵有力的声音，响彻四周。

"喂，信太配属的电线杆，我看你还是趁早跟你那个铁道长叔叔说一声，让他们两人在一起得了。"

---

① 《新约·启示录》在描写圣母升天时形容"一个女人，身披太阳，脚踏月亮，头戴十二颗星的荣冠"，此后月亮常用于象征圣母玛利亚的圣洁。

循声望去，原来是先前那晚的仓库。仓库的顶上披挂着如铠甲般层层叠叠的瓦，瓦片上着红釉，闪闪发光，他目光炯炯，正举目四望。

信太配属的电线杆气得直哆嗦，他强压心头火，生硬地回答："哼，说什么呢，你有什么资格管这个闲事？"

"喂喂，别那么趾高气扬。真是的。要说我有资格，那我够格得很；要说我没资格，那也的确一点资格也没有。不过要我说，像你这种乖张的家伙在这事上还是少从中作梗为好。"

"什么！我可是信太的监护人，铁道长的侄子！"

"是吗，那可真是了不起。信太少爷的监护人，铁道长的侄子，对吧？不过，你也听听我的名头如何？本大爷可是盲鸢的监护人，感冒脉搏的侄子，怎么样，我们谁更了不起？"

"你在胡扯什么？嘎吱，嘎吱嘎吱。"

"好了好了，干吗那么生气，我开玩笑的。凡事别往坏处想。你看，那两人多可怜。你也通融通融，何必这么幼稚。太过心胸狭窄的话就别再说了。要让大家都夸赞说，能有你这么宽宏大量的监护人是信太的福气。你就行行好，成全他们。"

信太配属的电线杆似乎想要反驳,但实在气得厉害,以至于一句话也说不出来,光是啪唧啪唧、啪唧啪唧地响个不停。在这熊熊的怒火下,就连仓库也有些吃惊,露出"事态不该这么发展"的神情,于是他不再说话,只是凝视着电线杆的脸。日头越升越高,信太和信子再次叹息着彼此对视。信子微微垂下眼睛,飞快地看了一眼落在信太白色胸膛上的眼镜的绿影,随即移开视线,盯着自己的脚下,陷入沉思。

今宵和暖。

雾气渐浓。

月色如水,透过浓雾洒下光辉,电线杆也好,枕木也罢,全都沉入梦乡。

信太就像在等着这一刻来临似的,发出了一声叹息。信子也满心愁绪地轻叹一声。

就在这时,他们听到从雾中传来了仓库那沉着而亲切的声音。

"两位,真是过意不去。今早我本以为那样行得通,没想到帮了倒忙。真是对不起。不过,你们也别太担心,我还有别的办法。你们在这雾中看不到彼此,想来一定很寂寞吧。"

"是的。"

"嗯。"

"是吗,那我就来让你们看到彼此。听好了,你们要一起跟着我念。"

"好。"

"没问题吗,那么开始了,阿尔法——"

"阿尔法——"

"贝塔——"

"贝塔——"

"伽马——"

"伽马——"

"德尔塔——"

"德尔塔——啊啊啊!"

实在是太不可思议了。不知不觉间,信太和信子两人已在暗夜中比肩而立。

"哎呀,这是怎么回事?天鹅绒般漆黑的夜围绕着我们。"

"哇,真奇妙。完全漆黑一片。"

"不,我们的头顶上星辰满天。哦呀,多么壮美明亮的群星。我们何曾见过这样的星空?那十三颗连成一线的蓝星此前究竟藏在哪里,怎么既没见过也没听说过?我们到底来到了什么地方?"

"呀,天穹的周行好快。"

"是啊,啊,有颗巨大的橙星从地平线上升起来了。嗯?不是地平线,应该是水平线。是了,这里是夜之海的海岸啊。"

"真美,看那海浪泛起的莹莹蓝光。"

"是啊,想必是涌上岸来的浪头。真壮观,我们过去看看。"

"呀,这水真的好似月光一样。"

"看,水底有红色的海星,还有银色的海参,它们爬得可真慢。还有海胆,正摇曳着闪着蓝光的刺。浪来了,我们稍微离远一些。"

"好。"

"天空已经周转好几轮了吧?气温下降得厉害,连海都要冻住了。海浪也已经不再起伏。"

"不知是不是因为海浪平息了,我似乎听到了什么声音。"

"怎样的声音?"

"你听,好像梦里的水车在吱呀作响。"

"啊对了,是那个声音,是毕达哥拉斯①学派所说的天体运动的和音②。"

"哎呀,怎么觉得周围开始朦朦胧胧地泛白了。"

"应该是天快亮了。长夜终于过去了。哦哦多美啊。我现在能清楚地看到你的脸了。"

"我也看到你了。"

"嗯,我们终于能够独处了。"

"呀,到处都燃烧着青白的火焰,地上也有,海上也有,可一点儿也不热。"

"这儿是天空,所以那是星辰中的雾火。我们的愿望实现了,啊啊,圣母玛利亚。"

"啊啊。"

"地球已遥不可及。"

"是啊。"

"不知地球在哪个方向。我们被群星包围,以致难辨方向。不知我那个总是从中作梗的浑小子怎样了。那家伙其实可怜得很。"

---

① 毕达哥拉斯(Pythagoras,前580至前570之间—约前500),古希腊数学家、哲学家。
② 毕达哥拉斯相信所有天体的轨道和彼此的距离会发出振动的音符,称为"天体和音",而人类只是缺乏听到的能力。

"是啊。呀,火有些发白了,烧得好旺。"

"看来现在是秋天了。还有那个仓库,他真是个好心人。"

"那是当然咯。"一个粗声粗气的声音冷不丁响起。信太和信子回过神来,啊,原来是两人共同做了一场梦。不知何时雾已散去,满天繁星璀璨,焕发出或蓝或橙的辉光。在两人的对面,那黝黑的仓库笑盈盈地伫立着。

两人再一次发出了轻轻的叹息。

张乐　译

诺沙兰记录

佐藤春夫

慈善日

下层社会——处于最底层的社会。如今,这个词语已经不单单是一个抽象的表达,而是成了具象化的、名副其实的东西。它指的就是位于地下三百米处的人类社会最下层住宅区(如果这还能称得上"住宅"的话)。

来到这里好几日之后的一个早晨,他醒了过来。在这地底世界里还有"早晨",本身就是一件很不可思议的事。清晰的广播声持续不断地传来,可是,这对于生存毫无帮助。他想要的是空气,还有阳光。与这些东西相比,食用瓦斯的优先度都显得低了很多。大约十个世纪以前,曾有作家写过一篇题为《过早埋葬》[1] 的小说,预言了如今人类的悲惨状态,不过小说的具体内容已佚。据说,在那个时代还有个诗人在死前高喊着"给我更多的光吧!"[2]。如此看来,他们一定是下层居民文学的先驱者。

在这个地方,阳光终究是一种奢望,但空气和食用瓦斯都可以用一枚最小的银币买到,只需要把银币投到自动计量表里就行。可是他身上别说银币了,连铜币都没有一枚,他不知道该怎样才能得到自己想要的东西。被扔到这里之后并没有过去多久,他还完全没有适应这个社会的生活方式。另外,任凭他怎样使劲叫喊,都发不出一丁点儿的声音(然而广播的声音却非常响亮,这是何等古怪)。所以,他自然也没有办法询问他人任何事情。文字在这里应该也是派不上用场的,肯定没人认识。就算有人认得那些字,这个地方也没

---

[1] 此处指美国作家埃德加·爱伦·坡的短篇小说《过早埋葬》(The Premature Burial)。

[2] 此处指德国文学家约翰·沃尔夫冈·冯·歌德(Johann Wolfgang von Goethe,1749—1832)。据说他的临终遗言是:"Mehr Licht!"("给我更多的光吧!")

有书写和阅读所必需的光线。

现在，他想要的是空气和阳光。如果他就在此处出生长大，那么可能已经习惯了这种环境，然而实际上，这对他而言是个突如其来的变故。他感觉，这种状态要是再持续个三十小时，自己肯定会死。事到如今他才深切感到，跟现在这个地方相比，曾经生活的那个秘密世界是何等幸福。而那个幸福的秘密世界的创造者，恐怕也是他生涯中唯一认识的人——那个老人，在那之后到底怎样了？他有些担心。刚才他一直在听广播，不仅因为他没有其他事可做，还有一个重要原因是他觉得广播里或许能听到那个老人的消息。

因为自己的声带发不出声音，环境里的一切响声都让他觉得莫名火大，可是广播的声音还是一直持续不断，仿佛要把昨天一整天发生在人间的事一件不落地全部播报出来。并非是有谁想听这些东西所以特意打开了广播，这个声音其实和周遭的黑暗一样，是从其他地方渗透到这个阶层里来的。不过，广播里播送的内容都是被认为有助于社会教育的每日新闻，娱乐相关的节目从地下十层往下就越来越不容易接收到，至于最下层，是完全接收不到任何娱乐节目的。这是因为每个人都必须遵守社会道德，而娱乐却并非必需品，况且如果许多的人都能平等地享受娱乐，反而会稀释娱乐的魅力。

出于这一理由，娱乐性质的广播内容受到煞费苦心的管制，完全禁止向下层社会播放。正因如此，他所听到的广播内容也全是一些无聊的东西。比如市议会议员某某因拒绝受贿而被举报——那个议员解释称，自己不愿意为了私利而去给损害市民利益的决议投赞成票，所以才拒绝了贿赂。但举报人却认为这种行为违反了社会常规，是对市议会议员特权的侮辱。同情被告的人们坚决主张应该先对被告的精神状况进行鉴定。

他对此类报道毫无兴趣，可这已经是今天广播里的最后一条新闻，至于他一直想听的东西——那个老人受到了什么惩罚——却完全没有播报。

然而，广播最后播放的内容，让他怀疑自己的耳朵是不是出了问题。

> 为庆祝××××一周年纪念日的到来（他不懂那个词的意思），今天将会举行慈善日活动。上流社会的人们特地放弃半日的散步时间，将汽车步行圆形广场提供给平日里缺少空气和阳光的下层社会居民。所有陆上交通工具将在本日下午暂停运行，不持有交通工具的阶层也能非常安全地在道路上通行……

到这里这么久，他第一次不由自主地发出了呻吟声。激动的不只是他，到处都传来高兴得忘乎所以的大叫。声音来自住在附近围栏（因为那既称不上屋子也算不上房间）里的男人们。因为他们的叫声过于吵闹，广播里之后播放的内容没能听清。

他马上下定决心，爬了起来（并非站起来，这里的住宅区地面到天花板仅有一米高，高度不足以站立）。他能感觉到，周围到处都有人爬起身来。在这热闹气息的包围中，他很快就被爬行前进的吵嚷人流所吞噬。

前往地面

眼前是一个极其巨大的竖立圆筒。它的顶端是一个发着炫目光芒的圆圈，但那些光无法到达圆筒底部，因此下面是一片漆黑。顶端光亮的部分就是地面，要抵达那里，就必须沿着圆筒中心一条最长的、仿佛什么巨大玩具似的螺旋阶梯，一圈一圈地往上走。这是下层世界前往地面的唯一通道。那条立体轨道——可以类比成地面上的汽车、建筑物里的电梯或者太空里的轨道飞行器——被认为没有必要延长到地下十五层以下，所以生活在该阶层以下的人们要到其他阶层去，无论如何都只能走螺旋阶梯。

抬头望去，那光景几乎令人晕眩。不，实际上确实有一些人在楼梯口晕倒，为避免影响交通而被"妥善处理"了（所谓"妥善处理"，是指把这些人当作死尸迅速清理掉。据历史学家所说，用于这种"处理"的相关设备是由中世纪摩纳哥王国的赌场设施发展而来）。人们本来就缺少阳光、空气、食用瓦斯、饮料瓦斯以及各种营养物质，现在又身处如此拥挤的人流之中，还抬头望见如此有视觉冲击力的景象，会晕过去也是理所当然。

他抵御住诱惑，努力不再抬头朝上看。同时，他一边排在队伍里等着轮到自己，一边开始观察旁边的人群。这些和他身处同样社会阶层的人，无论是谁，全都一言不发，也不知是跟他一样说不出话，还是单纯由于极度紧张而噤声。人山人海，却鸦雀无声，这场景无比诡异。

终于轮到他了。阶梯看守人允许他登上螺旋阶梯。他刚往上走了两三阶，就听到走在他后面那个人在小声嘟囔：

"啊，我这辈子终于能好好享受一次阳光了……"

他觉得能听到有人说话很稀奇，就回头朝下面看。那是紧紧跟在他后面往上走的一个人。然而，他才刚看清楚，那个人就已经从阶梯上滚落下去，受到了"妥善处理"，或许是过于兴奋而导致脚下踩空了吧。他轻轻抖了一抖,然后紧紧抓住阶梯的扶手,小心翼翼地继续往上走。

有人伴着风声从阶梯上遽然坠落,大约是在攀爬途中耗尽了体力。时不时就能看见阶梯外侧有坠落者惨叫着往下掉,那叫声响彻了整个圆筒。所幸,坠落者都是从外面落下去的,没有人从阶梯上方滚落下来,不知是不是有什么机关。朝下面望去,能看到阶梯周围设有自动装置,能迅速地将坠落者"处理"干净。看来,这种情况在此地早已是司空见惯(他的结论是对的。另外,坠落者的人数也由一个自动调整的数值来精确控制。对一个文明国家的政府而言,凡事都需要全面的统计,绝不能有所疏忽)。

一开始看到有人往下掉的时候,他双脚发抖,差点儿被吓得也跟着摔下去。但不知不觉间,他已经习惯了这样的场面。当他以为快爬到顶了,结果抬头一看才发现还没爬到三分之一的时候,他不由得叹了一口气。如此累死累活地往上爬,最后真的能到地面上吗——想到这里,他差点儿就从阶梯上摔了下去。

他的出身

顺着螺旋阶梯满头大汗往上爬的他,最终真的能顺利到达地面吗（肯定能爬上去的吧？不然这个故事就到此为止了）？在他进行着这项单调、紧张而又危险的工作的时候，我们先来了解一下他的过去。关于他过往的经历，至少有一半以上，连他自己都不了解。不过这并不奇怪。这个社会中的人没有尊重自己的过往经验并将其存储在记忆中的习惯，而且，他那时年纪还太小。

某一天，他在极其炫目的光线中睁开眼睛，意识到自己正处于一种以前从未有过的、非常舒适的状态。他的周围还睡着五六个成年人。另外，还有一个不认识的老人也醒着，正蹲在他的枕边。

他感到舒服的一个重要原因是，有一种此前他完全没有体验过的液体正在流入他的口中。以前他只知道有饮料瓦斯，那一天他第一次知道还有"水"这种东西。他还注意到，自己所身处的空间内每个角落都被光照得明晃晃的。在与那位不认识的老人的对话中，他渐渐明白了自己为何会突然身处一个陌生的环境之中。老人说，他是在马路上自杀的——按照这里的习惯，凡是被交通工具撞飞都统称为自杀。而他作为自杀者，毫无疑问就受到了"妥善处理"——被交通维护车运走，然后被抛进地下通道。

"我的情况也跟你一样。"老人说，"按现在这个社会的状态，凡是不乘坐交通工具的人，只要在收费步道以外的地方步行，都会被视作有自杀倾向。不过这也不奇怪，那样的路，无论如何小心，都不可能步行超过三米还不被车撞。明知这一点还走到那条路上去，不管是不是真的打算去死，都会被认为是想自杀了。然后呢，每天都会有无数的所谓自杀实行者被运到这里来，当然，像你这样仅仅是晕了过去的人也不少。每次我都仔细地把晕了的人找出来抢救，可没一个完全恢复过来的，全都虚弱不堪。这里的这些人也是我好不容易刨出来的，但是都救不回来了。"

老人说着话就把他抱起来，放到角落，然后拿过一根他熟悉的食用瓦斯导管放到他的嘴边。之后，老人又把其他的几个人抱起来，挨个扔到了下方的空间。每扔一个下去，地下就会传来轰的一声巨响，仿佛是被什么东西吸进去了。那几个先前以为是睡着了的人，似乎早都已经死了。

这个老人实在是很奇怪。首先，老人为什么要一个人生活在这里呢？其次，这人似乎什么都知道。比如两人之间发生了这样的对话：

"你之前待的地方是一片漆黑吗？"

"不，多少还是有一点儿亮光的。"

"你见过'女人'吗？"

"'女人'是什么啊,大叔?"

"你不知道啊,那就是没见过了。这样的话,你肯定也不知道自己的母亲是谁。女人绝对不会到地下十层以下的阶层来居住——因为她们能得到一个非常好的职业。对了,你每天都用管子吸空气吗?"

"不,只是偶尔——不过那空气还挺美味的。"

"唔,那综合各种线索推测,你应该住在地下三十层左右。我不了解从地上一层到十九层这些区域,但除此以外的地方,我无所不知,哈哈哈哈哈哈。"不知为何,老人一个人在那里放声大笑了好一会儿。之后,又接着说道:"不过你出身的家庭经济条件还挺不错的。现在的生子税特别高,能付得起这钱的家庭,最低也是地下二十层往上。再往下的阶层只能支付一笔社会税,然后把孩子弃养掉。地下三十层的话,弃养孩子的社会税都是不少的一笔钱。既然你的母亲付得起这笔钱,可见家庭条件还挺不错的……"

接下来老人又讲了很多其他的事情,全都是他以前难以得知的。之后的数年,老人就成了他的养父。老人悉心地照料他,而他渐渐长大,也慢慢了解了老人究竟是怎样的一个人。

这个地方相当于是将路边病死或者自杀的人的尸体搬运

到地下时所需要经过的入口，而独自维持着这个不为人知的小角落的老人——据其自己所说——梦想着能在死尸之中创造一个新的世界，宛如被驱逐的半羊神在孤独而凄凉地吹着笛子。简单地说，这个老人认为人是有灵魂的。尽管他相信灵魂存在，但从古至今，无论多么了不起的解剖学家都未曾从人体之中发现过这样的东西。看来，老人无法融入现今社会的任何一个阶层的根本原因，正是他偏要相信世界上存在灵魂这种眼睛看不见的东西。在这个多达数百层、包括无数阶级的社会中，他被一层一层地往下撵。如今的这个社会，无论是哪个阶级的人，都无法理解他的行为，自然也就没有任何人搭理他。而老人则认为，这颗星球以外的世界——比如火星——存在着其他文明构建的社会，那些文明应该能认同他的想法。现在他正在积极地计划与火星建立联系。

"我曾经是个历史学家，对20世纪到21世纪这样的古老时代抱有浓厚兴趣。那真的是一个很有意思的时代。当时流行所谓的'新炼金术'，就是说，如果尝试着把立体的世界翻转过来，人生就会变得无比光明，就像黄金一样。这种思想一出现，世界就变得非常不稳定。其结果就是，在一番混乱之后，世界真的被翻转了。当一切好不容易平定下来之后，新的世界就变成了现在这个样子。我之所以对20世纪感兴趣,就是因为当时那个高度发达的世界的状态跟现在非常相似。当我还年轻,而且还住在地上二十层的时候,我就把相关的研究内容发表了出来。然后那里的学者群体就把我赶了出来。之后不管我说什么,别人都当耳旁风,我不得不放弃在地上二十层的生活。后来我又提出,在健康层面上,阳光和空气是任何阶层的人都不可或缺的,而古代的人类几乎都能够平等地享有这两样东西。从这个层面来看,现代文明是非常恶劣的。结果此话一出,我又被二十一层的社会赶了出来。看样子,因为我是一个不盲从于时代常识、对很多现状都有独特观点的卓越之人,所以才遭到了其他人的排斥。"老人大声笑道,"你还是个孩子,跟你说这些你也不懂。以后我再慢慢讲给你听。"

就像这样,老人时不时地就跟少年聊自己的过去,又或者尝试着向少年传授一些东西。一到晚上,老人就会开始组装一种小型机械。他总是叹着气说,这台收音机要是有足够的空间架设天线,一定能联系上火星,可惜在这秘密的地下洞窟里并没有足够的高度和宽度。不过,他还是专心埋头于自己的研究之中。

在两人所生活的这个小世界里,阳光很充足,空气、水和食物也丝毫不缺,甚至连温度都很舒适。关于这些,老人没有进行任何解释。少年最初还认为这种环境很稀奇、很难得，但渐渐地，他开始觉得这些都是人类理所当然应该拥有的，并无什么奇怪之处。

突然，某一天，几个人闯进了这个不为人知的地方——不是平日里看到的那种死尸，而是这里很少见的活人。据说，那些人是警察。计量表显示，阳光、空气、食用瓦斯还有最贵重的饮用水不知从什么地方泄漏了出去，泄漏的时间长达十余年。仔细研究之后发现，泄漏的量刚好够一个人生存，而且从数年前开始，又变成了两个人的量。政府把这些资源的使用区域细分并开展调查，于是，警察们便找到了这里。他们把老人和少年称作"前所未有的猖狂犯罪者"，将两人逮捕（少年心目中如同神仙一样的老人竟然是一个小偷）。然而，手段如此科学且周密的犯罪，少年是不可能做得到的。不用说，老人最终一个人背负了罪责，少年很快就被释放。在被释放前，法官问少年，他是想失去过去的记忆还是想失去自己的声音。面对这个难题，少年思考了一会儿，说自己还是宁愿失去声音。这是因为他不想忘记老人那高尚的人品和对自己的恩情。法官给了他一杯无色无味的液体。他喝了下去，之后就再也说不出话了。接着，他就被警察遣送到了地下的最下层社会。

从此之后,那个被他视作养父的老人便杳无音信。

街上奇观

两旁是高得离谱的高层建筑。根据透视法,它们的轮廓线都向一点集中,而同时,也给人一种仿佛要从两边崩塌下来的错觉。这些直线一直向上延伸,另一些轮廓线则水平地往前方延长;左右的平行线也一直延伸到远方,距离越来越近,直至相交于一点。这巨大、坚硬、冰冷的,宛如立体制图法刻画出来的景象,全被刺眼的红色和蓝色随意地涂抹成了众多混乱、不规则的大小不一的区域,仿佛是拥有各种极度鲜艳色彩的闪电劈到了宽广的墙面上,在残留的痕迹中嵌下了那些颜色的碎片。而这每一种令人头晕目眩的颜色之上,又分别用与其搭配起来最令观者不适的另一种颜色写上了各种文字。文字的内容完全无法以常理去理解,甚至连推测其意义都难以做到。某个角落写着"数千元仅为一元!"这种奇怪的换算。在一块更大的区域上,不知是什么情况,写着下面这样闻所未闻的宣言:

> 购买我店最劣质之商品,使我成为暴发户,乃是重视社会正义之市民不应遗忘之义务,因我店商品系由无

知之幸福及无反省之美德完美调和而成。"俗恶"的大精神！何其伟大！无论大臣、将军还是博士，无人不赞美、保证我店调配之绝妙。

映入眼帘的这些文字，每一句都无法理解。

抵达地面之后，仅仅是瞥了一眼街上的奇观，那些交错的线条和分裂的颜色首先就让他感到一种生理上的恐惧。而读到墙上那些诡异的文字的时候，他更是开始怀疑自己是不是疯了。他抬起头，想看看那个名为"天空"的东西是什么颜色，然而透过那些高耸入云、仿佛要向自己倾轧而来的建筑的细小缝隙所看到的那片空间，却被墙面那刺眼的颜色反衬得仿佛褪了色，只是发出蒙蒙的光。由于一直高高地仰着头，他感到一阵眩晕，几乎快要瘫倒在地。

他不知不觉就混进了人群之中，被人流裹挟着，朝着未知的方向前进。这条街道宛如深河沟的底部，人群则如同退潮时漂浮在河面上的烂泥残滓一般，集体朝着某一个方向移动。这些人都想享受一下传闻中那无比珍贵的阳光，拼了命地想往前跑。然而他们早已有气无力，连走动都十分勉强。人群之中甚至有人已经死去，只是被活人挤在当中，跟着人流继续移动。我们的主人公身处人群之中，头脑已然不太清醒。不知是否由于某种特别的机制,墙壁上那些极度非理性的文字总是会不由分说地闯入视野之中。为了避免这一点,他只好闭上眼睛、低下头。他已经忘了自己想要去往何处,也不知道自己还会像这样走多久。他只觉得,自己可能会走着走着就死在这条大街上。

突然,人群中传来一阵叫喊声,吓得他睁开了眼睛。眼前出现了一个巨大的广场,广场中间的颜色跟其他地方有些不一样。那里肯定是受到阳光直射的地方。奇怪的是,一看到眼前这个场景,他居然产生了一种食欲。这个广场的四面八方有很多条路,想必这些道路都是以广场为中心,往外呈放射状修建的。而每一条路——或者说,高层建筑与高层建筑之间的每一条小而深的凹槽——都挤满了黑压压的人群。所有人都在同时向着这个广场拥来。那些人也全都被这番光景勾起了食欲吗?

很快,广场就被无数的人挤得满满当当。

不知不觉间,阳光也照到了他的身上。正午的太阳高高挂在天空的正中间。他用手掬起一捧阳光尝了尝。有一种香气。身体开始发热了,还有一种醉醺醺的感觉。在这里也能看到有不少人死去。他们应该是陷入了眩晕状态,又因为这从未体验过的快感而出现了中毒症状。他们死了,但却是死在陶醉之中，死在对太阳的赞美之中。

这时，一架形似甲虫的飞机突然出现，人群因此骚动起来。飞机开始降低高度，像是要着陆的样子。广场上的人们都很紧张，但谁都不愿意从自己好不容易抢到的位置上挪开。然而，飞机只是在人群的头顶上盘旋了一圈，撒下数不清的纸片，之后便不知飞去了何处。一枚纸片反射着光芒，缓缓飘落到他的肩上。他把这枚纸片拿下来一看，发现上面有一篇文章，标题是《诸君真的幸福吗》。

看样子，是一份宣传用的传单。

救世的福音

读着读着，他意识到这是一篇令人瞠目结舌的宣传文章。

文章一开头就大力宣扬植物是多么幸福，并以充分的论据说明，植物从来不缺空气、阳光和各种食物，是无忧无虑的种族。之后，文中又详细解释了所谓植物到底是什么。这么做的原因在于植物作为一个神圣的种族，在好几个世纪之前就有减少的倾向，并最终在两三个世纪前彻底抛弃了这个地面的世界，完全消失了。根据文章的解释，植物与人类仅有三个不同。其一是外形；其二是语言能力的有无；其三是能否凭借自己的意志进行移动。两者的不同就只有这些。若是论生命的长短,植物的寿命近乎无限,远非人类可比;至于形态,植物的外形多是华丽健硕的,这一点从古时的诸多文献就能非常明确地看出。那么,还剩下的问题就只有两点:语言能力以及凭自身的自由意志进行移动的运动能力。

  此事待诸君深思熟虑。

——文中这样写道。

看来,文章的作者似乎认为,下层居民会因为自己能够在最下层住宅区那高一米、宽三分之二米、长一米半的空间中自由活动而感到高兴。这倒是相当滑稽。

不过,正当他疑惑为什么作者要大肆宣扬植物的幸福,还把植物与人类进行比较的时候,文章突然做了如下总结:

  能够摄取到充足的阳光、新鲜的空气以及无尽的养分!寿命亦是无限!对以上条件有意者请自愿申请成为植物!此事不仅能让诸君获得幸福,诸君变为植物后,如今过剩的人类将减少,诸君亦能生产出人类呼吸所必需的氧气。诸君的存在毫无意义!若成为植物,对人类社会的贡献将远大于现在……

文章的后面还有详细的说明文字。根据上面的说法，某个医学家发明了一种既简单又完全无痛的把人变成植物的手术。在本年度的慈善日，政府最首要的一个计划就是让那个医学家给志愿者做手术，把他们都变成植物。在说明部分的最后一项还写着如下内容：

> 另外，当日会有众多贵妇人来到手术现场。接受手术者将有幸获得被贵妇人们现场观摩之荣誉。

聚集在此的人们似乎都读完了传单上的内容，开始七嘴八舌地议论起来。他发出了感叹的声音（虽然他也不清楚自己到底是为文章的哪一部分感叹）。又把文章重读了两遍之后，他终于下定了称不上决心的决心——他打算去申请做手术变成植物。他并非想变成植物，他只是不想死。如果像现在这样继续保持人类的形态，他肯定活不过十个小时。死人难道还能活动吗？至于语言能力，他本来就已经完全失去了啊。

"我干脆也变成那个什么植物吧，虽然不知道是不是真的能像这上面写的那样幸福，反正无论如何也不会比现在这副样子更惨了，从这个角度来看，这文章倒是没有骗人。"

"没错。"

他听见旁边传来这样的对话。

已经下午四点了，不愿变成植物的人，到这个时间就必须离开了。可是，几乎所有的人都仍旧留在原地，一动不动。这时，有一百来个政府工作人员到场清点人数，之后又让在场的人分别乘上好几辆巨大的车。车在灯火通明的街上行驶了一会儿之后，突然猛地加快速度。车厢里，一个工作人员开始向人们传达注意事项：

"你们接下来会被送到实验室，在此之前有些事情我需要先告知你们。这项研究目前已经完成了九成左右，还并非完美。接受手术的人有时会变成既非动物也非植物的东西。不过，即使变成那样，也总比你们现在这样既凄惨又毫无存在意义的状态要好。所以在手术之后肯定会比现在幸福，这一点你们可以放心。刚才我说的研究还不够完美，是指用同一种手术方式，最后改造而成的植物却总不是同一种。这似乎跟接受手术者——也就是你们——的个人体质有密切关系。这件事必须预先告知你们，而我们也会尽可能地把你们改造成你们自己所希望的那种植物。现在发给你们每人一张卡片。毕竟你们肯定没有名字这种奢侈的东西，所以在实验室里，卡上的序号就是你们的名字了——都好好地记住自己的号码，然后在卡片上的各栏里填入相应的内容。"

他是 1928 号。

终于变成植物

他们在一幢巨大建筑物内部上上下下走了很久，最后全都被塞进了一个漆黑的密闭小房间里。他感觉自己的意识已经有些不清晰了（此时的他们已经进入了术前准备阶段）。

不知为何，第一个被叫到号码的竟然是 1928 号。他被带到了明亮的户外。他所站立的位置被马蹄形布局的座席所包围，而且越后排的座席就越高，座席上都坐满了人，整个场地看起来像一个斗技场。他被带到这里的时候，前方讲台上有一个神气十足的人正在讲话。

"……如上所述，这种手术不仅在社会政策层面上颇为有益，而且还可以被视作一种具有极强趣味性的魔术。因此，我们才特意将手术过程公开，并邀请各位前来观看。另外，制作完成的植物中若有适合玩赏的，我们将会进行拍卖，还望诸位捧场。"

观众们似乎发出了震耳的喝彩声。这声音在他听来，仿佛是来自很遥远的地方。这一位演讲者下台后，又有一个男人走上讲台，开始向观众们介绍即将接受手术的人——也就是他，1928号。

"卡片上填写的内容正如诸位所看到的。"说完，解说者回头看向后方。在那里，他的笔迹被原封不动地扩大，并清晰地投影在日光下的半空之中。解说者继续说道："在这次的应征者之中，这个人填的内容是最有特点的，所以我们选择让他来第一个接受手术。卡片上的内容乍一看或许并不好懂。首先，1928号与所有下层居民一样，没有名字，也不清楚自己的年龄。我们推断他是十五岁左右。在'愿望'这一栏下面，1928号填写的是'想被爱'。这几个字很难理解，其实我们也没能完全弄清楚到底是什么意思。据语言学者分析，这种语言似乎一直使用到20世纪前后，之后就彻底成了死语言。这个少年怎么学到这门语言的，目前还是个谜。不过，下层阶级往往会使用一些远超我们想象的古怪且低贱的语言。总之，这种低贱的语言之中包含了死语言，而这在我们研究的范畴以外。'爱'这个词似乎本来是十八十九世纪时心理学上的一个概念，之后又成了我们的医学所研究的对象。简单地说，'爱'就是心脏脆弱处产生的一种病态的麻痹，据说患者会多多少少感到一种中毒般的陶醉，症状严重者甚至会有生命危险。在过去的人类社会，这种流行病曾经大为肆虐，甚至有时还会人为地引导人患上这种病。持有如此可怕愿望的人，到底会变成何种植物，不仅是我们，我想在座的诸君应该也会多少有些兴趣。另外，在'至今为止体验过的最开心的事'一栏里，他填的是'梦到自己被一个温暖的、有香气的、白色的，类似人类的东西抱着'。这句话恐怕也不太好理解。下层社会的人几乎没有机会见到女人，他填写的内容应该就是暗指女人。也就是说，他大概做了一个自己被异性拥抱的梦。"

四周传来娇滴滴的声音，似乎是女人的笑声。听到这声音，1928号那最后的情感之火好像又忽地死灰复燃了。他到处扫视，寻找笑声的来源。这时他发现，观众席上坐着许多他从未见过但时不时会出现在他梦里的人种，而他之前一直都没注意到——这人种便是女人。他尴尬地低下了头，然而给他做手术的人却毫不在意他的反应，直接就把他的衣服扒光了。接着，他感到腰部有轻微的刺痛，原来是被注射了什么东西。最后，他被推上了一个高出周围地面的台子。观众席上的贵妇们拿出观剧镜[①]，齐刷刷地看向他。他的头垂得更低了。他登上的圆形高台开始旋转。正当他觉得台子转得

---

① 观剧镜，一种专为观看戏剧设计的小型双筒望远镜。

越来越快的时候，旋转突然停止了。他又被推下了台子。双脚重新落地的时候，他感觉自己仿佛要被地面一下子吞噬掉似的，本就低垂着的头几乎都要被吸进他自己的胸口了。

"难道这些说给我做手术的人是在骗我，实际上他们是要杀了我？"

然而，下一瞬间，他突然嗅到一股清新的空气，开始畅快地呼吸起来。刚才那些羞耻、难受的感觉全部消失得干干净净。他低头一看，发现自己的手臂已经完全硬化，而且呈现出鲜亮的绿色；手指逐渐扁平，最终变得像纸一样薄。不只是手和手臂，他的全身都变成了绿色，手指变形后的那种薄片状物体正在从他的身体各处往外长。实际上，他的身体已经有一半以上被埋入了地面以下，他的身高也缩到了原来的三分之一左右。最让他惊讶的是，刚才那并不是单纯的感觉——他的头是真的不见了。然而，尽管没有头，不知为何他却有视觉，能清晰地看到外界的事物，而且比之前蒙眬模糊的状态要清晰好几倍。

"教授，我们成功了！"助手说。

那个教授默默地点了点头。

听到这句话，他感觉自己也安心了一些。

这时，另一个教授走到他面前，凝视了他一会儿，然后说道:"是蔷薇科的植物。"

他并不知道这是怎样的植物,但的的确确能体会到一种幸福感。

然后,第二个接受手术的人出现了。此人被称作"特别节目"。当看到这个"特别节目"的时候,蔷薇声嘶力竭地叫喊了出来——这所谓"特别节目"不是别人,正是在地下的另一个世界里养育了他的那个老人。然而,他的叫声虽然自己能够听见,在场的其他人却毫无反应。他意识到,人类根本就听不懂植物的语言。他放弃叫喊,沉默着,陷入了深深的感伤之中。老人本要被处以死刑,而现在作为代替,将被强制改造为植物。正因如此,老人不仅没有资格提出任何的愿望,而且还不会被注入普通的药液,而是使用某种特殊的药剂。他将会变成植物界最可悲、最微小的类别——苔藓类。这意味着老人再也不能照射到阳光,将永远置身于阴暗的场所,并且彻底无法移动。给老人做手术的人宣称,苔藓是植物世界里最底层的。

可怜的老人没有做任何辩解,也没有丝毫失落或悲伤的神情,任凭对方随意把弄着他。他被扒光衣服,被推上旋转台,然后又被放到了地上。就在这时,蔷薇感到某种强烈的不安,它的脚下似乎在颤动——它的下半部分所生长的地面突然被抬了起来。吃惊的不只是蔷薇，周围的观众们都大声哭喊着站起身来。做手术的人也忘记了自身的威严，一屁股坐在地上，满脸惊慌失措。在这骚动之中，那个一边震动地面、一边四处蔓延根系的古怪生物突然高举起了双臂，而从它的双手四周各处又长出了更多新的手臂，眨眼之间，数千条手臂就冒了出来。生物的手指苍翠欲滴，如同熊熊燃烧的绿色火焰。它一刻不停地迅速长高、长大，变成了巨大的怪物，卷起一阵狂风。它身上那些新叶刷刷地响了起来。在植物的语言中，这就是哄笑的意思。蔷薇久违地听到了养父那开心的笑声，然后，它的恐惧消失了。

这场大骚乱是如何收场的就不得而知了，因为蔷薇很快就被转移到了别的地方。

幸福之窗

蔷薇凭本能感知到，在它面前的是一个中流阶层以上的女人。它正在高兴，女人直接把它连同花盆一块儿包了起来。女人包得很严实，它的视野完全被遮蔽了。女人把它拿了起来，然后抱在了怀中（尽管看不见，它却什么都能感觉到）。它和女人一起滑行、起飞、上升。一切宛如在梦中一般，它感到很是惬意。不过，它还是有一点儿不满——这个交通工具一直在发出高低不定的、令人不快的声音。成为蔷薇之后它才意识到，人类的世界到底有多么的喧嚣。如果无法从这种硬物摩擦般的响声中感觉到美，恐怕就根本理解不了这个时代的声音。这种连牙齿都要松动的快感，简直无与伦比。蔷薇不知道，它正在乘坐的这个交通工具实际上是在演奏音乐。

震动停止了，蔷薇被摆在了桌上。覆盖在它身上的东西也被取了下来，它被暴露在极其明亮的灯光之下。蔷薇想起了之前自己因为做手术而被扒光全身时，四周的贵妇都用观剧镜看他的场景，不由得一阵害羞。除了把它搬到这里的年轻女人，视野之中还有一个男人。两人一边俯视着蔷薇，一边交谈着。

"挺顺利就把这东西买到了啊。竞拍的情况如何？"

"什么竞拍，买家就我一个。"

"这么没人气啊，这样的话，岂不是好不容易买来却不能当作'招牌'了？"

"没关系，这一点你不用担心。大家其实都对这个奇怪的东西有兴趣，只不过觉得没什么实际用处，所以才没有买。而且养这东西还挺奢侈的——每天至少需要晒三十分钟阳光。"

两人的对话伤到了蔷薇的自尊心。

当晚,蔷薇被放在了窗外。虽然不知道这里是地上第几十层,但它向下看去的时候还是不禁发抖。这是年轻女人卧室的一个窗户。到了深夜,一个非常俊俏的年轻男人前来拜访。真是奇怪,他是从哪里偷偷进的房间?男人和女人并没有刻意放低声音,他们天南海北地聊起了天,还开始一起做各种各样的事。蔷薇羞臊不堪,不敢直视,所以它也无法将它所看到的场景告诉别人。年轻男人大概在房间里待了一个小时左右,之后又消失得无影无踪了。

房间里持续不断地传出之前听到的那种硬物摩擦般高低不定的声音。另外,这里的夜晚比太阳直射的地方还要更加明亮。天空中能看到很粗大的、仿佛是来自探照灯的光带,光带上显示出"诺沙兰①市"的字样。而且,那文字还红绿交错地闪烁着发出信号,或许那里是空间铁道的站点标识吧。在刺眼的强光和嘈杂的声响之中,蔷薇实在是睡不着。随着喧嚣慢慢归于平静,周遭的强光也逐渐消失,它终于打起了盹。然而没过一会儿,清晨的阳光就照在了它的身上,它不得不醒过来——变为蔷薇后的第一个夜晚就这么过去了,尽

---

① 此处原为法语词"nonchalant",意为"冷漠的,无动于衷的"。

管它根本就没有睡好。

不过，照在蔷薇身上的并非直射的阳光，似乎是经过好几面镜子的折射才照到这扇窗户来的。但即使是这样的光，也对它身上红色花蕾的发育有益处。大约三十分钟后，它身上的阳光消失了（很久之后蔷薇才知道，这些阳光是特意为它购买的）。它在没有阳光的窗台上回忆过去，又思考着眼下这不同于以往的状况。它记得之前那男人曾说想把它当作"招牌"，那么这里到底是一间卖什么的店铺呢？想到这里，蔷薇感到些许的不安。它又想，晚上睡不好实在是有点儿难受。可是，跟身为人类的时候相比，现在这个样子不是要远远幸福得多吗？没错，就是这样——冒出这样的想法之后，它不禁觉得自己的那些抱怨都显得如此不知好歹。然而，即使蔷薇自身并没有意识到，但经过一个夜晚之后，它已经被这个阶层的空气所洗礼，完全接受了这里奢侈的生活。

蔷薇被搬离窗台，放在了一个大玻璃箱里。在它的周围还有各种各样和它相似的花被随意地放在盘子上。这些花都是带花的枝条，而且是被强行扯下来的。看起来，这里似乎是花店的橱窗。在橱窗的玻璃上写着"人仅凭瓦斯无法生活"的字样。因为蔷薇是从背面看过去的，所以这些字它只能反着辨认。橱窗外的街上，路人们纷纷好奇地停下脚步，用手指着它，嘴里似乎还在说些什么，不过隔着玻璃完全听不见。大家都停下来围观它的这个状况让它心满意足，而店主似乎比它更为满意。由于实在无聊，蔷薇开始打量起围观它的那些人来。盯着看了一会儿之后它发现，面前这些人都是这个阶层的居民，但他们每个人都长着同一张脸，完全分不清谁是谁。除了男女两个性别的服装不同，其他再无区别。他们穿的似乎是统一的制服。不过，两三日后，它忽然就意识到自己先前的结论是错误的。这是因为它一下子想起来，在不为人知的地下世界里，那个老人给他讲的一些事情。这些人的服装的确是一模一样的，但衣服每天会进行统一变更。变更跟随流行风潮，而每天的流行风潮都不一样。在前一天的晚间广播里会发布翌日的流行情况，而前一天的流行风潮则会成为下一阶层的流行风潮。人们把仅仅穿了一天的服装，以二手服装转卖到下面的阶层，自己则每天都换上新衣服——从上一阶层转卖至此的旧衣服。政府征收流行税，还有经营着二手服装专卖局的流行部。这个体系似乎是基于社会经济状况而建立的，据说其建立初衷是为了让越下层的居民能买到越便宜的衣服。不过，最重要的还是政府能通过其直营的二手服装专卖局，每天赚到一大笔钱。人们无法做到不受流行风潮的支配。不追随流行风潮——或者说，没有追随流行风潮的能力——的人将会被视作扰乱公序良俗，从而被赶出社交界。因此，就有无数的人一边咒骂着这种流行制度，一边跟自己身上穿着的衣服一块儿沦落到下层社会——这种悲剧每天都在上演。

说到悲剧，蔷薇又想起一件事。把它放在橱窗里的这家店似乎并不是花店，而是一家点心店。平时客人很多。奇怪的是，每次有顾客来，店里的女人就会先问："您是要悲剧还是要喜剧呢？"

然后，根据客人的回答，女人拿出不同的盒子，客人再从盒子里挑选东西。蔷薇完全不明白这一连串举动是在干什么，但是日常的见闻里，它难以理解的事物也不止一两件。店里的两个女人和一个男人，他们之间到底是什么关系，它怎么也观察不出来。最后，它姑且认定，男人是这家的主人，其中一个女人是他的女儿，另一个女人是店里的店员。另外，每周必定来与店主女儿幽会一次的那个年轻男人，也不太清楚他是什么身份。那人尽管都是偷偷摸摸来的，但似乎又是店主女儿的合法丈夫。蔷薇还不知道，那其实是男人使用了影像、声音、触感三者结合的电子投影。政府最近大力推广这种约会方式，认为这样能最为有效地限制生育。

蔷薇对有夫之妇没有兴趣，于是决定喜欢另外那个女店员。它总是时刻关注着女店员的心情,在不断被搬来搬去、往返于窗台与橱窗的过程中,它逐渐萌发了对女店员的情感——因为,它其实非常害怕寂寞。

艺术的极致

家里的两个女人坐在窗边的书桌前,一同看着一本书,两人不停地感叹:"真美!""哎,这真是太妙了!"蔷薇凭直觉猜测,她们是在阅读一本诗集。即使在这样怪异的社会里仍然有艺术存在——知道这一点后,蔷薇感到一阵欣喜。然而,它瞄了一眼那本横长的小册子之后才发现,那其实是一本印刷着模拟纸币的画册!她们津津有味地读完,并将册子合上的时候,蔷薇看到册子封面上写着《现代文艺大全集·第八卷》。之后,她们又探讨了一会儿文艺理论,两人都聊得双颊泛红、两眼放光。似乎,她们中一个人喜欢现实主义的艺术,而另一个人则喜欢浪漫主义的艺术。一方认为百元面值以下的纸币更加有真实感,另一方则坚持主张起码得一万元面值的纸币才更富有幻想、更具有生命力。信奉现实主义的一方虽然也同意以大面额为主题的作品有其优势,但同时反驳说,这样的作品仍然难以表现出百万元这种级别的庄重和权威,难免显得空洞。

在此时的文艺界，以文字表现"怎样才能赚到钱""如果自己成为百万富翁将会怎样"这现代文化中唯一生活主题的方法早已失传一百年以上。现今，无论是期刊、单行本图书还是一元版全集（两个女人刚才读得不亦乐乎的就是这种全集，"数百万元仅为一元"的广告语也是指的此物①），都针对这同一个主题采用了更加直接有效的表现手法，所以近来市面上的书刊几乎都变成了模拟纸币的画册。其中有一部分因为图案过于逼真，恐有动摇人心之虞，因此出于维护社会风气的考量，这部分书刊就被禁售了。人们深切地感受到，只要盯着这些模拟纸币看上一会儿，就能获得丰富多彩的生活，找寻到人生的指引，领悟到活着的意义。总之，它们能引诱人产生各种幻想，让人觉得人生是如此光明。人们将这种艺术称为"精神艺术"，与另一种"感觉艺术"区分开来。

蔷薇很快就会知道，摆放着它的那家店其实既不是花店也不是点心店，而是感觉派艺术家的画廊，而且画廊的主人还是在这社会上有相当权威的艺术家。精神派艺术的崛起曾一度导致感觉派艺术濒临消失，而让感觉派艺术重获新生的就是这个画廊的主人。蔷薇听到，此人经常对前来拜访的后

---

① 前文中出现过的广告语与此处不同，是"数千元仅为一元！"，原文如此。

辈如此说道：

"色、香一类的东西无论如何强烈，如今都无法给任何人带来愉快感了。仅凭那些东西就能满足，已经是很久以前的事了。就比如这株蔷薇（被手指着的蔷薇感受到了一种侮辱），古代人居然看着这种愚蠢的玩意儿就能心满意足，实在是太滑稽了。所以，大约是前一个时代的天才，就把这种叫作'花'的东西改造成了可以吃的食物。如果人类只摄取瓦斯，味觉并不会真正得到满足，因为想要咀嚼固形物的欲望已经深深扎根在了我们的身体里。发现这一点之后，我们在色、香结合的固形物上施加各种能让人理所当然地联想其颜色、气息的味道，如此就实现了一大进步。然而，这样生产出来的东西跟古代所谓的'点心'没两样，仅仅是面向妇孺的艺术，难以满足大众的需求。对这种东西的新鲜感怎么可能长久呢？然而正因如此，人们开始觉得愚不可及又飘忽不定的精神派艺术反而更具有神韵，大众的艺术流行也逐渐偏向那个方向。当然，那个派别的艺术在当时也确实有一定的发展。把纸币本身的情绪直接展现在人的眼前，让观者自由决定它们的用途，这种手法可谓是紧紧抓住了时代的风潮。单纯且直接的做法相当漂亮。话说回来，我在现代艺术上的这些成就，是能够带来强烈肉体刺激的创造，所幸也得到了诸君的认可。我制作的这些东西，有的吃下去会让人笑个不停，有的吃下去则会让人泪流不止。效用愈发强烈之后，甚至会引发仿佛马上就要死掉的痛苦感受。一方面体验着死亡的珍奇感觉，同时心里却又明白这是艺术引发的效果，自己并不会真的死掉，所以又能始终处于安心的状态。也就是说，我的作品能够根据人当时的心情，随意触发任何种类的肉体感觉。最常见的，就是能够给交感神经或者迷走神经施以适当刺激的类别。简而言之，我是把文学要素融入到了色彩、形态以及味觉的艺术之中。我的艺术和纸币图案那种肤浅的东西当然是不一样的，是把综合的元素加进诸多传统艺术之中的产物。至今为止，所有的艺术家都拒绝将药物学融合到艺术之中，这一点我一直感到匪夷所思。人类明明从远古时代就已经明白了酒精对于艺术的价值，甚至在迷信大行其道的 19 世纪、20 世纪也知道把鸦片和可卡因用在艺术上。在药物学的启蒙时代，人类就是这么做的，可是我们却毫不自知。之所以会这样，是因为人类一直迷信艺术是形而上的东西。说到这里，我想给你出一道题。你能不能试试创造一种方法，让我们也能暂时地体验到变成下层居民的感觉？这种感觉对我们而言非常稀有，要是能让上流社会的人体验到那种奢侈而又充满好奇的愿望，一定会大为流行的。"

蔷薇一直在一旁偷听，却还是不懂画廊主人这番话的意思。即使如此，它还是感到一股莫名其妙的怒火蹿了起来。所看到的、所听到的，全都无法理解。一开始的那种幸福感已经开始逐渐消失。只不过，它现在已经适应了喧嚣和炫目的环境，至少能够睡个好觉了。另外，每天早上的阳光也一天天地变得更加温暖。在阳光之中浅浅地打个盹是它现在唯一能体验的幸福。然而，在梦中却出现了无比茂盛的同类，而且还向它搭话。

"你知道'月亮'吗？

"你知道'星星'吗？

"你知道'彩虹'吗？

"你知道'小鸟'——知道'夜莺'吗？

"你闻过黑土地的芳香吗？

"你听过泉水的歌唱吗？

"你啜饮过夜晚的露水吗？

"你尝过少女的吻吗？"

面对这一连串的提问，它却什么都答不上来。

它反问："到底是谁提出这么难的问题？"

对方回答："我是你的祖先，是19世纪的蔷薇。"

接着，对方便开始讲述那个时代的花的生活——

这时蔷薇醒了过来，浑身一阵颤抖。阳光已经消失，它又被搬进了玻璃箱中。这里的空气毫无生机。在这个美好的季节，为了让欢乐的夏日不那么热，人们就会每天都将几升阿尔卑斯山顶的空气混入到身边的空气之中。蔷薇回想起祖先的话语，又看了看自己所处的地方，感觉自己是一个囚犯。每天，它晒那三十分钟太阳的时候，都会做那个梦。仿佛是在嘲笑它醒来后身处的现实，它的花朵全都在绽放三分之一后就枯萎了。

哎，它病了。

新的恐惧

某一天，一群女人非常激动地挤进了店内。店主和店里的两个女人不停地解释着"已经卖断货了"，还向这些热情的顾客赔礼道歉，终于把她们打发走了。之后，三个人立刻关上店门，挂上了"本日暂停营业"的牌子。这三个人，尤其是店主，显得既慌乱又忧心忡忡。蔷薇并不知道这一连串的异样场景意味着什么，不过它还是根据自己所听到的内容简单整理了一下状况：这个城市出现了一种极其诡异且可怕的疾病，在这仅仅半天里，就有九百多名年轻女子因同样的症状瞬间死亡，然而却不知道症状背后的真实病因。在这个新奇的传闻广为散布的同时，女人们为了尽早体验到这种前所未有的强烈恐惧，于是便蜂拥到了这个艺术家的店里。可是，即使是作为肉体感觉制作者而闻名的店主，面对如此异常而新奇的体验，也不知道该怎样将其如实地表现出来。为了不让自己名声扫地，他才关闭了店面。话说回来，既然这个怪病是第一次出现在世界上，那么顾客们的要求自然也就难以满足。

夜晚，蔷薇在窗外睡着了。这时，它忽然听到附近的某处传来一声人类的叹息。紧接着，又传来一句带有人类口音、发音略微有一点儿奇怪的植物语：

"我们彻底被骗了。"

蔷薇睁开眼睛，四下寻找，却没发现是谁在说话。

"到底是谁在跟我说话？"

于是，在非常靠近它的墙边又有声音传来。

"你又是谁？"

"我是蔷薇科的植物。"

"这么说，你也是最近才从人类变成植物的？"

"没错。"

"那么，你现在幸福吗？"

"……"

蔷薇本想否认，但又闭上了嘴。之后，它反问道：

"那你呢？"

"你先回答我。"

"我啊……我觉得倒也不是不幸福……"蔷薇的语气显得有些模棱两可。在知道了对方跟自己一样是变成植物的人类之后，不知为何，它感觉自己不想向对方坦白自己并不幸福。

"这么说，其实我们这边也并非不幸福。有空气，也多少有点儿阳光。虽然人们都以为植物没法说话，但你看，我们现在不是聊得挺欢吗？而且，植物还能飞。"

"能飞？明明是植物，却能飞？"

"是啊。"对方有些不悦地说，"只是我飞不起来而已。"

"你到底在什么地方？"

"吸在墙壁上呢。"

蔷薇这时才想起来，之前曾有一大群人聚集在那个圆形广场上——它已经把这件事忘得一干二净了。除了自己以外的其他人后面怎么样了？现在终于有机会知道了。真正变成植物的，除了蔷薇自己，好像就只有那棵大斛树——也就是那个被处刑的养父。至于其他的成千上万的人，似乎都变成了一片片的、厚叶子一样的东西。而直到昨天为止，它们都还寄生在斛树的身上。

"那棵斛树现在怎么样了?它曾经是我的养父。"

"很遗憾,它已经被砍掉了,从根部砍的。"

蔷薇既震惊又悲伤。

"为什么会这样?!"

"不知道。它每天都抱怨地上空气不好,地面被人类搞得硬邦邦的,或者地上的灯太亮以至于晚上都看不见星星。不过,它还是时不时笑着说,自己仍然能听到某颗星星发出的声音。可是,有一天人类突然就来挖它根旁边的泥土。他们意识到这样挖下去没完没了,于是干脆就把它从根部砍掉了。被砍的时候,它一直在说:'随便你们砍我多少次,我都会重新发出新芽的!'那把电锯太可怕了,搞得我们都无处可去。我们这些数不清的叶子本来就是靠斛树把养分吸上来,然后分给我们,这样才能活命的。从今天起,我不能再过忍饥挨饿的日子了,我要吸人类的血!我现在无比饥渴!做变形手术的时候旁观的那群贵妇人——我要去摸一摸她们的皮肤!哪怕只是碰到一下也行!嘻嘻嘻嘻!"

这笑声既低俗又令人毛骨悚然,跟人类的笑声极为相似。

夜深了,但蔷薇怎么也睡不着。不知为何,它一直在想那个它本该完全想不起来的人——那个地下洞穴里的老人,那个变成了大斛树的老人。另外,"自己只是地面上的一株植物"的自我认知也让它有一种极为强烈的孤独感。

天亮了,清晨的阳光开始洒在它的身上。这时,不知从何处飘来一片直径约莫一英寸的圆形叶子,落在了它花盆的旁边。

"让我在这里休息一会儿!"

这片奇怪的植物组织上似乎带有类似吸盘的东西,它紧紧地贴在了花盆上面。而阳光下的蔷薇处于半睡半醒的状态,还在做着美梦:倾泻而至的阳光。青春。微风。歌唱的夜莺。太阳和月亮、星星同时出现在天上。蝴蝶从彩虹架起的桥中纷飞而出。能够疗愈干渴的潺潺泉水。少女(也就是店里的女店员)亲吻了绽放的它。

梦醒了。阳光消失,女店员又一如既往地来到窗边,打算把蔷薇搬进玻璃牢狱一般的橱窗之中。蔷薇彻底清醒了过来。它回想起昨晚那个诡异的吸血植物,焦急地想,得想办法用人类的语言发出警告。

可是,一切都晚了。女店员突然倒在了地上。她右胸的乳头因为当日的流行服装而完全露在外面,然而此时,那乳头已经不知被谁剜了去,她的全身也逐渐变成了紫色。

女店员惊恐之际松了手,蔷薇的花盆滚落到了窗台外面。

它以极快的速度往下坠落，只听见周围风声呼啸，它不禁发出惨叫。

一瞬之间，蔷薇想，在这种世界似乎也没必要活得那么长。之后，它就彻底失去了意识……

贾雨桐　译

蛋

梦野久作

　　三太郎学习累了,来到后院里休息片刻。

　　天上满是纯白色的卷积云,和煦的阳光洒向一排排的郊外民家。这些宅院鸦雀无声,仿佛其中空无一人;就连那些盛开在院落之间的波斯菊,花瓣也看不出丝毫颤动,只是静静地向四周反射着柔和的光。

　　在花丛下那潮湿的黑土之中,能看到一个白色圆球状的东西,跟新生儿的头颅差不多大。

　　"咦,那是什么?"

三太郎好奇地走过去一看，发现那是一颗大大的蛋。蛋壳表面泛白，带有类似大理石的光泽。蛋旁边的泥地上有几个不知是用竹片还是什么东西写的字：

致三太郎先生

露子敬上

地面上还画了一个圆，把蛋和这些字都圈在里面。

三太郎大惊失色，慌忙用脚把这些字全部踩平了。之后，他抬起头，视线越过长满波斯菊的花丛，望向一栋小屋的二楼。这栋小屋在三太郎家的后面，两户之间隔着一片空地。

小屋一楼和二楼门窗上的防雨板都紧紧关闭着，外面还斜贴着写有"出租"字样的崭新纸条。露子全家昨晚趁三太郎还在睡梦中的时候搬家离开了，不知去了何处。

露子和三太郎初次相见是在今年年初。当时露子一家刚搬来此地不久，二楼的隔门——也就是现在贴着"出租"纸条的那个位置——随意地打开着，露子站在栏杆边上，眺望着楼下的庭院。三太郎正在屋里学习，而他家的门也敞开着。几分之一秒的目光交汇之后，两人尴尬地移开了视线。之后露子神色冷淡地低下头，退回房间并关上了门；三太郎也默默地站起来，紧紧地关上了自己房间的门。

从那时起一直到昨天，这好几个月的时间里，两人每天都会见面。他们彼此都明显察觉到自己喜欢上了对方，但却又刻意保持着冷淡的态度。如果目光不经意间对到了一起，他们就会立刻把脸撇开，慌忙躲回屋内。每次碰面，两人都会这样，不约而同地做出几乎一模一样的反应。到头来，两人甚至还没来得及冲着对方笑一笑，就不得不分别了。

他们是多么愚蠢，为何要一直用那种冷漠生疏的态度来面对彼此？为何要对坠入爱河这件事如此戒备？

三太郎知道其中缘由。

其实，初次见到露子那天的夜晚，三太郎的魂魄就悄悄从熟睡的三太郎身体之中溜走，来到了现在三太郎站着的这块黑土地上，与等候多时的露子的灵魂幽会。自那之后的每一个夜晚，三太郎的魂魄都会来到这里与露子的灵魂见面，他们互诉衷肠，一同哭泣，一同欢笑。

不过，一开始的时候，三太郎只以为这是自己的幻想，还暗自觉得丢人。哪怕是看到露子的背影，甚至仅仅瞥到露子身上穿的和服的一角，他都会感到抱歉、羞耻、恐惧……

在这些情绪的控制下,他的表情不知不觉就僵硬了起来。

然而,三太郎很快就发现,露子也与自己有着同样的心境。每次两人一碰面,露子的脸上就会显出一种难以言喻的、冷漠又紧张的表情,这表情泄露了露子心底所有的秘密。三太郎愈发清晰地意识到,他的"幻想"并不是他一个人的胡思乱想,两人的灵魂真的每晚都脱离肉体并偷偷来到此处幽会,这是千真万确的。同时,两人不追求现实的恋爱,仅仅满足于魂魄的交合,这绝不是因为他们恐惧爱情。他们害怕的,是现实的恋情必然会产生的"某个结果"——关于这一点,三太郎也是心知肚明。

两人在白天四目相对之时,彼此的目光变得越来越冷漠疏远。可是,两人的心却早已雀跃不已,期待着日落后在这块黑土地上的相会。

夏天很快就过去了。不知是谁撒下了种子,这片黑土上长出了一丛颇为高大茂密的波斯菊。入秋后,醒目艳丽的花朵四下绽放。又过了没多久,便发生了今天这件事。

三太郎被一种奇异的恍惚之感攫住了。他尝试着小心翼翼地把这颗大大的蛋抱起来。细看之下,他发现蛋壳是半透明的,颜色青中带黄,里面装满了黏稠的液体,重量基本和水差不多。被太阳照射着的那一半蛋壳还略微有些温热。

那之后，三太郎每天晚上睡觉的时候都抱着这颗蛋。当冰冷的蛋壳变得和三太郎的皮肤同样温暖的时候，蛋中似乎开始隐约传出人熟睡时那种平稳的呼吸声。要是轻轻摇动一下蛋，呼吸声就会突然停下来——看来，这并不是三太郎的妄想。另外，蛋还微微散发出一种既像乳汁又像去污粉的甜腻气味。

三太郎非常喜爱这颗蛋。每天一等到天黑，他就抱着蛋上床睡觉，动作轻柔，生怕把蛋弄破了。这是他一天中最幸福的时刻。天亮后，他便立刻把被子塞进柜子，然后把蛋轻轻地包裹在还残留着自己体温的床垫之中。他有时不禁会遐想：要是一直抱着这颗可爱的蛋，保持着单身过完这一生，该是多么轻松、多么愉快啊……

过了一段时间，蛋的样子开始发生变化了。蛋壳从黄色变成粉色，从粉色变成茶色，又从茶色变成灰色……蛋里传出的那个类似呼吸声的声音，一到深夜便会变得愈发清晰，听起来甚至像一种低吼。

三太郎开始感到有些害怕。他想，一定是蛋开始孵化了，而且里面的那个东西欲破壳却力不从心，正在壳里苦苦挣扎……他惶恐不安地把蛋抱在怀里，又想到，或许那个东西最终能够凭自己的力量破壳而出，可万一蛋被提前从外面打破了的话，那就麻烦了……

秋意渐浓，蛋的颜色也逐渐从灰色变成了仿佛尸体一般诡异的紫色，甚至表面还冒出了淡红色的斑点。蛋里传出的低吼声愈发高亢，仿佛有一只发狂的野兽在里面张着血盆大口咆哮。时不时，还能听到里面发出"嘎吱嘎吱"的类似磨牙的声音。

每次听到这些声音，三太郎都会感到一阵毛骨悚然，有时甚至整夜都睡不着。他忧心忡忡地想，这样下去可不是办法。

某个夜晚，三太郎正抱着低吼的蛋昏昏欲睡的时候，忽然听到不知何处传来一个嘶哑的声音。

"爸爸。爸爸。爸爸。爸爸。爸爸。"

似乎是小孩子拼尽全力从喉咙里挤出来的声音。三太郎一下子就被惊醒了。

被三太郎抱在胸口的这颗蛋已经变得滚烫，就像发热的重病病人一样。蛋里还散发出一种既像小便又像烂鱼的温热臭气,并充斥了整个被窝。

三太郎慌忙抱着蛋站起身来,焦急地打开门板,想要立刻把蛋放回原处。他用脚往前探,穿上木屐,却因为过于慌乱而身体前倾,蛋也失手落到一片黑暗的院子里,朝着沓脱石①的方向滚了过去。瞬间,物体粉碎的声音传来,接着就是一股如小便一般温热且酸臭的浓烈气味扑面而来。三太郎趔趄着后退几步,撇开了脸。

三太郎头也不回,唰的一声关上了窗。身上的汗已经快干了,他感觉浑身发冷,又重新钻进了被窝,身体还在不住地发抖。就快要昏昏沉沉睡去的时候,他又猛然清醒了过来——因为他想起来,自己必须把院子清理一下。

三太郎战战兢兢地打开窗板,发现不知何时早已天亮,整个院子都笼罩在初冬暖阳的光照之中。在后院的一角,仍然能看到一些尚未凋落的白色波斯菊从黑黢黢的枝丫之间冒出头来。

沓脱石的周围并没有留下任何痕迹,甚至看起来格外干净,仿佛像是谁家的猫狗趁着黑夜来舔食过一番似的。

---

① 沓脱石,设置在日式建筑玄关外的石头,人在进屋时脱下鞋放置于其上,也兼阶梯的作用。

三太郎长舒了一口气,然后趁着早饭前的闲暇时间,若无其事地出门散步去了。

后面那栋小屋似乎又有人搬进来了,写着"出租"的纸条也被干净利落地撕了去。

人工心脏

小酒井不木

1

我下定决心自己去发明人工心脏的开端,是医科大学一年级时,在生理学总论的课堂上听到"人工变形虫""人工心脏"这两个词语的时候——

生理学家 A 博士对我如此说道。

A 博士曾经制作过人工心脏——也就是用人造的心脏来代替人本来的心脏。他试图用这种方式将人类从诸多疾病之中拯救出来，延长人类寿命，甚至达到起死回生的目的。博士在研究上呕心沥血，即使身患重病也不屈不挠，终于暂时性地实现了他的目标。可是，不知出于何种原因，在博士的夫人去世后，他便将自己的伟大研究扔到一旁，如弃敝屣，再也不管。我偶尔会问他为何这么做，他却只是轻轻一笑，什么也不说。

然而某一天，我去拜访博士，不经意间提到了大气氮固定法发明者哈伯博士[①]近期会来日本。博士一听，也不知是出于什么想法，突然说要把我一直想知道的发明人工心脏的来龙去脉告诉我，然后他就滔滔不绝地讲了起来。事先说明一下，我是 S 报社的学艺部记者。

……人工变形虫和人工心脏使用了无机物来模仿变形虫或心脏的运动。生物的运动并非什么神秘莫测的东西，完全可以从机械的角度来解释——为了证明这一点，我才想出了这个计划。你可能在显微镜下观察过变形虫的活动。变形虫是单细胞生物，它的身体由半流体的原生质与细胞核构成，

---

① 弗里茨·哈伯（Fritz Haber，1868—1934），德国化学家。哈伯的一生争议极大。作为第一个从空气中制造出氨的科学家，哈伯对世界农业发展做出了极其巨大的贡献；然而在第一次世界大战期间，他帮助德国军方研制生产氯气、芥子气等毒气并用于战争，造成近百万人伤亡。

原生质的部分可以任意改变形状,以摄取食物,或者移动位置。那匍匐蠕动的模样,有时像在篱笆上爬行的蛞蝓,有时又像缓缓伸长的天狗鼻子。在平底玻璃皿中加入浓度百分之二十的硝酸,再往其中滴入一滴水银,并且将重铬酸钾结晶浸入玻璃皿的边缘,结晶就会渐渐融化,沿着玻璃皿底部扩散开来。一旦重铬酸钾接触到中间的水银球,那颗水银球就会像生物似的活动起来,仿佛一只银色的蜘蛛在伸缩自己的腿。这便是人工变形虫。仔细观察就能发现,水银的运动跟变形虫如出一辙。

接下来就是人工心脏。不用我说你也知道,心脏一直以一定的节律重复着收缩和扩张这两种运动。心脏的这种有节奏的运动,也能通过水银进行精巧的模仿。首先需要将百分之十浓度的硫酸放入表面皿中,然后加入极少量的重铬酸钾,再将水银滴入其中。之后,用一根铁针轻轻触碰水银球的表面,就能看到水银球开始迅速且有节奏地收缩、扩张,忽大忽小,就像青蛙的心脏一样。

要问为什么水银球会做出类似生物的运动,那是因为所有的液体在受到外力接触时都会在其表面产生一种力,这种力一般被称作表面张力。在液体内部,所有的分子,无论从上下左右前后哪个方向都被同样的力所牵引;但在液体表面的分子却一方面被液体内部的缝隙牵引，同时还被外侧接触它的物质的分子所牵引。在水中滴一滴油，油滴会在水面上扩散，就是因为水的表面张力比油的表面张力更大。相反，在水中滴一滴水银，水银会保持球状，则是由于水银的表面张力大于水的表面张力。那么，如果增加接触到水银的那部分水的张力，或者反过来减少水银的张力，弱张力部分与强张力部分的对比就会减弱，水银球的形状就会扭曲。比如前文所述的人工变形虫，重铬酸钾和水银在硝酸溶液中接触后，在那个接触部位会产生一种名为铬酸水银的物质，同时水银的表面张力也会减小。这样一来，水银球的形状就会发生变化。但是，铬酸水银又是易溶于硝酸的物质，因此水银的表面张力会重新复原，而水银球的形状也会恢复到原先的样子。从外部观察，就能看到水银做了一次运动。下一个瞬间，重铬酸钾又接触到水银，于是上面的过程便一直重复，水银就会无休止地进行类似变形虫的运动。

　　至于人工心脏现象的运动原理，是铁针接触到硫酸溶液中的水银时，因为有酸性液体的存在而产生了接触电，这股电流会在金属和液体中流动。在这个时候，液体会产生电解反应，分解出带有正电荷的氢离子。这些氢离子接触到带有负电荷的水银表面时水银的表面张力增加，水银就会收缩。

一收缩，水银就与铁针断开了接触，从而膨胀到原先的大小。而一膨胀，它又会接触到针，从而再次因电流而收缩。如此这般有节律地反复运动，从外部看，就跟心脏的运动如出一辙了。

2

听了这么冗长的说明，你一定觉得很无聊吧？但我决定制造人工心脏的动机就在于此，所以才把人工变形虫和人工心脏的原理十分详细地解释了一遍。当然，我想要发明的人工心脏跟我刚才提到的那个人工心脏有根本性的差别，不过这一点我们稍后再谈。生理学总论里反复强调，生物体的所有现象无论有多么复杂，都可以从纯机械的角度进行解释——就像前面所说的人工变形虫和人工心脏一样。于是，这样一种观念便深深刻在了我的脑海里：不需要假定任何超自然力量的存在，仅凭物理学与化学，就足够解释生物体的各种现象了。现在想想，就算跟变形虫做出同样的运动，但水银毕竟不是变形虫。同样，水银也不可能是心脏。年轻的时候，什么事都不愿妥协，所以我才成了机械论的极端信奉者。

所谓"机械论"，正如我上面所阐述的，就是从纯机械的角度对所有生物体现象进行解释。与之相对的有"生机论",即主张生物体现象必须借助某种超自然力量来解释,而且这种力量是无法用物理或者化学方式测定的。两种学说从很久以前开始就是学界争论的焦点,有时机械论会占据优势,有时生机论会更胜一筹,难分高下。直到现在,学者们还是争论不休。

至于两种学说的历史,说来就话长了。毫无疑问,在原始时代,人类曾以为生命诞生自某种灵妙之力。毕竟那时的人类只能感知事物,却没有深入思考的能力。一旦接触到生与死之类的现象,自然就会以为那是由精灵操纵的。然而,随着知识的增多,人类对生命现象有了更深的思考和探究。需要先说明的是,科学思想在日本的发展是最近才开始的事。另外,由于很难了解过去人们的思想状态,我就以西方的例子来解释吧。希腊人在距今两千七八百年前就对生命有了比较深的探究。具体来说,在那个时代,希腊人的自然哲学家在对宇宙和人类的起源进行思考之后,将万物的本源归于土、水、火、气四大元素,这四大元素的离合集散催生了世间万象——这就是所谓的机械论。

然而在那之后,同样是在希腊,柏拉图、亚里士多德等人又对人类进行了深入研究。他们将人的精神和肉体明确地区分开来,并以精神为主体、肉体为从属。如此一来,精神现象无法从机械的角度得到解释,生机论也就复活了。随着基督教的兴起,生机论开始逐渐染上宗教色彩,其后大约一千年间,生机论都在人们的思想中占据统治地位。

到了16世纪的文艺复兴时期,今天的科学家的先驱们崭露头角,人体解剖生理学进一步发展,机械论再度占据优势,试图以物理学和化学解释一切生物体现象的所谓"医理学派""医化学派"等极端学派开始出现。

可是,在18世纪末,生理学大家哈勒[1]指出,有一些现象只能在生物体上看到,而在非生物上是没有的,并据此主张生机论。刚巧在那时,大哲学家康德也出面支持生机论,这使得生机论在19世纪前半叶达到鼎盛。

19世纪后半叶,自然科学迅猛发展,著名的达尔文进化论以及细胞学说问世,机械论重获新生,直至今日。前些年去世的著名生理学家杜布瓦-雷蒙[2]等人也比较偏向生机论。

就这样,随着时代更迭,生机论与机械论不断重复着互有胜负的竞争。即使是同一个学者,也可能在某一时期支持机械论,而后因为某种原因又投向了生机论。比如我自己,

---

[1] 阿尔布雷希特·冯·哈勒(Albrecht von Haller, 1708—1777),瑞士生理学家。
[2] 杜布瓦-雷蒙(Du Bois-Reymond, 1818—1896),德国生理学家。

从学生时代起，直到人工心脏发明完成之前，我都是极端的机械论拥护者。然而，尝试把人工心脏投入实际应用之后，我就放弃了机械论。同时，我也放弃了人工心脏的研究。

3

听了关于人工变形虫和人工心脏的课程之后，我成了机械论的信奉者。到了大学二年级，又开始了关于人工变形虫和人工心脏的实习。我突然想，是否能人工制造一个心脏，去代替人类或动物原本的心脏呢？上了那些生理课程，我知道了心脏仅仅是起到一个"泵"的作用。尽管它的功能如此简单，却是人体内最重要的器官。只要心脏还在跳动，即使那个人不省人事，也不能说他已经死了。所以我就想，如果在心脏停止跳动的那一瞬间立刻将其更换为人工心脏，然后从外部提供能源，让人工心脏作为"泵"将血液送往全身，是否就能把死人救活，甚至实现永生？人工心脏的原理很简单——将流过全身的血液通过大静脉送进"泵"中，再通过活塞将血液送入大动脉。活塞可以用电动机驱动，所以只要有地磁场，电力的供应就会源源不绝。装有人工心脏的人类但凡在地球上，应该就能永生不死……当时，我的脑子里甚至冒出了这样的幻想。

其实，有一件事是让我格外醉心于人工心脏的重要原因，那就是关于心脏的学说极其繁杂。细致入微本来是学术的应有之义，但我在学生时代听过太多的理论，这让我不胜其烦。学术上的争论有时非常有意思，但如果反反复复听到，就必然会厌烦。所谓生理学，其实可以说是各种学说的集合体。我想，如果能够淘汰其中一些学说，对学习生理学的人而言是个好事，进而也能让人生变得更加简单。

你可能知道，关于心脏运动的起源有两种说法。其一是肌肉说，这种学说主张心脏的跳动来源于由构成心脏的肌肉的刺激。另一种说法是，心脏是由这些肌肉内壁上的神经驱动的。就算把心脏切离人体，只要方法得当，仍然可以让其在体外保持跳动，所以，驱动心脏的力量就来自它本身，这一点是毋庸置疑的。只不过，还不能确定这种力量是来自肌肉还是其中的神经。为了搞清楚这一点，众多的学者对各种动物的心脏进行了研究，其中甚至有将自己宝贵的一生全部献给了科研的人。可即使如此，这个疑问还是没有得到满意的解答。某位学者分析了鲎这种珍稀动物的心脏，之后自豪地表示，自己的研究为神经说提供了完美的证据支撑。然而，心胸狭窄的学者们显然不会轻易认同他的观点。

于是我就想，类似肌肉说和神经说这类麻烦的学说，都是因为心脏的存在才产生的。如果人工心脏发明成功，这些学说都将被击得粉碎。人工心脏的运转是依赖于驱动电动机的电力，所以之前的种种学说都会被"电气说"所统一。而且，还没人能对电气说提出任何的反对意见。这难道不是一件很痛快的事吗？

……总之，因为年轻气盛，我轻易就陷入了这样的幻想之中。不过细细想来，如果我们的身体是由神明创造的，那么争论肌肉说和神经说孰是孰非这件事，在神的眼中，可能比在幻想着电气说的我的眼中还更加荒唐滑稽。无论如何，塞进我脑子里的这些杂七杂八的学说实在让我感到厌烦，我决定一旦大学毕业就尽快把人工心脏发明出来。

4

到了三年级，我开始上临床学科的课。在直接接触患者之后，我一方面痛感现代医学的无力，另一方面也意识到，我们学习的所谓医学，不过是各种理论学说的集合，与实际应用完全是脱节的。如果理论明确告诉你，这里应该这样、那里应该那样，那么在治疗时只需遵照它来操作就行。但问题在于，很多理论本身都还处于争论的旋涡之中，这当然也就导致治疗无法更进一步。在众多疾病中，仅凭药剂就能取得良好治疗效果的，一只手都能数得过来。其他的病，只不过是把药当作安慰剂提供给患者，然后等待病状自然痊愈而已。如果病情严重到危及生命，那么怎么办？如你所知，不管是什么病，最后都会注射樟脑液。仅在日本，每年就有一百几十万的人去世，而其中的大部分在死前都被注射过樟脑液。这个樟脑液，你肯定知道，就是一种强心剂——增强心脏功能的药剂。可以说，医学的终点就是对心脏进行强化。无论患上的是急性病还是慢性病，只要心脏始终正常运作，那么治得好的病自然能治好，治不好的病就可以不用管，反正患者还是能够活下去。即使是鼠疫、霍乱这一类可怕的病，最终患者其实也是死于心脏受损。所以我认为，医学家们与其花费心思去研究鼠疫和霍乱的病原体，还不如把精力用在心脏的强化上面，让心脏变得如钢铁一般强韧——或者更进一步，直接用钢铁制作人工心脏。这样一来，就完全没有必要一个一个地研究各种疾病，更没有必要产出数量庞大的文献了。只要人工心脏成功发明出来，无论什么疾病都不足为惧。每次想到巴斯德[1]、科赫[2]、埃尔利希[3]等人的伟大业绩，

---

[1] 路易斯·巴斯德（Louis Pasteur，1822—1895），法国微生物学家、化学家。
[2] 罗伯特·科赫（Robert Koch，1843—1910），德国细菌学家。
[3] 保罗·埃尔利希（Paul Ehrlich，1854—1915），德国细菌学家、免疫学家。

在感谢他们给人类带来莫大恩惠的同时,我总会痛切地叹息,这些大天才为什么没有致力于人工心脏的发明呢?从古至今,在医学史上留下赫赫名声的人数不胜数,如果这些人全心投入到独一无二的人工心脏发明事业上来,恐怕早都取得了理想的结果,而人类或许早就已经建成了完美的乌托邦。从人类文化发展史的角度看,人类最大的缺点就是凡事都喜欢复杂化,仿佛人类的爱好就是建造一座迷宫把自己关在里面,然后在其中痛苦地徘徊。凡事都喜欢复杂化,带来的必然结果就是总会被一些细枝末节的东西吸引注意力,而忘了背后的根本。所以,卢梭才会呼吁"归于自然"。我认为,他所说的"归于自然"并不是指回到自然的原始状态,而是舍弃枝叶、还于根本的意思。那时的我热血澎湃,心里想着要尽快把人工心脏发明出来,使医学归于其根本。

  人类文化逐渐发展,各种事物都被复杂化,医学也开始研究各种细枝末节的东西。其结果,就是催生了一种可怕疾病的出现——不用说,那就是肺结核。仅凭结核菌本身是很难引发肺结核的,只有人类的体质适合结核菌繁殖的时候,这种病才会产生。而易患肺结核的体质,就是人类文化的发展催生出来的。简单地说,肺结核可以看作是上天对于人类文化的一种讽刺。证据就是,目前的医学根本没有权威方法应对结核。别说权威了，甚至只能袖手旁观，眼看着结核菌在人类世界作威作福。对医生而言，这种现状或许带来了不少收入，但患者可就惨了。

所以，但凡是以医学为志向的人，无论是谁，都会思考有没有好的方法治疗结核。我也是其中一人，而我意识到，只要人工心脏发明出来，这个问题就会立刻迎刃而解。刚才我说过，所有疾病的治疗问题都可以依靠人工心脏得到解决，肺结核当然也不例外。而肺这个器官与人工心脏有着特殊的关系，所以我觉得有必要再详细解释一下。

众所周知，肺的主要功能是血液的气体交换。具体地说，就是心脏把含有二氧化碳的静脉血送往肺部，排出二氧化碳后，静脉血再吸收外来的氧气从而变成动脉血，之后返回心脏，再被送往全身。也就是说，如果在制造人工心脏的时候再给它装上一个能够吸收或排出静脉血中二氧化碳，同时提供氧气的装置，那么肺也就变成了一个不必要的器官。如此一来，就算肺被结核菌侵蚀，对人而言也不痛不痒。肺结核问题就这样得到了解决。尤其是把人工肺装在人工心脏上的工序也很简单，在人工心脏的安装手术时就能轻而易举地顺带完成，简直就是一举两得。

但是我猜测，把人工肺装在人工心脏上，使原本的肺从气体交换的工作中解放出来的时候，可能会发生一种奇特的现象——如果肺的细胞不再需要进行气体交换，恐怕人类对食物的需求会大大降低。从这个角度来讲，人工心脏不仅能拯救罹患疾病的人们，搞不好还能把人类从食物短缺的困境中解救出来。照我的想象，所有的人都能变得如仙人一般，仅仅吞食空气就能活下去。

或许在这之前也有学者曾经冒出过发明人工心脏的想法，但把肺从气体交换的工作中解放出来，以此大幅削减食物需求，这恐怕是我第一个想到的。这一点我觉得还是有必要申明一下。

5

很久以前我就觉得，空气中存在大量的氮这件事不太对劲。氮气占大气总量的五分之四，一般又认为它对人类的生存毫无益处。虽然以目的论解释所有事物或许有些危险，但我认为空气中的氮与氧一样，毫无疑问都是对人类的生存有帮助的。同样存在于空气之中的氧气，对于人类而言一刻都不能缺少，然而量相当于氧气四倍的氮气却毫无意义地在人体内进进出出，这怎么想都不合理。所以我觉得，氮气在人体内的进出绝非毫无意义，人类之所以会认为没有意义，只是还没认识到氮气的价值而已。

正如你所知，构成人体最重要器官的化学物质是蛋白质，而蛋白质是以氮为中心形成的化合物。因此，人类必须每天不间断地摄取含氮化合物。通常我们是通过食物摄入含氮化合物的。化合物中的氮对人体如此不可或缺，气态的氮却丝毫没有被人体利用起来，我认为这是神明的一个重大疏忽。但同时，我自己又给出了另一种解释：这并非神明的疏忽，神明其实已经把游离氮创造成了易于利用的样子，只是人类没有意识到这一点而已。唔，或许你不喜欢"神明"这种叫法，不过我觉得这个称呼比什么"造物主"更好懂一些。总之你先凑合着听吧。

那么，神明把利用游离氮的功能赐予了人身上的哪个器官呢？不用说，就是氮气反复出入的肺。皮肤也能进行所谓的皮肤呼吸，或许也能像吸收氧气那样吸收小部分氮气，但既然氧气主要由肺摄入，我想，氮气的主要摄入器官应该仍然是肺。

你知道吗，在地下有一种细菌，具有固定空气中的氮的作用，也就是说，能够把游离氮转化为含氮化合物。连细菌这种最低等的生物都有着如此神奇的力量，人类作为最高等的动物，其身上的细胞又怎么可能不具备这种功能呢？于是我推断，肺的细胞便如同这种细菌一样，被赋予了固定氮的能力。

然而，肺的细胞还有气体交换这么一项重要工作需要完成，实在是无法再去管什么氮的固定。而且人类生存所必需的含氮化合物可以从食物中补给，也确实没必要再劳肺细胞的大驾。可是，假设人体中断了对食物的摄取，进入了所谓的饥饿状态，那么肺细胞的氮固定机能就会活跃起来了。也就是说，肺将会代替消化器官承担起为人体获取营养的职能。饥饿断食的状态下，即使只喝水，人也能活上好几周，这必定是因为肺在发挥固定氮的作用。在进行饥饿实验的时候，被试静卧得越久，就能在饥饿状态下坚持越长的时间。对此最合理的解释，我认为是静卧期间空气交换减少，所以肺的氮固定机能得到了释放。另外，在患上肺结核之后，患者会变得极其消瘦，必须补充大量的蛋白质，我想，这也是肺遭到了结核菌的攻击后，氮固定机能有所减弱的缘故。

既然如此，如果肺完全不需要进行气体交换，那么它就一定能够把所有力气用到固定氮上来。而如果以固定氮的方式使人体摄取到了足够多的营养，是不是就没有必要再通过进食来获取蛋白质了呢？有人曾计算过，人的体重每有一千克，每天就需要摄入两克蛋白质。如果肺细胞全部参与氮固定，这种程度的营养物质应该很轻易就能制造出来。所以，只要把人工心脏发明出来，再让附着于其上的人工肺代为承担气体交换的任务，人类就可以大大削减食物摄取。之后研究更进一步的话，或许人类能够完全脱离食物而生存下去……这就是我当时所抱有的幻想。我迫不及待地想从大学毕业，投入到人工心脏的发明中来。

6

终于从大学毕了业，我加入了生理学研究室，在取得主任教授的许可后，开始进行人工心脏的研究。由于个人原因，我上大学期间就结了婚，但是从自己家到学校太耽搁时间，于是经主任教授的同意后，我们夫妻二人就住进了研究室里的一个房间。妻子对我的研究也很感兴趣，所以担任了我的助手。大学面积很大，虽说位于市区，但一到晚上校园里就非常安静。天花板高得出奇的研究室里反射着煤气灯的光，让人莫名感到一种寂寥。可是，当我们两人眼里带着希望的光，隔着实验动物，微笑着对视的时候，又总是会沉浸在无与伦比的喜悦之中。有时实验进行得不太顺利，我就会黑着一张脸在实验室耗个通宵。每当这个时候，妻子也会陪我一起通宵，试着让我重新鼓起干劲来。一次又一次的失败后，我几乎快要落入绝望的深渊。在这种时候,把我从谷底拉出来、再次给予我勇气的,就是我的妻子。我觉得,如果没有她,我根本就无法完成人工心脏的发明。她现在已经去世了,而随着她的去世,我也不得不放弃好不容易才完成的发明。命运这东西真是神奇,如今回想起那时的种种痛苦与喜悦,我心里仍然会感到一阵激动。

哎呀,一不小心扯远了。回到正题,在开始着手人工心脏的发明之后,我意识到,这件事远远没有自己学生时代想象的那样简单。之后我又想,至今为止就算有人产生过发明人工心脏的想法,大概最终也没有成功,所以才查不到关于这项发明的任何文献记载。

一般而言,生理学的实验会使用青蛙,因为青蛙便于入手。但对于人工心脏的实验,青蛙的体型就太小了,非常难以操作。所以,我决定用家兔来做实验。到底因此杀死了多少只家兔,我也记不清了。尽管在每次实验之前我都必定会先对兔子实施麻醉,尽管我知道这项实验是为了拯救人类,现在回想起来,心里还是对那些兔子感到很抱歉。普通人总误认为科学家们都是冷酷无情的人,甚至还有人认为,科学家就喜欢杀实验动物以取乐。其实科学家群体里并非都是这类人。我中途有好几次都想放弃实验,就是因为不忍看到兔子那痛苦的模样。

实验的步骤是这样的：首先将家兔四脚朝天地固定在一个特殊的台子上，将其麻醉，从胸腔的心脏部位划开，切开心包，之后把我们研究出来的泵装进去代替原本的心脏。这么说起来似乎很简单，但是手术的时候其实难度很大。一开始我们打算切掉兔子的心脏，然后替换上我们的泵，但这样操作会造成兔子大量出血，无法达到实验目的。后来我们只好保留原本的心脏，在泵上接一些比较长的管子，分别连接相应的大血管。

最初我们并没想到去做人工肺，仅仅针对人工心脏进行了研究。可是只有人工心脏的话，就需要把泵上的管子接到肺动脉和肺静脉上，反而更费时费力。这时我们意识到，设计一个附带人工肺的人工心脏倒是一个更加便利的方案。正如你所知，心脏是由四个腔组成的，人工心脏——也就是泵——的里面自然也需要有四个腔。然而若是附带人工肺的人工心脏，就只需要活塞的上下两个腔，实际上可以算作是一个腔。这样一来就简单很多了。

关于泵的材料，一开始，我们是打算泵壁用厚玻璃，活塞用硬质橡胶。这是为了方便从外部观察血液的流动情况。不过，后来我们还是决定泵和活塞都全部采用钢铁材料。后来的实践证明，钢铁确实比玻璃更适合用来制作人工心脏。

接下来就得对泵的构造进行具体说明了。不过在这之前，我想先解释一下人工肺的工作原理。所谓原理，其实相当简单，就是将从上下大静脉流入的静脉血中的二氧化碳过滤掉，然后再将氧送入大静脉中。要提供氧，只需要连接一根氧气管就行，但过滤二氧化碳就麻烦得多了。麻烦的点倒不在于滤除二氧化碳本身，而在于短时间内滤除大量的二氧化碳。将静脉血收集到一定的容器之中，然后在那个容器内设置相应的装置，生成强大的负压，这样就可以滤除一部分二氧化碳。但血液流速很快，要将其中的二氧化碳全部过滤掉是一件非常困难的事。我考虑了很久，最终想到一个或许能克服这个困难的法子：只要减少全身静脉血中的二氧化碳量是不是就可以了呢？要做到这一点，只需加快含有大量氧气的血液的循环速度就行。我觉得把活栓的运动频率调整到心跳频率的三到四倍应该就够了。试了一下，发现静脉血中的二氧化碳量果然减少到了非常低的水平，人工心脏的问题算是比较轻松地就解决了。

将人工心脏负责过滤二氧化碳的部分直接连接到大静脉上，把滤除了二氧化碳的血液送入人工心脏也就是泵中。血液通过活塞中的瓣膜继续前进，然后被活塞推出。接着设置在那里的管道会往血液中注入氧气,将其变为动脉血。最后,这些血液再流入大动脉。这么看来,附有人工肺的人工心脏似乎体积会很大,但经过一系列的改良,我们成功把人工心脏的大小控制在了实验动物原本心脏的大约一点五倍大小。也就是说,使用钢铁作为材料可以缩小人工心脏的容积。刚才忘了说,活塞的动力来源于电动机。之后,用于滤除二氧化碳的负压也是由电力生成的。

听了我的描述,你可能觉得实验的整个过程非常简单,但实际上中途的改良修正可费了我不少工夫。妻子和我都经常为了实验废寝忘食。尤其是机器制作完成之后,要如何把它跟兔子的大静脉和大动脉连接起来,这实在是把我难住了。一开始,我们用一种叫肠线的缝合线直接把钢管与血管缝在一起,但钢铁缺乏弹性,后来就又在中间加了一截有一定硬度的橡胶管。然而即使如此,偶尔的压力调整不均还是会导致开线,兔子短时间内就大出血而死亡。

在手术时有一个尤其令人困扰的事情,那就是血液的凝固。如你所知,血液一旦流出血管就会立刻凝固,而哪怕只有一小片凝血掺杂到血液当中,也会引起小血管的栓塞,从而使组织坏死。我们无论如何都必须阻止血液凝固,别无他法。于是,我使用了在青蛙口部采集到的一种名为水蛭素的物质来防止血液的凝固。可是，即使手术顺利完成，在术后，大血管与橡胶管的接触部位的内侧还是容易凝血，很多次我们都功亏一篑。后来我们发现加快活塞的运动频率能够防止血液凝固，另外我们还对人工心脏进行了其他改进，最后终于攻克了这个难题。

还有一个更麻烦的现象，就是霉菌造成的化脓。不过，家兔的血液本身具备较强的杀菌能力，所以只要注意器具的消毒，进行所谓的无菌手术，就可以规避化脓的发生。总的来说，避免化脓的最重要的一点，就是迅速完成手术。不仅仅是化脓，包括其他所有的负面因素在内，要想统统规避，最关键的就是尽可能快地做完手术。所幸，在牺牲了许多兔子之后，我终于得以把手术的全过程控制在了十分钟以内。虽然仅仅是打开胸腔，把人工心脏装上，再把胸腔缝合好的这种简单手术，但能够在十分钟以内完成，我还是有些自鸣得意。不用说，人工心脏本身还是在胸腔外面的。虽然最理想的是把它放到胸腔内部，但是我前面描述的那种装置，无论如何都是装不进去的。你可能会想，心脏既然由钢铁制成，是不是需要时常上点儿油来润滑呢？其实还好，因为血液中多多少少含有一些脂肪，所以不用担心这一点。

人工心脏的发明即将成功，你应该也能想象出我们到底有多兴奋。电动机运转着，那声响就好像初冬晴日下的虻扇动翅膀、疯狂寻找树叶时发出的声音。同时，活塞也在飞快地运动着。当看到家兔从麻醉中醒来，以仍然被绑在台子上的状态存活五个小时、十个小时的时候，我们相拥在一起，沉浸在无上的喜悦之中。电动机的声音、过滤二氧化碳的声音以及供给氧气的声音，可能让兔子相当难受。但是我们终于突破了人工心脏研究的第一道难关，完成了人类历史上从未有人完成过的伟业。我们不禁觉得，这只兔子也会对我们的喜悦感同身受。如果我们之后再继续研究，能够把人工心脏装在尸体上，成功实现起死回生的话，兔子更应该打从心底感谢我们了。现在我们已经突破第一道难关，第二道难关想必也会比较容易跨过。然而，我们开始第二阶段的研究还没过多久，就遇上了意料之外的困境。

7

俗话说"好事多磨"，凡事都不会一帆风顺。就在突破第一道难关大约一周之后的夜晚，我突然咯血了。

人工心脏研究的第一阶段结束，是在我进入生理学研究室的大约一年半之后。但其实在约莫半年之前，我就开始时不时地有些轻微咳嗽。大概我从那时起就有些发烧了，但因为完全投入在研究之中，根本没精力顾及别的，透支了身体健康，才使得病情愈发严重，发展到了咯血。最后我不得不暂时中止研究。或许应该说是年轻气盛吧，我做研究时总是十分急躁，缺乏一种从容，所以身体状况才会越来越糟。所幸现在我已经恢复了健康。不过在那之后我明白了，越是重要的研究工作，就越是要放慢步子，保持不急不躁的心态。

咯血的时候，主任教授多次劝我住院治疗，但我无论如何都不想离开研究室，就直接把我和妻子借住的房间当作病房，妻子则充当起了照顾我的护士。一开始，我咳出了差不多十克的血，于是赶忙躺在床上，请在内科工作的朋友过来给我看看。朋友先给我打了止血针，然后告诫我要绝对静养，我只好仰躺在床上，一动也不动。

半夜我突然醒来，感到胸口一阵瘙痒。我心下一惊，紧接着便是剧烈的咳嗽，温热的血液随之猛冲到口腔之中。我咳个不停，妻子给我拿来了水杯，很快我就往杯子里吐满了鲜红的东西。妻子大惊失色，连忙拿来了洗脸盆接着。我是朝左侧躺着咳嗽的，但因为咳得太厉害，血液甚至从鼻子里喷了出来，把我下半张脸都弄得黏黏糊糊的。胸口发出一阵仿佛捅了蜂窝一般的声响，转瞬又发出雷鸣般的轰隆声。没过一会儿，我就吐了半盆。我想，这样下去，全身的血都会被咳出来吧。白色床单上到处都是红黑色的斑点，妻子端着洗脸盆的手也在不住地颤抖。煤气灯发出吱吱的声音，更衬出夜晚的寂静。而正在咯血的我，则陷入了某种严肃的思考之中。

所幸，咯血最终还是停了下来。停止咯血之后，我的那种心情，感觉很难用语言来形容。那时我的头脑一度变得极其清醒，一会儿之后，我又陷入了呆滞状态。然而很快，一种不安猛然向我袭来。

是恐惧，令人难以忍受的恐惧。自出生以来从未感受过的恐惧将我笼罩。不用说，那就是对"自己马上又要开始咯血"这件事的恐惧。或许那本质上就是对死亡的恐惧，但是不知为何，我却觉得那简直比死还恐怖。过度的恐慌使我之后一直睡不着。我一想到睡着之后肯定又会咯血，整个人就僵住了，怎么都没有睡意。从外部无法触及肺里那些破裂的血管，医生只能干看着，无能为力；止血药之类的东西也完全派不上用场。一个血管破裂的人就这么被扔在那里……这是何等的恐怖。以前我也诊治过一些患者，却从来没有考虑过患者的恐惧心理。所以那时我才痛切地意识到，一个自己没有患过病的医生是没有资格治疗别人的。当时我甚至冒出了这么一个想法：只要能消除咯血带来的恐惧，那么咯血本身其实一点儿都不可怕。我终于领悟到，医学最重要的任务，不是治疗疾病本身，而是消除对疾病的恐惧心理。

为了消除让我无法入眠的不安，我请妻子帮我打了一针吗啡。我觉得正常药量难以压制心中的恐惧，还让她稍微加大了药量。结果嘛，不到一个小时，那种可怕的不安还真的消失了。不知不觉中，我就惬意地进入了梦乡。你注射过吗啡吗？或者说，你读过《一个吸食鸦片者的自白》这本书吗？简单地说，注射了吗啡之后，人就会进入一种分不清虚幻与现实的、充满快感的世界。那个世界里没有恐惧这种东西，是一个超越时间与空间的乐园。

清醒过来之后，耳边传来一阵类似虻的振翅声的声音。我疑惑地竖起耳朵，又听见吱吱的仿佛水迸溅般的声音。恍惚间，我还以为自己正与妻子在××公园散步，我们正聆听着瀑布的水声，尽情享受着秋日的暖阳。可仔细一想，自己分明还在病床上。我心下一惊，朝旁边看去，发现电动机在转个不停，负压发生器和氧气机都处于工作状态。

人工心脏！对了，我装了人工心脏！能够无视恐惧的人工心脏！这是多么痛快！人工心脏能彻底消除对疾病的恐惧心理！人工心脏能够把人类带进天堂！多么美好的世界！

想到这里，我突然又剧烈咳嗽起来，而且又开始咯血。

天堂瞬间变成了地狱。原来,我误以为是人工心脏电动机声音的,其实是咯血导致的腹部发出的响声。由于吗啡的药效,我才产生了幻觉,以为那是人工心脏发出的安乐之声。吐出三杯血之后,咯血止住了,但恐惧再一次将我笼罩。我知道,是吗啡的药效过去了。

我仰躺在病床上,心里对人工心脏的憧憬更加殷切。我想,人工心脏是一定能如我梦境中那般,将人类从对疾病的恐惧中拯救出来的。我最初计划发明人工心脏,是为了让人类摆脱死亡,能够长生不老,但在经历了咯血给自己带来的死亡恐惧之后,我的想法有些改变。我觉得,哪怕仅仅是为了消除对疾病的恐惧,我也一定要完成人工心脏的发明。

而且在那时,我忽然想起了之前在心理学课上听过的朗格[①]的理论。根据这一理论,我们之所以感到恐惧,是因为我们在恐惧时做出的种种表情反应。说得再直白一点,不是恐惧导致我们脸色苍白、汗毛倒竖,而是脸色苍白、汗毛倒竖导致我们感到恐惧。这其实是一种很极端的机械论。尽管咯血,我还是一如既往地相信机械论。我发现,朗格的理论能够很巧妙地解释为什么人工心脏能够消除恐惧。

---

① 卡尔·乔治·朗格(Carl George Lange,1834—1900),丹麦心理学家。

人在感到恐惧的时候，心脏的跳动会变慢，严重时甚至会停止。也就是说，心脏跳动变慢或停止导致了恐惧的产生，仅此而已。既然如此，只要换上人工心脏，再让它保持固定的运动节奏，人肯定就不会感到恐惧了。

琢磨到这里，我就迫不及待地想尽快恢复健康，然后开始进行人工心脏第二阶段的研究。所幸咯血在第五次之后就止住了，之后病情平稳好转，经过大约一个半月的静养之后，我又能离开病床继续实验了。为我诊疗的朋友多次劝我换个地方疗养一阵子，但我始终没听。妻子也很理解我的心情，于是我们再次开始了人工心脏的研究。现在想想，我当时就该听朋友的劝，老老实实去疗养的。如今真是肠子都悔青了。比起我自己，其实我的妻子更需要疗养。她在照顾我的时候其实已经患上了肺病，但她和我一样，都是性格要强的人，所以一点儿都没在我面前表现出来。

8

人工心脏第二阶段的研究——也就是使用人工心脏让已经死亡的动物活过来——其实比预料的还要简单一些。我使用各种有毒物质来毒死家兔，等兔子心脏一停跳就马上打开它的胸腔，立刻把人工心脏装进去。然后我发现，只要在兔子死亡五分钟以内把人工心脏装上去，就能成功地让兔子重新恢复意识。如果超过了五分钟，那就不行了；至于死去多时，尸体已经冰凉的情况，那就更没可能复活了。第一次轻轻松松就把死亡的兔子复活的时候，我们都觉得非常意外，但还是兴高采烈地在研究室里跑来跑去。这么说起来似乎过程很简单，但牺牲在实验中的兔子是非常多的。选择用何种毒物杀死兔子，这本身就很困难。因为我们不可能等它们自然死亡，只能人工将其杀死，而毒物之中有一部分是会改变血液性状的，所以有时真的不知道该选哪一种。而且，用这一种毒物能够成功，不代表用别的毒物也能成功，所以必须尽可能多地进行尝试，这个过程是非常耗费心血的。

话说回来，既然发明人工心脏的目的是让人类不再感到恐惧，那么在家兔身上试验成功之后，就得应用到人的身上了——我刚才说"发明人工心脏的目的是让人类不再感到恐惧"，实际上在咯血发作之后，我就再也没有心思顾及别的，脑子里整天都在想，要是能够让人类免于恐惧，这个世界就能变成天堂了。没有恐惧的世界，这是何等美妙……

在兔子之后，我们决定在体型更大的狗身上做实验。不过，这也只需要换上一个更大的泵，手术的步骤则毫无区别，跟家兔相比，无非就是耗费的电更多而已。对于狗，我们当然也做了死而复生的实验。之后我们发现,只要在狗死后十分钟以内装上人工心脏,狗就能重新活过来。由此得知,动物体型越大,安装人工心脏的时间限制就越宽松。我想,这应该是跟血液的凝固性的强弱有关。动物体型越小,血液凝固就越快。不用说,动物死后,它们体内的血液肯定是会凝固的,而血液凝固之后,人工心脏就派不上用场了。无论如何,我基于"对于比狗更大的动物,即使在死后多花了一些时间才装上人工心脏也没有问题"的这一推论,选择了体重跟人类大致相同的羊为实验对象。果然,在羊死亡十五分钟之后再把人工心脏装上去,还是能让它活过来。接下来,就该在人类身上尝试一下了。我正在思考怎么找到合适的人类实验对象的时候,命运却跟我开了一个玩笑——第一个被我装上人工心脏的人,不是别人,正是协助我发明出人工心脏的人——我的爱妻房子。

某一天,妻子突然晕倒在研究室。我暂且先把她抱上床,喂了她一些赤酒①。不一会儿,她就恢复了意识。我摸了摸她的额头,发现像火一样烫,于是就用温度计测了一下。结果毫不意外,已经是41.5摄氏度的高烧了。我立刻准备冰袋

---

① 赤酒,一种以粳米为原料的发酵酒,日本熊本地区的特产。

给妻子降温，然后叫来了那个在内科上班的朋友。当时从朋友口中听到妻子患的那个病的病名的时候，自己的那种心情，现在回想起来都是汗毛直竖。

朋友告诉我，这很明显是粟粒性结核的症状。粟粒性结核！这就跟死刑宣判没两样了！妻子的肺很早就出了问题，但一直熬着，结果终于发展成了无可挽回的重症。我陷入了极大的悲伤之中，但同时也意识到还残存着一丝希望——或许可以尝试用人工心脏把妻子救回来。

妻子看到我和朋友脸上的神情，察觉到自己时日无多，等朋友一走，马上就问我：

"我的病已经治不好了吧？"

我不知道该怎么回答，只好默默地摇了摇头。

"我都明白的。不过，我一点儿也不怕死。"

她的声音里充满了希望，我不由得注视着她的脸，惊讶道："哎？"

"不是有人工心脏吗？如果我死了，你就马上给我装上。那样的话我一定就能活过来。"

"别说这么丧气的话，得打起精神来啊！"

"你才应该打起精神来。我们的研究一直走到今天，如果不在人身上做实验，就前功尽弃了。当我们在兔子身上实验成功的时候，我就已经下定了决心，哪怕自己不得病，我也会结束自己的生命，把自己的身体留给你做实验。"

我动情地握住她的手，亲吻了她。

"是吗，你愿意在我身上做实验？啊，太好了！之前我们都是在兔子、狗之类的动物身上做实验，对于装上人工心脏之后是什么感受，我们没办法收到任何反馈。现在，我要亲身体验一下。我相信你所说的天堂般的世界一定会实现的。一想到这里，我就恨不得马上死掉。你说，我到底什么时候会死啊？"

我更加悲伤了。

"没必要这样吧……"

"当然要这样！来不及的话就麻烦了，你快去准备吧！"

是啊！既然终究都会病死，那干脆就用人工心脏来实现妻子的愿望，这才是对她最好的照顾！于是，我趁着看护的间隙，开始准备人工心脏的安装。以往这些事情都是和妻子一起做的，现在我虽然强打起精神，但在一个人准备实验的时候还是会感到莫名的颓丧。

9

准备好人工心脏之后的第二天早上，妻子的病状稍有好转。许多朋友赶了过来,妻子叫住其中的主任教授和主治医生,然后把其他人都打发走了。她跟两人说,她想让我在她死后用她的遗体做人工心脏的实验,希望两人能帮我避免这个实验在法律上的问题。主任教授听了,眼里噙满了泪水。

之后妻子又把两人请出房间,让我把人工心脏拿来给她看一看。我把人工心脏拿在手上给她看。她微微一笑,喉咙响了一声,然后就平静地离世了。

我猛然回过神来,马上去告诉屋外的人们,妻子已经咽下了最后一口气,然后拜托大家在手术期间不要进来。之后,我就立刻开始准备手术。

我至今都忘不掉手术刀触碰到妻子胸口皮肤时的那种感觉。我利落地切开妻子的胸腔,把人工心脏装了上去。手术在妻子死后第九分钟开始,总共花了十三分钟。我用被血染红的手打开开关,电动机启动,发出一种独特的声音。一分钟。两分钟。三分钟。我一边检查妻子的脉搏,一边盯着她的眼睛。活塞的运动多达二百五十次每分钟,所以无法准确测出脉搏,但还是可以明显地感到血液正在妻子体内顺畅地流动。

第五分钟的时候,妻子的嘴唇恢复了血色,眼睑也开始微微颤动。在狗和羊身上做实验的时候,也出现过这种眼睑颤动的现象。我高兴得几乎快要大叫起来。

第七分钟,妻子的两颗眼球开始左右转动。我强压住快要撑裂身体的喜悦之情,目不转睛地注视着她。

第九分钟,她大大地睁开眼睛望着半空中,还动了动嘴唇。

第十一分钟,她的视线集中到了我的脸上。

第十三分钟,她"啊"地重重喘了口气。我不由得大叫起来。

"房子!你知道吗,你活过来了!"

可是,她却面无表情。

"房子!人工心脏成功了!你不开心吗?"

"开心。"

她的回应如机械般生硬。

"开心吧?我也很开心!你已经获得了新的生命!"

"哎呀!"她像是戴着面具一般,仍然没有任何表情,"我刚才说'开心'了?可是,我丝毫都没有开心的感觉。"

我心下一惊,然后突然朝她吻了过去。

"哎,真的抱歉,这吻也完全没有给我怀念的感觉。"

我更吃惊了。

"亲爱的,对不起。我想笑却笑不出来,想开心却开心不起来。这样活着又有什么意思!"

我彻底绝望了,痛苦地把脸埋进了被子。

"亲爱的!这样不行!赶快把人工心脏取下来!我既没有死,也没有复活,我什么都感觉不到!"

妻子的这一句话把我们两年间的所有研究成果完全粉碎了。我们本想消除人的恐惧,却没料到人工心脏也会消除快乐等一系列其他的情绪。我无比悔恨,无比惭愧——可是,如今的妻子却连这些也感受不到了。到头来,人工心脏只能提供一个人工人生而已。

嚓!我心一横,转动开关,关掉了电动机。

哎呀,居然聊了这么久。我的惨痛经验或许证明了朗格学说的正确性,但自那之后,我开始觉得,机械论也并非完美,它会毁掉人们心中的希望。我想,大约正因有恐惧,有疾病,有死亡,人的生命才有其价值。

就这样,妻子死后,我也彻底停止了人工心脏的研究。但是,刚才我提到的关于肺的氮固定作用,要是有机会,我还想继续研究下去。不过欲速则不达,我打算慢慢来。

唉,你随便提了一句大气氮固定法发明者哈伯博士最近会来日本,结果却成了我在这里忏悔这辈子做过的蠢事。要我说啊,生理学家搞搞水银的"人工心脏"自娱自乐就行了,这样要稳妥得多。哈哈哈哈哈……

贾雨桐　译

狂热的宇宙射线

大下宇陀儿

1

铁郎爱我。

我也深爱着铁郎。

所以,我不愿把铁郎的尸体交给任何人。

要是亲戚或者外人知道了铁郎的死讯,那些人就会把铁郎夺走,运到火葬场去,烧成细碎的骨头渣子。我无法接受这件事。当然,想必有人会对我这个遗孀致以哀悼之词;或许还会有人追思铁郎生前的业绩，赞扬他是个极其出色的笃学之士，对他的死表示惋惜。可是我很清楚，这些悼念和同情丝毫无法消除我内心的孤独。我只想一直把丈夫留在自己身边。

——大清早，甚至天还没完全亮，我就醒了过来。房间里的床是我和丈夫耗费了不少心血之后终于在半年前制作完成的，它的顶盖、侧面以及弹簧下方的台子都镶嵌有各种材质不同的合金板，还附带着能够生成极强磁场的装置。睁开眼睛之后，我隐约闻到从这张特制的床的枕头下面飘来一丝微弱的玫瑰花香。那是在昨晚的祭典夜市上，丈夫买来的玫瑰。他开玩笑说，这花的花瓣就像我的耳朵一样漂亮。

如往常一样，我伸手打算把丈夫摇醒。然而就在这时，我发现了一件非常恐怖的事。

丈夫的身体竟然是冰冷的，那触感仿佛要把我的手掌吸住一般。

而且，他已经没有呼吸了。

被原始人般的长毛覆盖着的胸膛之下，那颗心脏也已不再跳动。

铁郎死了。

但是，我一开始还以为丈夫在跟我开什么玩笑，于是把他的头抱起来，使劲摇他的肩膀。

"亲爱的！亲爱的！你怎么了？别一直不说话啊！起床了，快醒醒！喂，亲爱的！"

可无论我怎么叫，他都没有反应。

我失魂落魄地松开手，丈夫的头咚的一声落回床上，深深陷进玻璃棉被套的羽绒被之中。

他既不是在开玩笑，也不是在逗我。

很早以前，铁郎的心脏似乎就出了问题，我们都很担心哪一天会出事。而今天，这个担忧终于变成了现实——在我睡着的时候，他突然心脏麻痹了。

我呆呆地望着丈夫的脸好一会儿，却感觉自己似乎流不出眼泪。直到昨天还精神抖擞的丈夫，此时却已经化为一具冰冷的尸骸，我总觉得这一切没有现实感；而同时，我又感觉仿佛自己的所有情感都被剥夺了，一时不知该如何是好。

我在房间里一动不动地坐了很久。所幸，长久以来我与丈夫一起进行科学研究，养成了理性思考的习惯，而这种习惯现在派上用场了。我没有把自己的时间留给哭泣和悲伤，而是冷静了下来，努力思索，在这种时候应该采取怎样的具体措施。我想到了叫医生，但我明白，医生来了也为时已晚。

而且，按照社会上的一般做法，接下来就必须举行丈夫的葬礼了。意识到这一点的瞬间，我就下定了决心。

"我不要！我坚决不把铁郎交给任何人！我不会让别人知道他的死讯，我要把他永远留在自己身边！"

我把由带有制热装置的陶器和银线构成的枕头垫在丈夫的头下，又轻轻给他盖上毛毯，然后静静地走出了卧室。

之后，我来到走廊尽头的用人房，把还在睡梦中的女佣们叫醒，向她们传达了解雇通知，请她们立刻离开这个家。

两个女佣当然不知道自己是出于什么理由被突然解雇，所以显得非常疑惑。她们揉着迷糊的双眼，勉为其难地收拾好行李，拿着结算的薪水，怏怏不悦地离开了这里。这样一来，铁郎已死这件事就不会被家里的女佣知道了。

干扰因素已经全部排除干净了。

我回到卧室，终于放声大哭起来，可无论我怎么哭，铁郎都默不作声。他已经感受不到我心中汹涌而出的爱。于我而言，仿佛世界和宇宙都化为了一片虚无。

我已是孤独一人。满脸泪水的我开始回忆起铁郎在世时的那些点点滴滴。

2

铁郎最初在某个著名的报社工作，是社会部门的一个记者。

而我在一家餐厅内部的咖啡轻食店打工，那家报社的人经常来我们店里吃饭，一来二去，我与他便认识了。很快，我们之间就萌生了爱情。那时的他，在我面前表现得非常踏实且纯真，看起来是一个毫无缺点的优秀青年。然而，我时不时也会听到一些关于他的不好的传闻。

据说他沉迷赌博，很喜欢打麻将；据说他明明不喜欢酒却老是往小酒馆或者立饮式酒吧跑，常常喝得不省人事；据说他曾在大街上斗殴，还被关进了拘留所。另外，有人说他在报社工作也非常不认真，整日与一帮恶友为伍，以至于沾染到了某些非常过激且危险的思想。

总之，就是这一类的传闻。

我虽然相信他，但也隐隐有些担心。

同时，我意识到在他的一系列行为背后，似乎有着不为人知的隐情，但凭我这单纯的头脑很难去理解。于是我打算暂且什么也不说，只是给予他温柔的抚慰。而就在此时，发生了这样一件事。

那是一个下着暴雨的夜晚,他很罕见地以一种烂醉如泥的状态走进了我工作的店里。

然后,他与同行的另一个报社记者发生了口角,两人吵得非常厉害。

两人吵架的原因,似乎是铁郎的这位记者朋友给报社写了有问题的报道,铁郎因此指责了他。

"唔,也就是说,你觉得就算在报道中歪曲事实,也不必感到良心不安是吧?说白了,你认为现代的新闻记者已经不需要什么职业道德了。"

铁郎用那满是醉意的眼睛瞪着对方。

那个记者看起来年纪相当大了,身体似乎不太好,皮肤也显得苍白干瘪,不过他还是毫不示弱,以强硬的口吻回敬道:

"没错!不需要!更准确地说,是想遵守职业道德都办不到!不,这种所谓的'职业道德',根本就不能有!你完全不了解这个时代。为了实现某个宏大的目标,我们就得把这不值一提的职业道德扔去喂狗!"

两人"砰砰"地拍着桌子,唾沫横飞地争论了将近一个小时,而我则一脸担心地在旁边看着。最后,我已经忘了是出于什么原因,他们突然站起身来,扭打在一起。可能是因为喝醉了，体格更壮的铁郎反而被那个记者重重地甩在地上。对方扑到铁郎的身上，一顿乱拳招呼过去。

我回过神来，想要上前劝架，但如此奇怪的斗殴，我实在是没见过。

"畜生！混账！"

"来吧！打！使劲儿打！打死我吧！"

"哼！居然还让我打你！蠢货！还没见过你这么蠢的人！"

仔细一看，无论是打人的一方还是被打的一方，都哗啦哗啦地流着泪，哭得跟小孩子一样。

店里刚好没有其他客人，不过厨师和店长从里面跑出来劝架了。

很快，这场打斗便结束了。

冷静下来之后，脸上流着血的铁郎恨恨地扯下已经被撕坏的领带，扑通一下把脸埋在桌上，再也不说话了。不一会儿，那个上了年纪的记者悄悄走到我旁边，说道：

"实在抱歉，给你们添麻烦了。那家伙，之后就麻烦你去安慰一下。你明白我的意思吗？那家伙说的都是事实，你只要去告诉他，他的想法是对的就行了。"

说完，记者仿佛落荒而逃一般地消失在了大雨倾盆的街道之中。

我上前去救助铁郎,替他擦掉脸上的血,还给他整理了一下凌乱的服装。

铁郎一开始没有任何反应,但渐渐地,他露出了难为情的神色,悄声对我说:

"我说……你肯定对我失望透顶吧?"

"才没有呢。我……"

"是吗?那就太好了。刚才那个小个子把我暴揍了一顿……别看他体格小,他可比我成熟多了。他的想法是对的。而且他老婆现在生着病,家里还有四个孩子……"

说着说着,铁郎又是泪流满面。

这件事之后,我从铁郎身上感受到了更强的吸引力。

很快,我就把自己的一切都交给了他。

几个星期后的一天,他突然满面春风地出现在我面前。

"我跟你讲,今天可真是个好日子!"

"哦?为什么这么说?"

"为什么?当然是因为无论对我还是对你而言都有一大堆好消息!首先,我现在成了坐拥百万家产的有钱人了。怎样,你有没有觉得幸福得快要晕过去了?"

"那当然会。别说一百万,就是一千我都晕了。"

"你个笨蛋,一千就晕了,也太没出息了。不过我可没跟你开玩笑,我是真的成了百万富翁了,伯父把他的遗产给我了。"

我还是觉得他像是在逗我,不知道该不该为他所说的感到高兴。后来我才知道,他确实不是在信口胡诌。铁郎的伯父是住在大阪的机械商人,是个大富豪,但不幸的是没有孩子,所以他在突然去世前,把大部分遗产都给了铁郎。

铁郎从随身携带的红色皮制公文包中取出伯父的遗书以及一份存有十多万日元的银行存折,给我看了看。

这下子我真的感到脑子迷迷糊糊的,有些晕眩。

"我真的好开心!就像是做梦一样!你有这么多钱,以后可以给我买好多好多东西了!"

"嗯,想要什么都可以给你买。先说说你想要什么吧。"

"唔……我想要一双鞋,还有袜子。另外还想要一双皮系绳的草鞋,不是人造革,要真皮的那种。"

"哎呀,你怎么只要穿在脚上的啊,而且还都是些便宜得要死的东西。比这些贵得多的我都买得起!"

"呃……贵的东西……那我想要法国人偶!有的标价可上了三十日元呢!"

我从小家境贫寒,从来没有想象过自己会大手大脚地买东西，所以提愿望都很小心谨慎。铁郎听了，"哈哈哈"地大笑起来。

"好！可以买！都可以买！这种东西，你要一百个两百个都能买给你！之后呢，我还打算买一幢属于你和我的房子——对了，买东西的事情先放到一边，还有一件对我而言更值得高兴的事。我终于从报社辞职了！可能你也知道，我老早就在想要不要辞职，为此一直受着精神上的折磨。"

"嗯，这件事我怎么会不知道呢？你很厌恶在报社工作吧。"

"不不不，我并不厌恶报社的工作，只是我对于新闻的想法已经跟不上时代了，这种想法时常使我感到不满、感到气愤。简单地说，新闻表面上以真实的报道和准确的记述为第一要务，然而实际上，对刊载内容的挑选以及权衡内容对社会风气的影响反而更加重要、更加必需。我曾经烦恼苦闷了很久，最终才意识到，新闻的这种性质并非不合理，只是我个人的性格不适合做这一行。那之后，我思考了很久自己到底适合什么工作。成了富翁之后，这个问题的答案才突然有了眉目。你知道是什么吗？"

"不知道。"

"我决定当一个科学家，从事科学——尤其是自然科学

——方面的研究。在自然科学的领域，最为重要且必要的，就是承认客观事实的存在。水受热后会变成气体，水由氢和氧构成，棉花会浮在水面而铁会沉下去……这些事实无论在谁看来都是无可辩驳的。进化论最初发表的时候，宗教家们曾试图对其加以某种程度的迫害，结果并没有什么用。最近又有一个知名科学家在所居住的国家受到迫害，但原因不是那个科学家提出了什么新学说，而是种族层面上的问题。巴斯德发表医学上的新发现的时候也受到了诸多迫害，不过因为他的观点都是正确的，最终人们还是承认了他的功绩。正确的东西总是被人们所认可，这是仅在自然科学领域才会发生的事。从这层意义上来讲，从事自然科学应该是最适合我的。而且这样一来，我说不定还能为社会做出一些贡献。是不是很棒？是不是很完美？科学家是幸福的，而我就要成为这样的科学家！"

铁郎的眼中闪烁着光。

这个偶然间冒出的想法似乎让他无比兴奋。

3

铁郎从报社辞了职，我自然也不再去咖啡店上班了。

大约两个月后，在郊外一座安静的小山丘上新建起来的洋馆中，我们两人开始了愉快的同居生活。

　　新婚生活究竟有多么美妙、多么绚丽，在这里我就不必详述了吧，这已经是无数小说里写过上百万遍的内容了。实际上，在那段时间，我们的生活可能比那些小说中所写的还要幸福。如果一定要举一丁点儿新婚生活的小片段的话……首先，为了一年四季都能在家里享用到新鲜蔬菜，我们开垦了一块面积不大却很精致的旱田，并决定每天早起劳作。其次，我们在家里装了电视，又建了水池和喷泉，可以享受舒适的冷水浴。另外，我们还在通风良好的树荫下装了秋千式的吊床，如此便可拥有每天几十分钟的健康午睡了。顺带一提，铁郎曾经在这个吊床上出过一次大洋相。某个夏季的一天，我正在吊床上睡觉，他磨磨蹭蹭地从书房走过来，忽然发现有一只蜂在我的脸上方飞来飞去。他想要撵走这只蜂，却一不小心把吊床掀翻，导致我咚的一声摔在了地上。

　　因为头受到了强烈的撞击，我一时晕了过去。

　　后来我听说，他在我身边守了三天三夜，一直在照顾我。

　　在我的头发下面至今还残留着一道长三厘米的细长伤疤，这就是那次事故留下来的"纪念"。铁郎说，当时他特别心疼，一遍又一遍地给我道歉，几乎到了滑稽的地步。其实我倒是觉得，那次受伤是塞翁失马焉知非福。自那以后，铁郎仿佛把我当成易碎的玻璃艺术品似的，更加爱惜我，也更加疼爱我了。

在过着平稳而幸福的生活的同时，我们买了许多书，然后把它们一本本全都读完了。不用说，都是一些科学方面的书。书里的很多内容我看不太懂，但铁郎会详细地解释给我听。见我可能也会对科学萌生兴趣，他非常开心。之后，他甚至试图给我讲授极其复杂的相对论以及量子理论方面的知识。

托他的福，我感觉自己多多少少理解了牛顿的经典力学和爱因斯坦的新力学之间到底有哪些不同，也知道了运动的物体长度会缩短，还大致明白了能量不是连续的，而是与原子一样，拥有一个极值。

我越发觉得，科学是如此有趣，让人欲罢不能。

我养成了习惯，能敏锐地注意到自然界的各种现象，而这样一来就会发现一连串难以理解、神奇莫测的事物。有时我会自己查阅书籍试图把它们搞清楚，有时则会让铁郎来为我逐一讲解。

因为我的求知欲过于强烈，甚至连铁郎都会时不时地表现得很烦躁。对于我的提问，有时他并不会回答，如果我一直追问，他还会显得不耐烦。这时我就会很不高兴，会生他的气。

"那行吧,就是说,你是不打算再教我科学知识了,是吧?"

"呃,不,我没这么想。只要是我知道的,我都会教给你。但是你太让我吃惊了。你对科学的痴迷程度已经有些不正常了。"

"喜欢科学有什么不好呢?我以前不知道,自己居然对科学有如此强的理解能力。你别说风凉话了,仔细地给我讲讲嘛。要是你不给我讲,我现在就去大学,让他们收我做学生。你明白吗?要是那样的话,我肯定很快就能当上个理学博士什么的。"

"哇!你要是成了理学博士那可如何是好啊!行行行,你就在家里学,我不会再对你不耐烦了。"

铁郎拗不过我,只好认真地给我讲解。那时,他刚开始对宇宙射线的研究,而我也学着他,沉迷于阅读这方面的书籍。很快我便意识到,宇宙射线这个东西非常有意思。

宇宙射线是从太空之中日夜不停地射到地球上的一种强力射线,我们的身体一直在被这种射线穿透。它被认为是20世纪人类发现的最为奇异的现象。对于宇宙射线的真实面目,目前我们还几乎一无所知。我们只知道它强力到足够穿透物质，是一种呈现出电离作用的放射线，且使用某种装置能测出这种射线的通过量。至于它到底是来自太阳还是来自宇宙空间，现在还无从得知。在今后的学界，它一定会是最有意义的研究课题。

"亲爱的，今后我们要不要把宇宙射线作为主要的研究方向？"

我喜出望外地对铁郎说。

"唔，行吧，我赞成。我们就来着手探明宇宙射线的真实面貌吧。"

铁郎也兴致勃勃地回道。

铁郎从国外订购了威尔逊云雾室、康普顿电离槽一类的设备，然后开始在屋顶架设天体望远镜。而我则负责制作兔子和豚鼠的窝，并且给窝覆盖上厚铝板，以便研究宇宙射线穿透铝板时产生的二次射线对这些动物的生理会造成怎样的影响。翻阅相关书籍之后才发现，我负责的这部分研究已经有很多地方都在做了，而且日本已经先于其他国家发表了一个出色的研究成果——宇宙射线穿透铝质遮蔽物时，会产生由电子集群构成的二次射线。

在这种二次射线的影响下，铝板下的动物的肝脏和脾脏会充血，白细胞会增加，精子的形成会停止，生殖细胞的排列会被打乱，生殖功能会产生障碍——简而言之，宇宙射线的二次射线对生物体是有害的。

我的实验本来是为了验证以上结论是否正确。然而，开始实验之后没过多久，我就得出了一个令人震惊不已的结论。

"亲爱的，我发现了一件非常了不得的事情！人类的精神和宇宙射线之间似乎是有密切联系的！"

"啊？为什么这么认为？"

铁郎非常惊讶。于是，我便开始给他解说我的发现。

4

"首先我想到一个问题：从古至今，对于人的灵魂，一直都没有找到科学的解释。然而，这不过是因为人类此前没有察觉到宇宙射线的存在，所以才迟迟未能从科学角度去解明，导致灵魂这个东西始终被视作神秘不可测之物。这里必须提出一个可能性——灵魂会不会也是一种能量呢？意志的发起、情绪的变化、对事物的思考，这些行为都会给人带来或多或少的疲劳感。既然会感到疲劳，就说明背后存在物理层面上的活动。而既然是物理层面上的活动，就应当有能量的消耗，由此可知，灵魂是一种能量，而且多半是一种至今从未有人发现过的、无形的、量子态的能量。"

"唔，有意思。然后呢？"

"接下来就是宇宙射线了。我认为，宇宙射线接触到人体之后，会作用于灵魂的能量，此时灵魂才会显现出其效用。就比如汽油具有能量，但如果不点火，仅凭汽油无法驱动汽车。灵魂也是如此。也就是说，如果没有宇宙射线，人类就无法意识到灵魂的存在。"

"啊，等一下。这样不就产生了一个矛盾吗？地球上海拔越高的地方，宇宙射线就越强烈，海拔低的地方则相对弱一些。如果你的看法是正确的，登山的时候，人的精神活动应该比处在低处时更加活跃才对。另外有实验表明，地壳中向下超过三百米之后，就没有宇宙射线了，水下超过七百米也没有宇宙射线。要是按你的说法，在地壳三百米以下的人就会陷入精神虚脱的状态，然而实际上，在极深的坑道底部的矿工们仍然能够正常作业。你怎么解释这个矛盾？"

"这个问题我也认真思考过，其实是可以解释的。宇宙射线在高处更强、在地壳中逐渐变弱，这说到底是宇宙射线的测定方法不完备导致的。不应该仅仅依靠电离性来判定射线量的大小。宇宙射线是由电磁波、带电微粒以及其他一些我们尚不了解其性质的各种辐射构成的混合物，至今还没有人查明，在射线的诸多成分中，会影响到灵魂的究竟是哪一种。实际上,那种成分会以相同的强度贯通任何地方,无论高处、低处,还是水中、地下,它都能给灵魂施加同等程度的影响。"

我的解释击碎了铁郎好不容易才提出的反驳,他显得有些不知所措。

我又继续说道:

"不过,亲爱的,实际上呢,我虽然发现了宇宙射线会作用于灵魂,但还没能对这一过程中的所有现象进行研究。所以,我想做一个有趣的实验。宇宙射线在穿透铝时会形成二次射线,但实际上,可以做这样一种假设:宇宙射线从一开始就是二次射线、三次射线、四次射线等等各种射线的混合物,只不过在穿过铝的时候只有二次射线被明显地分离了出来。在铝制遮蔽物的下方,二次射线最为引人注意,但实际上三次射线和四次射线也同样透了过来。现在你想一想,既然二次射线会对我们体内的生殖细胞造成伤害,那么要是去除这个二次射线之后,会发生什么呢?"

"这个……会发生什么……"

"其实很简单。二次射线被分离之前,宇宙射线不会对细胞造成损害,只在分离后才有害——只需要基于这一点去思考就行了。我想,在宇宙射线中,对细胞有益和对细胞有害的成分应该是刚好各占一半,双方正负抵消了。一般情况下,宇宙射线既不会危害细胞,也不会对细胞产生有益作用。既然是这样,如果现在去除宇宙射线中有害的二次射线,之后就只剩下有益的三次射线和四次射线了。在这样的射线照射下,就只会受到有益的影响了啊。"

"……"

"我说的难道不对吗?如果能好好利用宇宙射线里有益的那一半,人类就会变得远比现在更加健康,更加幸福。而且,某种特殊的细胞在受到这种有益影响后,人体的受孕能力会增强,进而会诞生更多优良的婴儿,也符合现在'多生多产'的人口政策。另外,碰巧的是,有害的二次射线是由电子群构成的,这样一来,我们就可以使用强力磁场轻易地将它的路线曲折,只让剩下的有益射线照射到我们的身体。我想尝试一下的就是这样一个实验。你明白我想说的了吗?你也会赞成的吧?"

铁郎先是一惊,然后便陶醉在了我的新学说当中。

他既没有说不好,也没有说不行。

我开心极了。啊,多么伟大的发现!今后可以利用宇宙射线来增加新生儿出生率了!如此了不起的发现,是人类史上前所未有的。这难道不值得拿一个诺贝尔奖吗!

那天的对话之后,我立刻开始了二次射线去除装置的制作。

至于装置应该装在哪里,我思考了一下,觉得装在我们的卧室里是最合适的。

也就是说,由我们夫妻二人代替兔子和豚鼠来当这个实验动物。这不仅仅是为了伟大科学的进步所做出的必要牺牲,在这个过程中,我也可以获得一个可爱的宝宝。

不知为何,在这之后,铁郎突然变得极为沉郁,总是歪着头不知道在想什么,还时常深深地叹气。有一次,他对我说,我的学说里似乎有一些错谬,希望我能改变一下想法,还对我的实验提出了若干质疑。不过我想,他这么做的原因应该是担心我,不想让我的努力最终打了水漂。

然而我却干劲十足。

无论铁郎说什么,我都当耳旁风。到后来,我甚至朝着他大发脾气。

"这么说,你是无论如何都看不惯我做的这个高贵的研究,是吧?没想到你这么没出息!难道说你是嫉妒我的伟大发现,嫉妒我获得科学家的荣誉?要是不能继续做这个实验,我宁愿去死!"

铁郎最后似乎还是妥协了。

然后,我们开始共同制作那个装置。

我们在自家的小型铸造工厂里面造出了由铝、硅、铁和铀沥青构成的合金,然后雇用车床工人制作螺丝钉,给床装了一个组合式顶盖。之后,我们又在房间里装了一个二十五万高斯的磁场发生装置。

刚好在半年前,这个伟大的科学实验室终于完工了。

想必任何人都能猜想到,所有装置开始运转之后,我究竟会有多么幸福。

实验取得了巨大成功。

铁郎和我的健康状态比以往好了不止十倍二十倍。三次射线和四次射线给我们的身体带来了很好的影响,照这样继续下去的话,我肯定很快就能获得心心念念的宝宝了。由我首次提出的假设已经得到了现实的证明。

作为科学的信徒,再没有什么比这更令我开心的了。

假设不再是假定和推测。现在,它已经成了无可争议的物理现象,等待着更进一步的理论探究。

那之后没过多久,我就决心写一篇论文。我每天坐在书桌前计算、画图表、构建理论。那些日子是我过得最充实的一段时光。

然而,还没等到我论文脱稿,铁郎就突然去世了。在这个奇迹般的实验室里,他变成了一具冰冷的尸体。

世界上最会为我的成功感到开心的人,已经不在这个世界上了。

5

即使悲伤哭泣也无济于事。

我一天半——三十六个小时都没吃没睡,只是面对着铁郎的遗体,苦涩地回忆着他生前发生的那些事。不过,最后还得再补充记述一件非常重要的事。

我终于又强打起了精神。

然后,我打算争分夺秒地把还没写完的论文全部完成。

我让丈夫继续躺在那里,自己去旁边的房间搬来一张轻质的硬铝书桌。这时,我感到身子摇摇晃晃的,走路时仿佛都像在空气中游泳,这大概是断食和睡眠不足引发的极度疲劳所导致的。我又回到原先的位置,看了看死去丈夫的脸,然后重新坐到了书桌前。突然,我感觉自己的思维变得异常清晰明了。论文的撰写比预计的要顺利不少,在书桌前埋头苦干二十个小时之后,我已经写了差不多一百页。

这简直是个奇迹。

我本来非常不擅长数学,论文中需要计算的地方总是让我十分头疼。可是,现在这些都不是问题了。在我的论文中,为了把宇宙射线的本体与镭进行放射性上的比较，需要对 β 射线电子的质量与速度的乘积求微分；还要结合相对论，对宇宙射线中包含的种种微粒和波的穿透力总和求积分。然而，如此复杂的计算，我却几乎都能心算出来。

我不禁有一种奇异的感觉。

怎么回事？我甚至觉得，自己的脑海中似乎有某种类似神通之力的东西忽然闪现，所以论文才能写得如此顺利。

终于，我在写论文的过程中突然间注意到，卧室的一面墙上挂着的那个透明云母板箱子里，正在发生着令人惊异的物理现象。

那个箱子的容积差不多刚好能够装下我。

在箱子里面，盛放着按我独创的方式组装的光电管、超短波波长测定器和特种放射性检测器。

我本来是打算在宇宙射线的研究结束之后，用这个装置来探测人类灵魂能量的真实面貌，所以事先把它制作好了放在那里。然而此时，它却在发出色彩奇异的闪光。紧接着，仪表的指针开始如活物一般颤动起来，而且还在发出某种细微的声响。

我目瞪口呆，不由得发出惊叫声。

盯着箱子看了一会儿之后，我突然明白了过来。

铁郎的灵魂正在作用于那个箱子里的装置。灵魂是能量，那股能量至今为止都潜藏在铁郎体内，如今随着肉体这个容器的死灭，能量得以发散出来，自由行动。因此，才会在那个箱子里引发出如此显著的反应。

啊，在有关宇宙射线的新发现之后，我竟然又有了如此伟大的发现！灵魂果然可以变为类似宇宙射线性质的带电微粒和波的形式，被放射出去。它的性质明显与镭的 α 射线、β 射线或者 γ 射线近似。另外，既然确认了这样一种物质的存在，灵魂射线的密度、速度和力度等数值都有可能以量化的方式测定出来了。而且——而且，最让我开心的是，现在我已经确定了，铁郎的肉体虽然已经死亡，他的灵魂却还留在这里。我亲爱的丈夫仍然陪在我身边。他一定还爱着我。论文的进度之所以比预计的快不少，是因为丈夫的灵魂射线渗透到了我的体内，引发了那样的奇迹！

我想要大声地叫喊。

而实际上，我也的确因为过于兴奋而没法干坐着。我站起身来，在房间里又跑又跳。

就在这时，出乎意料的事情发生了。

在我激动不已的时候，竟然有不速之客突然闯入！

我听到了不知什么东西发出的、很大的声音。

下一瞬间，随着一阵"咚咚咚"的脚步声，三个男人冲进房间，将我紧紧擒住，我立马动弹不得。

"放开我！救命！啊啊啊！亲爱的！快来救我！"

我拼命大叫，但只剩下灵魂的丈夫只是在那里飘来荡去，无法过来帮助我。他的灵魂能量在房间里大量地发散，同时，堆在桌上的论文稿如雪片般在半空中四处飘飞。

我看了看这三个闯入者的脸，发现都是认识的人，分别是铁郎的弟弟、铁郎当记者时的朋友，以及铁郎的表弟。

正是因为想到可能会发生这种事，我才不愿意把铁郎的死讯告知外人和亲戚。我想不明白，自己明明隐瞒得这么好，他们为什么会到这里来？我奋力把他们撞开好几次，但最终还是因为体力不支而被按在了地上。我突然感觉有些晕乎乎的，之后，就什么都不知道了。

在我晕乎乎的这段时间，我做了各种各样的梦。在这些梦中，铁郎还活着，而且一直在对我说着什么。除了铁郎，似乎还有别的什么人也在叽里呱啦地说话，他们说的内容大致是这样的：

"哎呀，说到底还是太不巧了，那时我刚好在外地出差，回到公司之后，就发现桌上放着铁郎寄来的信。那信应该是他做好死的准备的时候写下来寄给我的。里面的内容太吓人了，我就立刻联系了你们。"

"实在是太谢谢了。虽然我们这些亲戚也住在东京，但在收到您的通知之前，我们什么都不知道。不过，幸亏她一直在家，哪儿都没去，我们也省事了。"

"其实她也挺惨的。铁郎在遗书中说，就算自己死了，妻子反正是个疯子，可能并不会觉得悲伤。不过，既然是疯子，会做出什么事来，谁也说不准，所以他在遗书里把后面的事都托付给我了。铁郎的肺出了大问题，你们应该也知道吧？"

"嗯，略微知道一些，只是哥哥没说是肺，而是说心脏出了问题。不过，哥哥也真是个怪人，竟然还如此疼爱这么一个疯女人，莫非是类似'父母更加疼爱有缺陷的孩子'的那种心态？还是说，这女人爱他爱得太深了，所以他也有一种同情的心理？前不久见到哥哥的时候，他曾对我说，人在养猫养狗的时候，会把猫狗也当作人来疼爱。那个女人即使是疯了，偶尔也会说一些有道理的话，所以他宁可搭上自己的命也要爱护这个女人，这并没有什么不可思议的。实际上，哥哥疼爱着这个女人，这个女人也一直爱慕着哥哥，这种感情在我们这些旁人看来，也算得上是可悲可叹、感人至极了。说起来，这女人疯掉的原因，是几年前从院子里的吊床上摔下来撞到了头。"

"这些我也很清楚。铁郎是个很善良的人。以前曾经有一次,我一边哭一边跟铁郎打架。当时我就打心底觉得,像他这样善良的人实在是少见。他之所以自杀,应该也是觉得自己病得越来越重,拖着这副破败不堪的身体实在是无法再继续照顾这个疯女人了吧。"

我听了这些对话,心里莫名冒出一股强烈的怒火。

可是,我却故意什么都没有说。那是因为,我听到铁郎在我的耳畔轻柔地低语。

"没关系的,没关系的。你完全不用去在意别人说什么。凡人本来就无法理解天才的想法,提出了新学说的天才总是会遭到凡人的迫害。他们一定是在嫉妒你能够拿诺贝尔奖。现在,闭上眼睛,安静地睡一觉吧。你的头脑已经很疲倦了,得让被异常知识所充斥的大脑好好休息一下才行。"

铁郎的灵魂依然在无微不至地守护着我。

啊啊啊,我好开心,好开心,好开心……

宇宙射线在发着光,发着光,发着光……

原子核和电子在飞啊飞,飞啊飞,飞啊飞……

贾雨桐　译

日本遗迹

大下宇陀儿

人类的价值

时间到了。

关于人类,我还有很多事情想要了解,仅仅一次会面不可能将这些东西全部搞清楚,择日再见一面显然是更加明智的选择。更何况,等着参观人类的还排着长队,我实在是不能一直独占他。

于是我只好恋恋不舍地结束了这第一次会面。

忽然，我想到了些什么，就对面前的人类说道：

"你似乎还没有彻底理解自己现在所身处的状况。你被冷冻了，冷冻了六十七万年。身边的一切都发生了巨大变化，所以你肯定会不知所措。有什么困难，可以让我来帮你处理。今后我就是你的保护者了。怎么样，现在有什么需要我帮忙的吗？你尽管说。"

听我说完，他先是再一次强硬地主张了之前提出的改善待遇问题，并继续补充道：

"刚才聊完你也该知道，我在人类里其实还算挺上流那一批。我现在慢慢回想起来了，当时自愿申请冷冻的人非常多，资格审核有一套严格的标准，这个审核甚至比人造卫星宇航员的审核通过难度还要大得多。经过了好几次世界范围的选拔之后，才把我们这群人选出来。也就是说，我们是很优秀的。至于哪里优秀，简单来说，那就是我们不但十分健康，而且还是进步的文化人。这种人可不多见。不过，'进步的文化人'也挺麻烦的。从特质上来说，所谓文化人，无论何时都有礼有节，高雅且富于理性。因此，这些人极具批判精神，而且这种批判精神倾向于轻视具象性、重视抽象性。文化人缺乏勇气，非常厌恶以武力解决问题。在美术和音乐上的鉴赏力是他们最引以为豪的能力，抽烟和打高尔夫是他们最大的爱好。无论有多么贪得无厌,他们都总能很好地掩饰自己的欲望。他们同情弱者,也不会去招惹强者。他们最引人注目的特征是注重外表。外表是非常重要的,如果不能以一个优雅的外表示人,就会受到他人的蔑视。因此,构成外表的各个要素就必须格外重视,比如衣服。我们的身体依靠冷冻保存到了今天,但装饰外表所需的服装却没能撑这么久。对于纤维制品在冷冻温度下的耐久度,显然还需要更多的研究。我们穿着这些烂布条现身的时候会面临怎样的目光,冷冻学术会那帮委员压根儿就没想过。"

拐弯抹角说了一大堆话来表达自己的主张,这大概也是文化人的个性使然。也就是说,他想要衣服。这再简单不过了。我问他想要怎样的衣服,如果我身上穿的这种可以的话,马上就能给他拿一套过来。他听了,有些不好意思地摆摆手,说:

"不行,不行,这种衣服不行。"

"为什么不行?这可不是量产货,是一流设计师亲手缝制而成的,所有人都觉得它款式很好看,你是不喜欢哪一点?"

"我怕尺寸不合适。最关键的是,你们这些衣服的下腹部——准确地说,是大腿和腹部的接合点,这个地方开了一个大洞。作为文化人,身体的这个部位理应遮挡起来,不让人看到。"

"你们的习惯还真奇怪。我们把这个部位暴露出来,是因为有这么做的必要,这样会更加方便。身体上的各个部位,有的地方暴露出来会更加便利,而有的地方可以不露在外面。举个简单例子,要是把脸遮起来,不就分不清谁是谁了吗?"

"话是这么说……"

"同时,脸上还有眼耳口鼻等器官,而且使用非常频繁,要是将它们也包裹到衣服里就非常不方便了。身体其他部位也一样。比如腹部和胸部,我们只是需要其内部的器官来进行消化和呼吸,外侧几乎用不到,所以就用衣服将它们包裹起来了。只不过,唯独在脊柱旁边那些部位发痒的时候,我们还是希望那里是裸露出来的。总而言之,服装的设计都是从便利性上考量的。这样说了,你应该就能明白,我们的这种衣服其实设计得很好。"

"但是啊,按人类的习惯,露在衣服外面的部位只有脖子以上和双手——有时还包括双脚。连那个地方也暴露出来,实在是有点儿……"

"我再重复一遍,头部、双手和双脚使用的频率很高,把这些部位露在外面是出于便利性的考量。既然这样,腰部不也是一样的吗？不管是前面还是后面，每天都得使用很多次。难不成，人类是在将这些部位包裹在衣服里面的状态下使用它们的吗？"

"这倒不是。使用的时候当然会把衣服掀开，把器官露出来，又或者用手指把它抓出来。我们文化人聊这些话题的时候总感觉有些尴尬……算了，我就将就着穿这种衣服吧，不过你们至少得给我搞个兜裆布。"

"兜裆布是什么？"

"哎呀，这你怎么还要问我啊……哪怕是解释一下这个词我都会羞得面红耳赤。要是不穿兜裆布，再穿上你们这种在那里开了一个洞的衣服，那我看起来不就跟一个刚出生的婴儿一样了吗？文化人可不能这样。话说，你衣服上开洞的那个地方太惹眼了，我想把视线移开都做不到。再加上你的身体还有一种丰满的曲线美。说来也是怪，从古至今，男人只要看到这样美丽的曲线，身体的某个部位就会发生变化，而且越是想克制，变化的幅度就会越大。那个部位是所谓的'非随意肌'，凭意志难以控制。为了把这块非随意肌遮掩起来，我也必须穿一条兜裆布。这事儿就麻烦你了，一定别忘了把兜裆布和衣服一起送过来！"

他的请求是如此诚恳，看得出来，此人是真的很想要兜裆布。

　　看他实在可怜，我就答应了下来。然后，我离开了这个装着珍稀物种的笼子。

　　岁月不停流逝，这世间却没发生什么变化。一切事物如同春日小河的河面，安静而又平稳地联结在一起。个体与个体之间有着充分的相互理解，互不冒犯；团体与团体之间则保持着对话与协调，没有发生争斗和摩擦。我们一直处于一种满足且百无聊赖的状态。正因如此，"捕获到人类"这个突发事件，使我的精神和肉体都进入了某种奇妙的亢奋状态。回到家后，我用家用的简易精神系数测定机测了一下，上面显示的数值是 0.85。要是到了 0.9，按照法律，我就必须去医院接受治疗了。我不想去医院，于是淋了一个睡莲香水的淋浴，试图使自己立刻冷静下来。在冲澡的时候，广播里正好在播放学会的权威们进行人类观察后所做出的第一次报告。

　　报告里这样说道：

　　　　人类作为远古生物，其体型比我们凯尔族更大。他们有两条手臂、两条腿，且都具有可随意弯曲的关节；不仅如此，他们还有从头部一直延伸到尾部的脊椎，这些特征几乎与我们相同。另外，根据透视解剖的结果，人类的体内，从颈部到腰部之间的区域，有肺、胃、腹腔等器官，大体上也与我们类似，乍看之下似乎是相当高级的动物。但必须说明的是，人类与我们之间有两个巨大的差异。第一个巨大的差异，是我们的手直接触碰到该人类的手、脚及胸腹部等部位的皮肤时，会有一定的热量从其体内传到我们身上。在我们与托利族、科莫利①族接触时也有同样的现象发生，一般认为发生该现象的原因是这些种族的血液达到了一定的温度。据此可以判断，就肉体进化的阶段而言，人类勉强达到了托利族和科莫利族的水准，但远远低于我们凯尔族。

第二个巨大的差异则表现在该生物的手、脚等部位。在其手和脚上均有长短不同的五根指头，且五指从根部起均为独立状态。也就是说，指头与指头之间的缝隙完全没有皮膜联结。这种皮膜在学术上被称作"指间开闭联络肌"，一般俗称为"蹼"。人类没有蹼，因此他们必然无法在水下步行。同时，人类的肺可以从空气中摄取氧气，但出于构造上的限制，该器官似乎只能在陆地上发挥作用，无法在水下使用。我们凯尔族可以随自己的

---

① 此处"托利"和"科莫利"分别是日语中"鸟"和"蝙蝠"的日语谐音。

喜好任意选择在陆上或者水下生活,而人类仅能生活在陆地上。他们是否会觉得这十分不便呢?另外,"血液保持一定的温度""不能在水下存活"这两点可以视作人类与托利族、科莫利族的相似点,但托利族与科莫利族有翅膀,能在空中自由行动,而人类只能在地面进行活动。据此又可以判断,人类的进化甚至落后于托利族与科莫利族,是一种低价值生物。

人类的皮肤如同砂的表面一样干燥。抚摸时有粗糙的触感,会令我们感到极其不适。而与之相对,我们凯尔族的皮肤始终都在分泌黏液,且最近得益于医药学的发展,我们甚至能够自由变换黏液的色调,发出自己喜欢的香气,还可以将润滑度调整到合适的程度。人类完全做不到这些,因此我们推断,人类的精神是长期处于不愉快的状态的。不过,该人类的皮肤虽然不分泌黏液,却具有生长出触角的功能。触角有长有短、有粗有细,根据生长的部位不同,有的部位会形成密集群落,有的部位则非常稀疏,还有一些部位的触手数量少到难以辨认。可以认为,此种触角与托利族的羽毛有相似之处,只要稍加触碰,触角就会出现灵敏的反应。另外,若是抓住触角进行拉扯,人类就会发出"tong、tong、tong"

的叫声,这种叫声似乎是出于喜悦。想必人类是喜欢这种行为的。也就是说,若是想爱抚人类,只需拉扯他们的触角即可。令我们感到不可思议的是,该人类的下腹部以下部位生长着两条腿,两腿根部的触角与其他部位的触角有所不同。此处的触角杂乱、弯曲,且绕作一团。在我们调查此部位时,人类表现出了较为激烈的反抗,且反复发出"ni men zai gan shen me!""xiu si ren le!"的叫声。恐怕这一部位的触角对他而言非常重要。至于其发出的叫声的具体含义,尚需等待古文学家的解读。

有传言称人类会散发出剧毒物质,但我们发现这似乎是一种误解。为对其口腔内部进行调查,我们使用金属制的长棍、拔钉钳及镊子,尝试将其口中的舌头拉出。此时该人类表现出了更加激烈的反抗,且极为愤怒,还将口中分泌的液体吐到我们的脸上。由于担心液体有毒,我们立刻对受害者进行了消毒措施,并且对液体进行了分析。但结果显示,这些液体完全无毒,我们才终于放下心来。当我们大费周章终于将该人类的舌头拉出之后,他的两只眼睛之中突然开始流出液体。经检测,该液体也不具有毒性。

即使在各方面的进化都表现出滞后性,人类仍然掌握一种凯尔族、托利族等种族都不具备的技能——无论是腹部还是背部朝上，人类都能够进入睡眠状态。虽说如此，即使他们掌握了此种技能——腹部朝上的睡眠——也应该不会对其生活或智力发育起到任何积极作用。因此，该技能本身并无实际意义。但是，在对其腹部朝上平躺的姿态进行观察时，我们有了一个奇怪的发现——在其腹部的中心部位有一个不等边、不规则的星形小凹陷处。仔细观察该凹陷处的外形可以发现，该处似乎是某种绳结被切断后留下的痕迹。在切口处还埋藏着一些黑灰色的污垢。我们暂时还不知道这种物质到底是什么，或者说是否发挥了某种作用，目前已将采样送到生理化学研究所进行检测。顺带一提，在观察该人类时，我们在旁边设置了录音机，以记录下人类发出的声音，但因围观者过多，录音效果不佳，只收录到一部分声音。当我们调查上文所述的类似绳结切口的器官时，人类发出了这样的叫声："zhu shou! bie yi zhi wan nong wo de du qi le! zhu shou a! du qi hao yang hao nan shou! dou shuo le na li shi du qi a!"很遗憾，我们目前还不知道这一串叫声的含义到底是什么。

尽管对一部分内容持保留意见，但大体上而言，这篇报告与我的观察是一致的。

人类的进化落后于我们，也落后于托利族与科莫利族——这个结论没有问题。毕竟人类已经是六十七万年前的生物了，落后也是理所当然的。人类总是高傲地称自己为"万物之灵长"，实际上这不过是过度自恋罢了。即使是在人类主宰地球的时代，也存在着这样一种可能：那个时代其实也有优于人类的种族，只不过这个更优秀的种族没有在明处发展自身的势力而已。正是由于人类在进化上存在缺陷，他们没能发现这一事实，才始终沉浸在唯我独尊的自负之中。自负有时是灭亡的原因，但也可能会带来救赎——对人类而言，或许是后者。自负给他们带来了莫大的满足感。而在六十七万年后的现在，我们点破了他们的自负，告诉他们，人类一直都是错的。

在报告之中，最让我在意的部分，是结尾部分提到的那个位于腹部的奇怪器官。老实说，在与人类会面时，我没有注意他腹部的中心，而是一直在关注腹部下方——那里有一个弯曲杂乱的触角群落，其中生长着一个器官。也就是说，我甚至根本没有意识到他的腹部有一个类似绳结切口的器官。

现在，那个器官已经成了学术界的一个巨大谜题。

或许我也应该参与一下这方面的研究。

所幸，我比族群的所有其他同胞都更了解人类的语言。我调查了录音中的那些叫声，然后终于理解了。

人类并不希望被触碰到那个地方，因为会很痒。那个器官名为"肚脐"，人类平时似乎不会刻意去触摸那里。我们凯尔族的肚子圆润光滑，上面没有那种器官，因此我们完全不具备关于肚脐的知识。但对人类而言，那大约是个极其重要的器官。我想，就像肺、心脏或者胃一样，要是没有这个肚脐，人类肯定是活不了的。这是人类的一个关键特征。于是，我决心对人类的肚脐进行深入研究。

地轴异变

我曾在陆地上生活了很长一段时间。

我的家位于一处山腰，屋子的墙壁是用不可燃固态氮建造的，所以无论在哪一个房间里都能清晰看到被鲜花覆盖的原野和漂浮着水草的沼泽。即使没有这些美景，陆地生活本身也很有乐趣。

陆地上的空气非常充足，与水中相比，在陆上呼吸时，肺部会轻松很多。雨天以外的日子，太阳光会洒遍每一个角落。有时太阳光过于强烈，肌肤就会变得干燥，不过只要事先预备好保湿霜就没事了。那里有巨大的铃兰树，还有燕子花的森林。清晨，金色的阳光从叶缝中倾泻而下；傍晚，暗红色的夕照随着雾气摇曳。那光景美妙得仿佛是缠丝玛瑙融化了一般。此外，陆地上还不间断地举办着演奏会。天色明亮之时，托利族放声歌唱；到了日暮时分，则轮到凯尔族一展歌喉。

要说有什么不满，那就是在陆地上会看到数不清的卫星在天空中飞来飞去。这些卫星的形状大小各异，似乎不是太阳系中自然形成的。据传，是很久很久以前，也就是人类还生活在这里的时候，由他们建造出来并发射到宇宙之中的。其中有的卫星大约是出于实际需要而发射，然而多不胜数的卫星之中，据说也有一些并非必要，单纯是人类为满足自己对其他种族的优越感而制造的。还有一个说法是，人类在地球之外的星球也建有居住区，卫星就是用来与那些地方建立联结的，人类曾试图利用这些卫星移民到外星去。关于卫星的用途并无定论，总而言之，天上有无数的卫星，而且它们一旦接近地球，就会发出尖锐的爆鸣声，那声音与博物馆中陈列的那台古代原始生物制造的铆接机发出的声音极为相似。每当听到这个声音，我的思考的连贯性就会被打断。

我不仅见过人类，还曾试着与人类进行交谈。就结果而言，我爆发出了强烈的探究热情——不仅仅是对于人类的语言，更是对于人类本身。我很明白这不能给我带来多少利益，但这又有什么关系呢？后来我才知道，人类不仅会研究无法获利的事物，甚至还会花大力气去研究一些有害的东西。从这一层面上来说，对人类的探究还是多少有些意义的。我想立刻切换到思考的状态，开始我的探究，但正如前文所述，陆地上的环境并不适合做这件事。

为了找到一个适合思考的地方，我决定前往自己建在水底的别墅。在那里，就能静下心来读书，也能睡个好觉、休养一番，进而全神贯注地投身于哲学冥想之中。

我本想优哉游哉地步行前往那位于珊瑚丘陵海藻丛林的别墅，但想到现在没那么闲，于是改变了主意，决定还是像以前那样乘坐水中车过去。然而在途中，我有好几次差点气炸了。与陆地上相比，海底道路的建设还相当不完备，到处都在施工中，挖得满地都是坑。巨大的运渣车在路上横冲直撞，完全无视交通规则。如果我就这么被撞死了那还好，要是没死，只是被撞残了，那可就难受了。为什么道路建设如此落后？这一定是政府部门的怠惰。

胆战心惊地在车里颠簸了好一会儿之后，我终于到了别墅，没想到，还有更让我生气的事在这里等着我。

我雇用了一个名叫青助的打工学生，在我本人不在期间帮忙管理别墅。

而这个青助居然占领了我的床，还在上面鼾声大作，似乎睡得很香。

青助是个稚气未脱的少年，尾巴脱落后还没过多久。他脸上的黑色斑点带有油漆般的光泽，边缘还有一圈鲜明的红色。从外貌上来说，算得上英俊。他的睡脸天真可爱，又透出一种青春期特有的血气，让人忍不住想要轻轻摸一下他的脸。

但话虽如此，也不能惯着他。

青助本来是一个不良少年。最近，少年少女们的恶劣行为已经引发了不少问题。要问为什么会变成这样，现今普遍的意见是，都是学校没把孩子们教好。其实，这个状况并非学校的错。所有孩子都可以去自己喜欢的学校学习，教育相关的各种设施设备也一应俱全。问题在于，学校的数量太多了，这导致入学的学生人数不足，有的学校甚至凑不齐一个班。正因如此，学校的毕业考试极其严格，有时必须废寝忘食地拼命学习，否则根本毕不了业。这样一来，便产生了"毕业难"的问题，留级生也就多了起来。从学校的立场上来看，留级生一多，学生数量减少的状况也得到了缓解，班级的编排就容易了许多。然而，这种做法会使得学生们自暴自弃，进而做出一些反社会的行为。

不过，我得出的结论是，少年少女的不良化，错并非在学校本身，是学制出了问题。现在的学制是所谓"多段式学制"。从第一段学校毕业时，除了有一个学术考试，同时还有一场素质鉴定所进行的测定。若是在测定中合格，之后便不再需要去学校。但如果只仅仅通过了学术考试而没有通过素质测定，就必须进入第二段、第三段学校继续学习。换句话说，如果在第一段学校就完结了学生生涯，那就可以证明这个学生的优秀；但如果在那之后还必须去学校学习，对学生而言就是极其丢脸的一件事，便会造成其性格扭曲、自暴自弃，最终变成不学无术的混混。所以我觉得，学制必须进行改革，使学生的学业都在第一段学校完结，如此便能抑制少年少女的反社会行为问题。好不容易通过了毕业期的学术考试，却又不得不进入别的学校继续学习，这对孩子们而言是很痛苦的一件事，我们的社会有必要理解这一点。入学和毕业都只需要一次就够了，如果还有第二次、第三次，就说明这个学制有缺陷。

青助就没有通过素质测定。出于同情，我决定把他放在自己身边，守护着他的成长，让他有一个更好的将来。可是，我对他这么好，他竟然擅自睡到主人的床上，简直不可原谅。

"给我起来，小子。"

我对着青助那满是陶醉的脸蛋用力扇了好几个耳光。

"啊——糟了！"

这下子他总算醒了过来。看着他那天真无辜的眼神，我忍住了亲吻下去的冲动。

"真的很抱歉！小的已经把活儿全部都干完了，从后院到阁楼都打扫得干干净净的。只是感到有些寂寞，忍不住就……"

"说什么蠢话？寂寞就能上主人的床？哪来的道理？"

"这个，希望您能理解……闻到您残留在床上的体香之后，小的发现这多少也能作为一种慰藉。躺在床上确实非常舒服。小的甚至感到后悔，为什么至今为止都没体验过这种舒适感呢？平静下来之后，就被睡意包裹了。小的还梦到了自己和您紧紧拥抱在一起。"

这种话居然都说得出口。

怪不得青助会被称为不良少年。明明尾巴才刚脱落，甚至还用"小的"这种词自称，做出的行为却……虽然心里这么想，但我还是决定之后再责骂他。毕竟我从陆地上到这水底来，是因为有事情需要思考，所以我温柔地劝诫他，不要说一些没大没小的话来扰乱我的心绪。

"我知道，你已经变成一个好孩子了。"

被我这么一夸，青助也换上了认真的表情。

"才不是呢！什么叫'变成'？小的一直都是个好孩子——话说，您说的'思考'，到底是什么意思？"

"唔，所谓思考，就是向脑髓下达命令，让它对各种非具象的事物进行排列、分解、整理，然后引出新的理论或发现。我必须搞清楚六十七万年前的一些东西。你把所有精力都放在追女孩上了，在学习上的智力指数应该是零吧？以前的事情，你怕是什么都不知道。"

"哎呀，您可别把小的当蠢蛋。小的好歹也是通过了一半的毕业考试的。"

"哦？是吗？那我就考一考你。现在的地球由我们凯尔族、具备飞行能力的托利族以及科莫利族所占据，那你知道，在很久很久以前，地球上还有一个比我们更加繁荣的种族吗？"

"这是进化论之前的问题吧。太简单了。就是人类啊。在学校的时候就学到过，曾经有一种名叫人类的低等生物。"

"好，目前的回答都很正确。接下来说一些你对人类的了解。"

"呃……人类曾对我们的祖先蛙类有过极其残忍的行为。

他们抓住活着的蛙，用火烧蛙的眼睛，并且作出'被火烧了眼睛的蛙，还能跳的话那就跳吧'这样的诗句。他们还进行某种实验，把蛙的身体钉起来，让电流通过其中。蛙跳进古老的池塘这个动作本来不值一提，那些人类却认为这神秘而又幽玄，是横亘古今的巨大发现。也就是说，人类不仅残忍，还很愚蠢。另外，小的还在书上读到过日本遗迹的故事。"

"很棒。没想到你居然知道这么多。那你再解释一下日本遗迹是怎么一回事。"

"日本遗迹现在应该是被彻底封冻在了地球的冰川之下。这个名叫日本的地方曾经聚集了大量的人类，因为土地狭小而人类越来越多，一些人类就落入了海中。即使如此，人类的数量还在继续增加，最终这片土地不堪重负，发生了地陷的现象，日本因此沉入了大海。是这样吧？"

"很遗憾，你的回答有些地方并不准确。关于人类落入海中这件事，在传说生物学界发行的论文集中确实有提到，但学术界也有反驳的声音，称这种说法是错误的，关于人类灭绝的原因，其实一直没有确定的结论。不过，抛开人类灭绝的问题暂且不谈，单纯就日本遗迹封冻这件事而言，已经有明确的结论了——是地球自转轴的变化所引发的现象。"

青助低下的智力指数在这里就体现出来了。他一脸不解地望着我的眼睛，问我"地球自转轴的变化"到底是什么意思。我暗暗后悔自己说了多余的话。现在，我不得不向他解释一番了。

"你知道地球和太阳的运行规律吧？"

"嗯。在学校的天文学课程上，这部分知识一开始就学过。地球以太阳为中心进行大幅度的公转，而同时自身也在自转。地球的自转有一根中心轴，轴的一端总是对着太阳，而另一端则常年处于背对太阳的一面，是地球上距离太阳最远的地方。根据学校老师的解释，这就像是一个陀螺在围绕着太阳转。陀螺的顶端一直正对着太阳；而陀螺芯的底端可以理解为一直贴在地面，所以位于反方向。这样一来，陀螺的顶端就会一直保持很高的温度，而底端则极其寒冷。因为自转轴处于这样的状态，所以朝向太阳的半个地球常年被太阳照射，另一半地球则完全看不到阳光。"

"很好，这些知识大致是正确的。但是，追溯到六十七万年前，地球的自转又与现在有很大不同。具体地说，当时的地轴是从南极贯穿到北极的，这根地轴与地球的公转轨道面保持着大约 66.5 度的倾角。因为有这个倾斜角度，所以地轴与太阳的相对运动又被称为进动现象。不过，接下来的部分就有些难了，你得认真听。地轴——也就是你们学校老师所说的陀螺芯——的运动轨迹在六十七万年前发生了变化。至于是谁用怎样的手段造成了这种变化暂且不论，就结果而言，地轴和公转轨道面的夹角变成了0度。"

"那不是糟了吗！这样的话，陀螺就会倒在地上，没法再转了！"

"并非如此。毕竟地球不是陀螺。地球漂浮在宇宙之中，所以即使地轴发生了这样的变化，它还是可以继续转动。但是，因为在远古时代，地轴与公转轨道面有一定倾角，随着地球的自转，朝向太阳的半球会进入明亮、温暖的白天，背对太阳的半球则会进入黑暗、寒冷的夜晚。地球不断转动，处于白天的部分会进入黑夜，处于黑夜的部分又会进入白天。然而，正如我刚才所说，地轴的倾斜角度发生了巨大变化，整根轴横躺在了公转面上。在这种状态下，地球还是继续绕着太阳公转。于是，始终朝着太阳的那一面——相当于陀螺的顶部——就变成了一年三百六十五天都是白天，而背对太阳的那一面则沉入了永久的黑夜。这个原理你明白吗？"

"明……明白！"

"别摆出一副奇怪的表情，好像被谁泼了水一样。唉，算了。总之，这样一来，长期处于太阳照射下的半个地球——尤其是中心地带——就因为过于集中的热量而变成了如地狱般灼热的沙漠；至于黑夜半球的中心——用陀螺比喻的话就是陀螺芯的底部——则由于几十万年都没有阳光而封冻，变成了气温低至零下数十摄氏度的极寒地带。那个被称作日本的地方，不知是幸还是不幸，刚好在离陀螺底部非常近的位置。所以，那个地方其实不是沉到了海里，而是被覆盖在了厚厚的冰层之下。无论土地、建筑还是生活在上面的人类，都成了这个'冷冻日本'的一部分。"

"真有趣，简直就像童话故事一样。小的做梦都没想过，在我们居住的这片明暗环状地带以外，居然还有生物生存。除了日本，还有其他类似的地方吗？"

"当然还有。在我很小的时候，曾有学者到沙漠去进行地质调查，在向地下挖掘时发现了奇怪的东西。那是一根棒状物，它的一端伸出好几根骨架，骨架和骨架之间有膜连接，骨架张开的话，膜也会伸展开。说白了，就跟我们的手指张开之后的样子差不多，托利族或者科莫利族打开翅膀时也跟这个结构类似。于是，学者们开始了争论。有的学者认为那是远古时代的科莫利族化石，另一些学者则主张那是凯尔族祖先的化石。后来才知道，那是古代生物人类曾经使用过的一种名叫'伞'的东西。据说，'伞'是人类在下雨的时候会用到的工具。这么看来，人类这种生物还真的挺难受的，他们被雨淋到的话应该就会死掉吧，所以才会使用'伞'这种东西来躲避雨水。有了这个发现之后，沙漠调查队继续干劲十足地向下挖，最终在沙漠之下发现了一个叫作伦敦的城市。看来伦敦这个地方曾经也是有人类居住的。他们推测，除了伦敦以外，在更加炎热的沙漠之中，还埋藏着一个名叫纽约的城市。"

"他们是怎么推测出来的？"

"当时调查队想要在沙漠里找水，挖着挖着，就挖到了一些圆形的名为'美金'的金属，应该是某种徽章吧。它的材质和现在大量存在的黄金相同，所以不怎么值钱，但是在考古学上是非常珍贵的出土文物。对美金进行进一步调查之后，队员们发现，在那下面似乎埋藏着一个叫作纽约的都市。"

"这么说，如果在那个地方继续挖的话，应该还会挖出不少古董来吧。小的一直觉得考古学非常有意思，甚至想自己也成为考古队的一员，到那些地方去，挖出大批大批的古董来。"

"想法不错。刚才那几句是你至今为止说过的最有志气的话了。这件事就交给我吧。很快，日本遗迹、伦敦和纽约的遗迹都要开始发掘了。到时候我就把你推荐到考古队中去。"

青助那年轻的眼眸之中又燃起了对未来生活的希冀。

就算曾经是不良少年，只要给他一个目标，给他一些事做，也总会浪子回头的——这样的想法在他身上应该能得到很好的证明。

我本来还打算继续给他讲一些关于地球、太阳或者古代生物的一些故事，但腕轮上的微型收音机突然开始播放起了生命大臣在世界联邦议会的演讲。

卵生的幸福

生命大臣是阁僚中唯一的一位男性大臣。

这位大臣不喜欢吹嘘和说废话，也不会动辄就哭，有远见，行动力也很强。就男性而言，他这样的算是很少见了。尽管多少有些个人层面的缺陷，比如声音不好听、相貌丑陋、对女性没兴趣等等，但总的来说，他是一个值得信赖的政治家。他正在用难听的声音嘶吼着发表演讲。演讲是在议会的预算审议时发表的，内容是对下一年度新生儿数和死亡数的预测。

……因此，下一年度申请死亡者之多虽为近年来少见,但其中有相当一部分申请者不符合标准。政府对这一现状以及死亡许可制审议会提交的报告进行综合考量后,最终将数字压缩到了三百五十万。另外,近年有一股令人唏嘘的风潮——无许可死亡、隐瞒死亡的案例有逐年增加的倾向,但在官民协力之下,这样的现象有望得到根治。下一年度,令人羡慕的自然死亡者的数目以百分之七的增长率计算,能够控制在九百二十一万以内。至于推测出的一千二百七十一万的总死亡数,该数据误差不会超过百分之二。不过相对的,参考以上数据,我们决定将新生儿孵化的数量也定为一千二百七十一万,还望诸位理解。基于此,要实行本计划,就必须立刻收集到一千二百七十一万枚优良卵。对于政府保管的五十七亿枚库存卵,除传统的透视法——也就是在日光下摇晃卵并进行观察——以及声音判断法以外,我们还运用新的优性鉴别光线分析法进行了更加精密的检查。然而,我们得到了一个很遗憾的结果:适合孵化的卵仅有二百七十八万枚。产出的卵数量如此庞大,为何合格卵却少得可怜?我想,其原因应该是多方面的。无论是在体育、性教育还是伦理德育方面,我由衷希望相关部门今后能拿出有效的改善措施。然而,生命省的官员有自身的立场和责任，眼下完全没有精力去解决这些问题。在这件事情上，我只能请求诸党派以及广大有识之士的宽宥。总之，政府的当务之急是征集到九百九十三万枚合格卵以填补缺口。至于如何做到这一点，不用我说，这只能由各位男性与女性来提供。希望大家体谅政府的困难，给予充分的配合，全心全意为产出优良卵而努力。

此外，近年来由于学校数量愈加充足，我们开始迎来"毕业难"时代。今天我提出的预算，也将这一点充分考虑在内了。我在此明确地以第二类公约——也就是必定付诸实施的公约——的形式宣布，在不远的将来，"毕业难"等问题会被彻底解决。

现在回到正题。关于向各位征集的优良卵，政府公开的方针是不限新旧，因此各个家庭此前保有的旧卵也可以提供上来。在价格上，我们绝对不会像以前那样，根据卵的重量来支付费用。我们将在卵价公正交易委员会的监督下，坚持审议会法定的价格，进行慎重的实验。合格卵将被直接送往孵化公社，而在这之中，若有卵被判定为格外优秀，提供该卵的父母将会获得自由死亡的许可，该特权仅有二十对夫妇的名额。这一特例法条已经在本议会得到了通过。希望大家全力以赴，产出更多的优良卵……

这种演说本身倒没什么稀奇的。

在每年末的常规议会上，生命大臣都会在一般会计预算案的审议前发表演讲。即使死亡数增长率稍有提高的倾向，一千二百七十一万枚优良卵应该也不是一个特别值得惊讶的数字。

但是，政府放出的部分是二百七十八万枚，而民间征集的部分是九百九十三万枚。如此比例能够得到通过，而且通过得还比较顺利，可以说生命大臣功不可没。在这之后，比较重要的就是以公正的方法选出真正有价值的优质卵了。在这一点上，透视法和其他新的检查方式是否靠谱暂且不论，最关键的，恐怕是审查委员会的人员构成问题。以前曾经发生过审查员徇私舞弊的事件——尽管这种情况被认为极其少见。当时，有一个囤积劣质卵的母亲贿赂了审查员，成功地让自己的劣质卵得以孵化。生出来的小孩甚至在尾巴还没脱落的时候就追着男孩子到处跑，不但纵火、随意玩冬眠药，还赌博、打架、肇事逃逸，最终甚至当上了一个名叫"反对一切同盟"的恐怖组织的头目，成长为一个无可救药的恶女。之所以会发生这样的事，都是因为有不适合当审查员的家伙坐在了那个位置上。这一次总不会再捅出那种娄子来吧。

青助似乎也在认真听生命大臣的演讲。他叹了一口气。

"他讲得挺好的。去当明星也一定很吃香。"

"你说话还真不客气。他现在就很吃香，我就喜欢他那个略带沙哑的嗓音。大家都说不好听，我倒是觉得他的声音非常有魅力。"

"在声音上感觉到魅力也太奇怪了吧。小的听了他的演讲之后啊，越发觉得我们这个样子还挺好的。"

"是吗？哪里好？"

"不只是我们，托利族也一样。我们两族的婴儿是由卵孵化而来的，这难道不是一件非常棒的事吗？不经过卵的阶段，而是一出生就与父母拥有相同的外形，那好像是叫'胎生'吧？我记得科莫利族就是胎生的。如果我们种族是胎生的话，应该会非常不方便。胎生的婴儿，其父母必须立刻花费精力去照顾，就算政府代替父母去养育，刚生下来的婴儿也很脆弱，稍不注意就会死。还有一点就是，婴儿不是卵，无法鉴别他们的优良与否。无论是好婴儿还是坏婴儿，都只能用同样的方式去养育。结果就是，胎生的种族不能像我们这样，只让好的婴儿诞生到这个世界。他们种族的个体鱼龙混杂、良莠不分，没办法判断谁才是值得信赖的，只能互相怀疑。这样的话，他们难道不会一直处于不安之中，而且感到非常孤独吗？要是自己的内心想法暴露出去，不知道会引来怎样的家伙，也不知道那家伙会有着怎样的企图。这样，大家都只能悄悄把自己的内心隐藏起来，随之而来的必然是孤独感了。相比之下，我们的社会就要先进得多了。要是卵的质量不好，处理起来非常简单——只要不孵化就行了。根据不同的情况，即使是优质卵，在养育的准备不够充分的时候，也可以暂缓孵化。卵产出之后先保存起来，等适当的时机再将其孵化，让婴儿诞生出来。"

看来不能一味地嘲笑青助幼稚。即使是我，也完全同意他的这些观点。

除了在区分好坏婴儿这一点上，卵生应该还有不少优于胎生的地方。现今栖息于地球上的生物，主要有三大种族——凯尔族、托利族和科莫利族。其中凯尔族与托利族拥有高度发达的文化，但科莫利族却智力极低，因此显得很野蛮。产生如此差别的根本原因，是否就在于卵生和胎生的差异呢？

不用说，这两种方式都是繁衍种族的手段。

但是，有很多学术和艺术方面的有趣研究已经指出过，胎生会阻碍文化的发展。即使从很单纯的方面去思考，卵生也要比胎生优越得多。

比如婴儿胎生时的复杂工序，这一点观察科莫利族的做法就很清楚了。在婴儿出生前，科莫利族会问医生、烧热水、祈祷、准备贺礼，总之有一连串繁杂的准备流程。

而产卵则不同。无论在精神上、物质上还是身体上，都几乎不需要母亲的努力，更用不上医生或者这样那样的仪式，产卵过程非常自然地就能完成。

而且最根本的是，作为直接当事者的母亲，在产卵之时不会感觉到一丝一毫的痛苦。不仅没有痛苦，甚至还会有一种快感。该怎样描述这种快感呢？曾有一个低俗的小说家这样形容道："那仿佛是长久的便秘之后突然通畅的感觉。"虽然是一个很有意思的比喻，但这还不足以完整地描述出产卵时的感受。卵在通过我们体内的卵道时，会有恰到好处的润滑度，同时也有适度的阻滞感。全身的感觉都会集中在这个地方，所以大脑就会进入一种麻痹状态，仿佛体内的所有骨头和肌肉都软绵绵地融化了一般。如果是尤其大的卵，或者是中间部分较细的轻微畸形卵，那么快感还会增长到两倍、三倍。产了卵都还不算完，所有的产妇都会想，要是那枚卵能在卵道内反复进出一遍两遍乃至无数遍该多好。有时，产妇还会因达到极致的快感而联想到死亡，大叫道："要死了！要死了！"

至于产卵后的处理，跟胎生的婴儿比起来，可以说是简单到不值一提。

刚产完卵后，母亲也不用在卵上花费什么精力，无论是应邀参加派对，还是到哪里去旅行，都完全没问题。有说法称刚产下的卵最好用酒精棉球擦一擦，或者将市面上卖的清洗剂调到温水里面，把卵泡一下，以起到消毒杀菌的作用。但实际上，现今已经几乎不存在卵上附着细菌的问题，所以这么做不过是单纯求个心理安慰。其实只需要在卵上标个编号，然后塞到箱子里、柜子里或者抽屉里，之后就不用管了。如果是胎生，那可就没这么轻松了。婴儿刚一出生，就得立刻把乳头塞过去给他咬着，还不能让他受寒，不能让他沾上湿气，因此母亲一刻都不能离开婴儿身边。

而且，还有那种已经产下卵了但却不想要孩子的情况。在这方面，卵生也有着绝对的优势。我们可以一直把卵保存下去，直到自己想要孩子了为止。政府的征集要求里面也没有说一定要新卵而不要旧卵。只要不被摔碎，卵就会静静等待着孵化的那一天。

"我有一种奇怪的感觉，好像血都冲到头上来了……"

听我这么说，青助回道：

"那可不行，赶快去医院吧！"

"真笨！我就讨厌这种迟钝的男人。你看不出来我是因为听了刚才大臣的演讲，所以产生了产卵的冲动吗？好了，你不用管。"

我虽然开始有些烦躁，但突然想起了一件事。

无论是地轴还是卵，现在都不重要。现在我正计划对六十七万年前的生物——人类——进行研究。刚聊了卵生和胎生的问题，而我们至今还不知道人类属于其中的哪一种。除此之外，还有无数的谜团等着我们去解开。

"啊，对了，青助，你知道在人类肚子的中间部位有一个叫'肚脐'的东西吗？"

"嗯？肚脐？不知道诶。从来没听说过，学校的教材里也没有提到这东西。"

我哪根筋搭错了，怎么会问他这种问题？

青助一脸疑惑。

看来，还得我亲自调查一番。

贾雨桐　译

时间机器异闻

广濑正

　　不请自来的客人实在是讨厌。即使是像我这样的闲人，在家里安静读书的时候突然被一个不速之客打扰，也难免会心生烦躁。如果来的还是一个完全陌生的人，那就更头疼了。

　　而且，此类客人通常还是带着极其棘手的破事找上门来的。

　　"我是你的后代。"

　　男人自我介绍道。

但是，我的脑细胞并没有做出任何反应——男人的造访过于突然，我已经被吓傻了。

正当我在公寓的小房间里一边想着女朋友的事情一边发着呆的时候，一个乘坐着奇怪机器的男人突然哐当一下出现在我面前，简直就像是施展了某种忍术。我被惊得魂不附体，还以为自己在做梦，一时间愣住了。

所以，当对方自称是我的后代的时候，我只是无意识地应了一句：

"哦，这样啊……"

男人似乎对我的回应并不满意，继续说道：

"我的父亲是你的孙子，所以我是你的曾孙，也就是你第四代的子孙。"

总之就一直在那儿扯什么子子孙孙的。

这个过程中，我也终于冷静了一些。看样子，这并不是梦。

我看着他搭乘的那个奇怪的东西，忽然想起了什么，喃喃道：

"莫非……这是一台时间机器？"

他听了，似乎很是惊讶。

"哎？你居然知道！没错，这就是时间机器。我费了好大劲儿，前不久终于制造完成了。"

仔细一瞧，他身上穿的衣服是由我从未见过的材质制成的，而且完全没有任何的接缝。如此看来，他说他是我的后代，而且是来自未来，应该不是胡说八道。

"果然是啊。也就是说，你乘坐着时间机器，从遥远的未来穿越到这里来见我这个祖先。这可真是稀客。"

于是，我请他在椅子上坐下，拿出自己珍藏的威士忌来招待他。

"这酒可真棒，比我们那个世界的酒好多了。"

他喝了一口之后给出如此评价，似乎并不完全是客套话。

"喜欢就多喝点儿。"

我直接把整瓶威士忌塞给他，然后走到时间机器旁边，伸头往里瞅。这东西在科学小说里经常出现，但在现实中看见，当然还是头一回。

时间机器的外表看起来只是一个光滑的金属箱子，但内部却布满了复杂的装置。至于它到底是怎么驱动的，我完全看不懂。不过，机器正中间那两个罩着红色皮套的座位看起来倒是十分舒适。

"请不要随意触碰里面的操纵杆，非常危险。"

他拿着威士忌酒杯，走了过来。

"这是你造出来的？真厉害啊！"

"嗯。在我所生活的时代，时间穿梭理论已经是常识了。但是，实际制造时间机器的时候还是会碰上各种技术上的障碍，所以之前一直没有人成功。我花了很长时间，终于把那些障碍一个个全部解决了。最后完成时间机器的时候，我高兴得不得了，整整喝了两天酒来庆祝呢。"

"那是得庆祝……现在有了这么有趣的玩意儿，你是不是已经去过很多不同的时代了？"

"这台机器才制造完成不久，所以我只用它去过两三次过去的时代。至于未来，我担心对我而言过于刺激了，所以还没去过。"

"是这样啊。可是，即使是过去的世界，也有很多事情可以做吧，比如去见见历史上的著名人物，或者拜访自己的祖先……对了，不是有人提出这么一个问题吗：要是穿越到过去，在自己的父亲结婚之前杀掉他，到底会怎样呢？现在有了时间机器，这个问题就能找到答案了。"

"哈，你居然知道这个啊。那就难办了……"

"什么意思？"

"事已至此，我就实话告诉你了吧。其实我今天来见你是有原因的。"他把酒杯放回桌上，换上了一副严肃的表情，

"成功制造出时间机器之后,我也立刻想到了那个问题。要是把自己还没结婚的父亲杀掉,自己会怎样呢……我非常好奇,于是就打算试一试。可是,毕竟是长年一起生活的家人,我实在是没法真的杀死自己的父亲。即便是面对年轻时的父亲,我恐怕也会为亲情所缚,无法痛下杀手。这时我又想到,解决这个难题其实很简单,因为杀的人没必要一定是父亲——只要是自己的祖先,随便杀谁都行。于是,我就又往前回溯了一下时间,把目标定成了你。我想着,如果是四代之前的祖先,应该还好吧。毕竟没有亲情联结,应该能下得去手……"

"你说什么?!"

我慌了。什么叫"还好吧"?!居然想来杀我?我可不会就这么坐以待毙。

如果我是女人,或许也会愿意当一个裸体模特,为艺术而献身,但要我为了学术把这条命赔进去,那是万万不能的。

"就算我还没成家,但要是就这么死了,也是会有女孩伤心的……"我拼命辩驳道。

他用手势示意我别急。

"我明白。你已经有了一个很优秀的女朋友……而且,我发现自己的想法似乎并不完全正确。

"我曾经认为，20世纪60年代的人不但发动过战争，而且还使用过原子弹，肯定都是很野蛮的人，所以杀掉一两个也无所谓。我本来打算在见到祖先之后，自称是他的后代——虽然这样有些卑鄙——然后趁其惊讶不已的时候突然下手……但没想到实际见到你之后，你不但一眼就认出了时间机器，还请我喝了威士忌……我已经不忍心取你性命了。"

"这样吗？那就是说你不打算杀我了是吧。"

"嗯，不杀了。"

吓死我了。我惊魂未定地摸了摸胸口。

这人真是疯疯癫癫的，突然坐时间机器出现在我面前，居然还说要杀我。

"别再说那么吓人的话了。"

"不好意思。"

他挠了挠头，有些难为情地笑了。看着他那张跟我有几分相似的脸，我也实在没法子朝他发火。

"唉，算了……那接下来好好喝上一杯，就当是庆祝咱们两人握手言和了。"

"呃，这酒还是先别喝。"

"……"

"我虽然不打算杀你了，但是并没有放弃这个计划本身。"

我还得去其他时代，另外找一个……对了，现在说这话可能有点儿怪，但是你要不要跟我一起去呢？反正我看你也挺闲的。"

"这个嘛……"

我陷入了沉思。只要不是作为被杀的对象，这事儿其实还挺奇特的。而且我也确实想坐一坐时间机器……

"但是，有些话我得先跟你说清楚。杀死祖先之后，我们这些后代也可能从世界上消失。你得做好心理准备。"

又来了，居然又威胁我。话虽如此，我听到自己可能也会消失，反而体验到了一种刺激的感觉。平平淡淡的生活已经让我腻烦，来上这么一场冒险或许还挺不错的。

"好，管他会是什么结果呢，我也一起去！"

我伸出手去，跟他握了手。刚才我们还是敌人，现在瞬间就变成了战友。

好了，既然已经上了这条贼船，接下来就得跟他商量一下行动的细节了。

"说起来，你打算用什么手段来杀人呢？"

"唔，这对我来说确实是最难的一个问题。在我的时代，世界非常和平，完全没有战争，也没有杀戮，所以根本找不到用来杀人的工具。我四处搜寻，终于在一家 20 世纪 30 年代的二手商店里搞到了这个。"

他摸出一个东西给我看。是一把样式非常老旧的手枪。

"嚯,都锈成这样了,能正常使用吗?"

"其实我还一次都没有用过。手枪这玩意儿,不就是扣下扳机就可以了吗?"

"不是吧,你没开过枪?那可麻烦了。对纯粹的新手而言,就算在非常近的距离开枪,也很可能打不中目标。"

"是这样啊?那你会用手枪吗?"

"我也完全不会。"

他似乎很失望。

"这样的话,无论是你还是我,用这把手枪去杀祖先就都有可能失败了。要说我们很久以前的祖先,那可代代都是武士,搞不好我们还会被对方杀死……这下子就不太好办了。"

"所以呢,我们得想个别的法子。"我打算趁此机会提出个好点子,在后代面前显示一下自己作为祖先的魄力,"关键问题在于,我们俩都不怎么懂杀人,所以还是另找一个人来帮我们做这件事吧。"

"哦哦,就是说雇一个你这个时代的书里经常出现的那种'杀手'?"

"不。雇杀手得付钱,而且还会产生后续的问题。最重要的是,这种事情我觉得还是不要有第三方的介入比较好。对了,干脆我们去找一个武艺高强的祖先,再让他去杀死其他的祖先,你觉得怎么样?"

"哈哈,这主意不错!用这个法子,就算反过来被对方杀死也无所谓,反正横竖死的都是祖先。"

"嗯。但是问题在于,怎样找到一个愿意接下这个任务的祖先。"

"交给我吧。"他从衣兜里取出一个外形像是晶体管收音机的东西,"就用这台便携型电子脑。"

他把食指按在那东西上面,咔哒咔哒地操作起来。

"这台机器里存储着世界上从古至今的所有书籍,另外,我把穿越到过去收集到的所有我们家族祖先的资料也都存在里面……嗯?你问我既然有这东西为什么刚才还说你这个时代很野蛮?那是因为我太想当然了。我觉得这种事情根本都不需要质疑,哪儿用得上查什么电子脑,直接就坐着时间机器飞过来了。说起来,你是怎么知道有时间机器这个东西的呢……啊啊,查到了——一个叫 H. G. 威尔斯的人在 1895 年的时候写过关于时间机器的小说。噢,原来是这样。这倒是挺令我吃惊的,这人居然是小说家而不是科学家……因为你这个时代的科学家没发表过任何时间机器相关的理论,我还以为……"

"好了,这些都无关紧要,干正事吧。"我催促道。

"知道了,请稍等片刻。"接下来的好一会儿,他没有说话,只是快速地动着手指。

"查到合适的人了。"

"哦?是怎样的人?"

"北辰一刀流免许皆传①。"

"……"

"此人在年轻时就失去了父母,之后当了一段时间浪人②,在背街的长屋③无所事事地混日子。如果我们在那个时期去找他,他应该会答应的吧,这个人的性格似乎还挺直爽的。"

"那作为目标的另一个祖先呢?"

"先去见了这个祖先之后再考虑吧。"

---

① 北辰一刀流是日本幕末时期兴起的一个剑术流派,由剑术大师千叶周作(1794—1855)创始,对近代乃至现代的日本剑道都有很大的影响。所谓"免许皆传",是指在某个武术或艺术流派,弟子经过师父的教导,修得了所有高深技艺,获准出师。
② 浪人,指古代日本离开主家、居无定所的武士。
③ 长屋,一种多户并排的集体住宅。江户时代的长屋通常由下级武士或底层平民居住。

"也行。那咱们就别磨蹭了。"

"现在就出发吧。"

临上时间机器的时候,他瞥了一眼摆在桌上的照片,说:"这位漂亮的女性就是你的女朋友吧?我认得她。"

我等着他的下一句话。

"她就是我的曾祖母。"

我和曾孙两人在离祖先居住的长屋有一段距离的地方下了时间机器。毕竟要是直接驾驶着时间机器出现在祖先面前,对方保不齐会被惊吓到,然后大喊:"切支丹伴天连①的妖术!吃我一刀!"

我们把时间机器藏在草丛中,然后朝背街长屋走去。天上的月亮看起来与我们那个时代的月亮并无区别,现在它正从云层中露出脸来,将月光洒向长屋。长屋的外面有一道木门,木门另一侧有一口挂着吊桶的水井。眼前这副光景简直就像是历史电影里的场景一样。

我悄声问曾孙:

"现在这里是几点?"

---

① 切支丹伴天连,日本战国时代、江户时代及明治时代初期对基督徒的称呼。江户时代,幕府曾宣称基督教为"邪宗",对其进行打压。

"五时半①,也就是晚上九点。"

"看样子所有人都已经睡了。"

"以前的人都睡得挺早的,毕竟还没有电灯这个东西嘛。"

走到长屋的最深处之后,曾孙停了下来。

"就是这里。看来那人还醒着。"

透过破烂不堪的油纸隔门,能看到房间里有微弱的亮光。

曾孙凑到隔门前,朝着门里打招呼:

"晚上好。"

里面传来沙沙的声音。紧接着,有人用通透的嗓音回答道:

"来者何人?"

同时,隔门也被唰啦一下推开。

祖先就站在我们面前。他的月代头②已经长得很长,身上的服装也颇为粗陋,但深色的皮肤和精悍的面庞还是给人一种威猛魁梧的印象。

在那威武形象带来的强大压迫力下,我们战战兢兢地向

---

① 此处为江户时代"不定时法"的计时方式。夜晚的五时半大致相当于现在的晚上九点。
② 日本封建时代成人男子的一种发型,前额到头顶中央的头发全部剃光。

他表明，此次来访其实是有事相求。

祖先看着我们两人完全不符合时代的古怪穿着，瞪大了眼睛。

"进屋详谈吧。"

说完，他清理了一下散落一地的制作纸伞的工具——这是他做零工用的，然后把我们请了进去。

我们也没多客气，进了屋，在破烂的榻榻米上坐下，然后向祖先说明了我们的来意。当然，突然说什么时间机器，对方也无法理解，所以我们在解释的时候就适当地省略了一些内容。

因为一直在照顾对方的理解能力，聊了半天之后，祖先还是没明白我们是从未来穿越过来的，反而以为我们是来自过去的祖先的亡灵。既然如此，我们也懒得纠正他了，于是就告诉他，在祖先的亡灵之中有一个非常可怕的恶灵，希望他帮忙将其除掉。这个时代的人比 20 世纪的人要好骗多了。如果有"从过去来的人"在他们面前说上几句，他们是真的会相信幽灵存在的。

而且，因为被我们夸赞武艺高强，他似乎非常高兴。

"原来如此。在下愿助二位一臂之力。"

他很爽快地就答应了。

"二位究竟欲除何人?"

对方的问题打了我们一个措手不及。我们竟然还没有决定要杀谁!总不能告诉他,只要是个祖先,随便杀谁都行吧?

曾孙也不由自主地模仿祖先说话的口吻答道:

"关于此事……呃,对了——阁下府上……那个……可,可收藏有家谱?"

"家谱?在下的确持有一册,二位稍候片刻。"

祖先站起身,从神棚①后面取出一个什么东西,拿了过来,是一册被紫色绢布包裹着的装帧精美的家谱——这祖先虽说当了浪人,但从这种地方也能体现出其武士身份。

"需要在下除掉的就是这家谱中的一人?"

祖先说着,把家谱递给了曾孙。

曾孙翻开家谱,然后拿出那台电子脑,又咔哒咔哒地操作起来。

"哦?这算盘的式样还真是奇特。"

我与曾孙对视了一眼。

——这祖先还挺敏锐的。

"趁这计算尚未结束,来小酌一碗如何?"

---

① 神棚,日本人放置在家中、用于祭祀神明的架子。

祖先拿过来一个粗糙的陶土酒瓶和几个茶碗。这酒味道还真不错。能看出来,这个祖先对酒也很是讲究——我们这个家族似乎总是出一些酒鬼。

"你等会儿还要驾驶时间机器,少喝点儿。"我提醒曾孙。

"没关系的……唔,结果出来了。"

"是更古早时代的人吗?"

"再往上倒五代。"

"这可真是大祖先了。"

"没错。这个大祖先在年轻时还没结婚的时候,曾在主宅外的小屋独自生活。也就是说,他的身边应该没别人。"

"这样啊。你打算趁这个大祖先睡觉的时候去偷袭他?"

"对。我们现在就出发吧!"

一旁的浪人祖先小口啜着酒,始终都是一副茫然不解的表情。不过,当他听到"出发"两个字的时候,立刻站起身来,应道:"明白!"

接着,他拿起旁边的长短两把刀插到腰上,豪迈地率先走出了房门,看起来已是十拿九稳。

走出去四五步之后,祖先突然停下了脚步。

"我们可是步行前往?"

"不，我们坐'轿子'过去。"

曾孙回答。

时间机器的设计是坐两个人，现在塞了三个人进来，必然非常拥挤。为了不影响曾孙的操作，我努力把身子挪开，但这样膝盖又会被祖先的刀的刀鞘抵到。好不容易到达大祖先住的宅院，在树丛里走出机器的时候，我们都松了一口气。

我们决定先观察敌情。树丛另一边的屋子就是我们的目标。虽说是主宅外的小屋，但其实面积也挺大的，不愧是武家望族的宅子。小屋与主宅隔得很远，倒是相当方便我们下手。

一行三人蹑手蹑脚地穿过庭院，摸到了小屋的外廊上。

我首先用舌头在纸隔门上戳出了一个洞——这门的外观倒是规规整整，颇为朴素——然后从这个洞往里窥视。房间非常宽敞，而那个大祖先正睡在地板的正中央，身上盖着华丽的被褥，发着平静的呼吸声，一副"天下太平"的样子，丝毫不知大祸将近。

确认没有异样后，我就把自己的位置让给了祖先。祖先花了很长时间来观察房间内部的情况。

接下来轮到曾孙了。他往房间里看了一眼之后，立刻转过脸来，朝祖先重重地点了一下头。

祖先马上就开始了行动。他猛地打开隔门，闯进屋内，一脚便把大祖先的枕头踢飞。

"因故前来取阁下性命，速速与我一决胜负！"

低声说完后，祖先拔出了刀。他英勇地表示要与对方堂堂正正地单挑。

大祖先毕竟也是武士，只见他腾身而起，一把抓过放在壁龛的武士刀，拔了出来，摆出"接受挑战"的架势。

两人激战了二三合，但毕竟一边是北辰一刀流免许皆传，而另一边还处于刚被惊醒迷迷糊糊的状态，单挑的结果不言而喻。

祖先从正面一刀劈将过去，把大祖先的身躯斜砍出一道大口子。血沫飞溅而出，大祖先登时就倒在了地上。

我和曾孙立马打算上前确认对方是不是已经断了气，但此时屋外突然传来一阵脚步声，想来是宅子里的人听到动静赶过来了，而且来的人似乎还不少。我和曾孙只好拉着祖先的手，急慌慌地藏到了阴影处。

我小声问祖先："对方死了吗？"

"方才一刀已伤及要害，此人万无可能苟延一息。"

我们偷偷伸头往外看。可怜的大祖先正在痛苦地挣扎，似乎马上就要断气了。

看样子,那个问题的答案终于要水落石出了。我和曾孙都非常紧张,一直目不转睛地观察着。

一群人涌了进来,围在大祖先身边。

"伤口不深。请振作一些!"

"到底是何人所为?是强盗还是仇人报复?"

众人七嘴八舌地议论起来。

"快去追刺客!"有人叫道。

我心下一惊。要是被抓住就完了。正当众人要散开去寻找刺客的时候,又有人叫了起来。

"安静!安静!他在说话!"

人群瞬间鸦雀无声。

大祖先那伴着痛苦喘息的声音也传到了我们耳朵里。

"……是我大意了……别追……刺客……家族名声为重……今夜之事……切不可外泄……我死后……即刻使我弟承继我名号……未婚妻也托付于他……家名……由他继承……"

大祖先的声音到此就断了。

曾孙看着我,悄声道:

"看来已经有答案了。"

"嗯,没想到大祖先居然有弟弟,家谱上明明没有记载。"

"不,其实……大祖先还有一个哥哥,也是被刺客杀死的。"

贾雨桐 译

附录一　月世界竞争探险

押川春浪

博士搜索队出发

明治四十年（1907）十月十日的《东京新闻》上刊载了一篇非常引人注目的报道。报道的标题"恋爱竞争飞船的月界探险"是用一号大字印刷的，甚至在正文里也插入了许多二号字，而文章的内容本身可谓是闻所未闻——

想必诸位读者还记得，在大约半年前的今年五月一日，东京大学教授筱山博士带着一名助手，乘坐自己发明的飞船从地球出发，前往月球进行探险一事。自那之后，博士音讯全无，引得坊间对此众说纷纭，有传闻称他因飞船故障而未能实现预定目标，已经将生命献给了科研事业，博士的知己好友日夜寝食难安，而最为悲伤的当数他的爱女月子。月子自幼失去了母亲，由博士一人含辛茹苦养育成人。然而悲剧从天而降，月子担忧父亲的安危，终日悲叹不已、以泪洗面。那如鲜花般的丽容也仿佛遭受了夜半狂风的摧残。有两位年轻绅士不忍看到月子继续消沉下去，于是一同向她提出，愿意赌上自己的性命去寻找博士的下落。谁幸运地找到了博士，谁就能与小姐喜结连理。两人中的一人是秋山男爵，另一人是博士的远亲，名叫云井文彦。他们都早在博士出发前就已钟情于月子，且都向她倾诉过爱意，但月子碍于与二人之间的感情，始终没有答应任何一方。如今，深切思念着父亲的月子终于同意了他们的提议。二位青年将赌上自己的性命以抚慰月子的悲伤，并实现自己长久以来的心愿。今日正午十二时，他们将各自乘坐自己的飞船，从日比谷公园起航……

读了这篇宛如小说般的报道之后，整个东京的人在强烈的好奇心和同情心的驱使下，从四面八方蜂拥而至，想亲眼见证二位勇士踏上征途。当日早上九点左右，宽敞的公园就已经被人群挤得水泄不通。

上午十一点左右，秋山男爵与云井文彦各带着一名侍从，驾着马车，缓缓进入了公园。

在各自对自己的飞船进行了详细检查之后，两人朝着送行的人群鞠了一躬，然后钻进飞船，静静等着信号炮响起。

围观的人们也屏息静气地等待着。

终于，时钟的长针和短针在十二点的位置重合，音乐堂的屋顶上一声炮响，两艘飞船如巨鹰般展开双翼，徐徐升空。

"万岁！！！"

"祝秋山男爵成功归来！"

"云井文彦君万岁！！！"

在震耳欲聋的欢呼声中，众人抛出帽子、挥着手帕，祝愿两位青年一路顺利。

开始的时候，飞船缓慢地挥动着双翼，以低速逐渐升空，其后飞船的速度逐渐加快，秋山男爵那一艘向东方飞去，云井文彦那一艘则飞向了西方。

站在地上的人们在两人的视野中不断变小，终于连最高山峰的山顶都看不到了。之后，视野中便只剩下白茫茫一片，无论往哪里看都只能看到云，就连两艘飞船也无法看见彼此，相隔了多远的距离更是无从判断。

现在他们只能依靠船首的指南针，在云海之中茫无头绪地穿梭、上升。

到达月球

云井文彦的飞船从地球出发后已经过了一周,可是仍然没有见到月球的影子。每天映入眼帘的东西就只有纯白色的云,再没别的。侍从东助开始有些担心了。

"少爷,我们已经出发一周了,但还是什么都看不见。莫非弄错方向了?"

"不可能。只要继续朝着这个方向走,就一定会到达目的地。"

"不过,不知道秋山男爵那边怎么样了。我是无论如何都希望您能在这场竞争之中获胜的。只是,坊间传闻那位秋山男爵并非善类,老爷很担心您会不会遇上什么危险……"

"这个不用担心。他好歹也是有爵位的人……"

两人聊着聊着,文彦似乎从云层之中看到了什么东西。

"哎?"他急忙取出望远镜朝那边望去,"是月球……月球!"

"啊?看到月球了吗?"

"对!太棒了!几个小时后就能着陆了!"

"这样啊,希望筱山博士平安无事。"

不一会儿，飞船的速度开始逐渐提升，朝着月面降下，像是被月球吸过去似的。

"打开减速器！"文彦向东助命令道。

然后，他一边调节着电压器，一边聚精会神地驾驶飞船。

飞船离月球越来越近。终于，两人平安无事地降落在了月面之上。

"少爷，这就是月球吗？"

"没错。"

"也就是说筱山博士就在这里。如果我们能赶在秋山男爵之前找到他……"

"心急吃不了热豆腐。现在我们最应该做的事是找个合适的地方搭建一个用于休整的营地。"

"的确，您说得有道理。"

两人再次登上飞船。这一次，他们驾驶着飞船贴地飞行。在前进途中，他们四处张望，看到某处山麓有一片茂密的森林，还有一条小溪从中流过。

"那个地方挺不错。"

于是，他们在那里下了飞船，取出事先备好的帐篷。两人合力在森林旁边撑起帐篷，然后又把飞船拆开来折叠好，放进帐篷里。这样一来，前期准备工作就做好了。

"月宫号"的惨状

云井文彦和侍从东助各自扛着一把步枪,开始了对筱山博士的搜索。两人跨过高山、越过平原,找了很多地方,却还是丝毫没有寻到筱山博士的踪迹。就这么过了五日、过了一周,还是毫无收获。

两人垂头丧气地在一棵树下坐了下来。

"怎么就找不到呢?难道博士在途中搞错了航行的方向,去了别的星球?"

"您说得对,还真有这种可能性。可是,既然我们已经来到了这里,不如再加把劲,努力找一找……"

"那还用说?哪怕是拼上这条命我也会找到底!"文彦激昂地回答。接着他又说:"不过现在有些冷了,有没有什么能生火的东西?"

"那我去捡一些。"

不一会儿,东助就抱着一捆柴火回来了。两人坐在火堆旁烤着火,一边把木头一根一根地添进去,一边聊着天。突然,文彦发现自己拿在手中的这根木头并非月球上常见的种类,而且上面似乎还雕刻了什么东西。

细细一看,他发现这根木头竟然是飞船舱室里的装饰品

——毫无疑问,这就是筱山博士的飞船"月宫号"上的东西。

"啊!找到线索了!!"

"哎?"

"你看这个!"文彦把木头举到东助眼前,"这是叔父飞船上的装饰品。既然发现了这东西,叔父毫无疑问是到了月球的,只不过因为飞船坏掉而无法返回地球,被迫留在月球而已。太好了,简直是天助我也!"

"现在终于确定筱山博士就在月球上了。我们得尽快找到他,然后……"

"不过还是不知道他所在的具体方位。咱们先在这根木头掉落的那一带仔细找找,说不定有什么新的线索。"

于是文彦让东助把自己带到了他先前捡拾柴火的地方,但并未发现有哪里不对劲。他们穿过旁边的森林打算到另一边去看看,结果来到了一片较为宽阔的空地上。

"啊!飞船!!"

"是'月宫号'!!"

两人惊讶地大声叫喊道。筱山博士的那艘可谓集日本科技之大成的飞船"月宫号",现今已经变成了一堆废铁。

看着眼前的惨状,东助哭泣道:

"少爷，飞船都成了这副样子，筱山博士肯定是遇难了。要是把这些原原本本告诉月子小姐，她一定会承受不住打击而晕死过去的。这可如何是好啊？"

"现在还不能放弃。虽然飞船已经坏得面目全非，但我们还没看到叔父，他肯定藏身在某个安全的地方。而且他应该是跟助手杉田在一起。两个人都不在这里的话，一定是一起逃生到了附近的某处。"文彦给自己打气道，"已经有了足够的线索，很快就能见到叔父了。我们再加把劲！"

说完，他带头向前走去。东助也忍着泪水，跟了上去。

洞穴怪音

走了大约三四里①路之后，天色逐渐黑了下来。

"已经晚上了，不方便搜索了，今天咱们就先找个地方歇息，明早起来再继续吧。"

然而，文彦朝周围看了一圈，发现这一带都是光秃秃的山地，根本没有能遮风挡雨的地方。

突然，东助喊道：

"少爷，那边有个山洞！"

---

① 里，日本旧时距离单位，1里约等于3927米。

"哦？"

文彦顺着东助手指的方向看过去，果然在约莫十町①外的山麓处有一个洞穴。

"今天就在那里面凑合一晚吧。"

走进之后才发现，洞比想象的要大得多，而且似乎也非常深。

两人放下行李，坐了下来，从背包中拿出饼干吃了起来。

这时，怪事发生了——从洞穴深处传来一阵类似呻吟的声音！两人大吃一惊，面面相觑。

"那是什么声音？"东助低声问道。

"不知道。"

一开始他们还以为是听错了，但竖起耳朵又仔细听了一会儿，发现的确是有呻吟声传来。寂静、潮湿的洞穴深处隐约传来微弱而瘆人的声音，这让两人感到毛骨悚然。

文彦立刻拿起步枪，装好子弹，站起身来，朝东助招了招手。

东助同样也给枪装好子弹，跟在了主人身后。两人如同狩猎老鼠的猫一般，屏息静气、蹑手蹑脚地朝着声音传来的

---

① 町，日本旧时距离单位，1町约等于109米。

方向移动过去。

走了大约两三间远之后，道路拐向了右边。

呻吟声就是从那个方向传来的。之所以听起来像是来自很远的地方，只不过是因为那声音过于细弱。

两人来到一块巨大的岩石前面之后，声音越来越清晰了。

这毫无疑问就是人发出的声音！

绕过这块岩石，两人来到一个宽阔的岩洞之中。一支蜡烛燃着仿佛即将熄灭的火苗，将微弱的光洒向四周。在蜡烛的下方，横躺着两个黑影，声音就是从其中一个黑影那里发出来的。那黑影时不时蠕动一下身子，同时发出呻吟，似乎很是痛苦。

文彦似乎突然想起什么，猛地扔下枪，冲到黑影旁边，打开了电提灯，周围一下子就明亮了起来。

倒在地上的是两个穿着西装的男人。

文彦借着提灯的光看了看那两个人的脸。

"啊！"

随着一声惊叫，提灯从文彦的手中滑落。东助见状急忙冲了过去。

"少爷！您怎么了？少爷！"

这时，文彦才终于回过神来，又重新靠近地上的那个人。

"叔父，是我，文彦！请振作一点！我是文彦！文彦来了！"

文彦一边呼喊着，一边将眼前的人抱起来。

这时东助才反应过来。

"啊！他就是筱山博士啊！博士，醒一醒！文彦少爷和东助来接您回家了！博士！"东助凑到博士的耳边叫道。

"快！把药和水拿过来！"

"是！"

文彦把东助递过来的苏醒剂放进博士嘴里，然后用水壶给他喂了些水，之前断断续续发出微弱呻吟的博士这才终于睁开了眼。

"叔父！您醒过来了！是我！文彦！"

"哦哦，文彦来了啊……"

"是的！"

"筱山博士，您终于醒了！"

"谢谢你们来救我……"

话音刚落，或许是因为紧张的精神状态终于舒缓下来了，博士似乎又要晕过去了。

"叔父！振作一点！"

文彦又往博士嘴里灌了些白兰地，这才彻底让他清醒了过来。

"好，我没事了。快救杉田！快救杉田！"博士指着一旁喊道。

"好！"

然而，文彦把倒在一旁的助手杉田抱起来一看，发现他早就没有了呼吸，身体也已经变得冰冷。

抱着死马当活马医的想法，文彦还是给他喂了药，并进行了急救，但还是回天乏术。

"叔父，杉田已经死了，救不回来了。"

"是吗……他太可怜了……"

博士不由得潸然泪下。

博士的行踪

过了一会儿，文彦像是突然想起了什么，凑到博士耳边低声道：

"叔父，我们的东西还放在距离此处十五里的地方，虽然很想把您直接带过去，但看您的这个身体状况，这样实在是太危险了。所以我打算把东西全部搬到这里来，让您在这山洞里休养一下。那我先回去搬东西了，东助就留在这里陪着您，请再忍耐两三日。"

博士静静地点了点头。

文彦站起身,朝着东助吩咐道:

"我去去就回,你好好照顾叔父。"

"遵命。让少爷受累了。"

"之后就拜托你了。"

文彦走出山洞,照原路返回营地。

第二天早上,他终于回到了帐篷。之后,他先把飞船组装好,再把帐篷折叠起来塞进去,然后立刻驾驶飞船前往山洞。

一下飞船,他就大声喊道:"东助!东助!"

但却没有任何回应。

"怎么回事?"

文彦小声嘟囔着走进山洞,发现灯已经熄灭了,四周黑得伸手不见五指。

"叔父!我是文彦!我回来了!东助!东助在吗?"

他大声喊叫,然而应答他的只有洞中反响不绝的回音。

文彦突感不安,急忙拿出手电筒打开。

"有人吗?有人吗?"

一个人都没有!

洞穴之中空空荡荡,映入眼帘的只有杉田的尸体。

"糟了！！！"

文彦大叫一声，一时呆立原地。但他很快回过神来，捡起掉落一旁的步枪，转身就要往洞外冲。突然，他被什么东西绊了一跤。

文彦被吓一跳，发现绊倒他的竟然是东助。东助手里拿着枪，俯躺在地。

他连忙把东助抱起来。

"东助！你怎么了？醒醒！"

文彦一边喊，一边给东助喂苏醒剂，总算是把他弄醒了。

东助刚醒过来，就叫道："混账，别想跑！"说着就想站起来，文彦立刻把他摁住了。

"东助！是我，文彦！这到底是怎么回事？"

东助一听到文彦的声音，立刻紧紧地抓住了他。

"少爷！对不起！"

"到底怎么了？叔父人呢？"

东助泣不成声。

"对不起，我没能保护好博士……您离开山洞之后，我就一直在照顾博士。第二天夜晚，我听到洞口传来一阵脚步声，以为是您回来了，就赶忙出去迎接，没想到进来的人不是您……"

"啊?"

"是那个可恶的秋山男爵!"

"什么?秋山男爵?"

"是的。他和他的跟班两个人一起来的。"

"嗯,然后呢?"

"他们嘴上说着'就是这里,就是这里',然后就往洞里走。他们没有理会我,可能是因为光线太暗,没看到。我跟上去看他们要干什么,结果秋山一看到博士就说:'筱山博士,我按照月子小姐的吩咐来接您回家了。'我连忙冲过去告诉他,说我和少爷两天前就已经找到了博士,少爷现在回营地去取行李了,很快就会过来……"

"唔,然后呢?"

"看我突然冒出来,秋山这个混账被吓了一跳,但是他立刻对那个叫平三的跟班说了几句什么,然后平三就非常粗暴地把虚弱的博士扛到肩上,想要离开山洞……"

"平三?"

"是的。我拼命阻拦,不让他们离开,但毕竟双拳难敌四手。就在他们马上要出山洞的当口,我想着既然事已至此,干脆用枪把他们打死算了。于是就追了出去,结果胸口被秋山男爵撞了一下,之后就什么都不知道了。一直到刚才您叫我，我才醒过来。"

东助流着泪讲述道。

听完之后，文彦也很沮丧。

"好不容易才走到这一步，真是一失足成千古恨啊……"

看似自暴自弃地说完这一句之后，文彦仰天长叹一声，又再一次打起精神，站起身来。

"东助，既然如此，我们就算用武力抢，也一定要把叔父夺回来。其实谁把叔父救回去都无所谓，但我们不能让那个狡猾邪恶的秋山男爵得逞！他一定会想出各种奸计折磨我们，说不定还会把天真纯洁的月子小姐玩弄于股掌之中。好了，现在得出发了，你也一起来。"

"这次咱们非把这仇报了不可。我就算死也要把秋山那混账好好收拾一顿！"

两人火速赶到洞外，乘上飞船全速升空。他们得确认一下，秋山是否已经驾驶飞船，载着博士准备返回地球了。

月面对决

他们把周围一带找了个遍也没发现秋山乘飞船离开的迹象，姑且可以稍微安心一下了。这一次，文彦又拿起望远镜朝着山洞附近望去。

"太好了！他们还在那里！"离山洞大约一里路的地方停着一艘飞船，有两个人影正在飞船旁边忙活着什么。

毫无疑问，那就是秋山男爵和他的跟班。

已经没有时间犹豫不决了。毫无疑问，他们是在做出发的准备。

文彦加速驶近，而对方似乎也有所察觉，两人都跳上了飞船。飞船开始缓缓挥动巨大的双翼，眼看就要起飞了。

但两艘飞船之间的距离还有一英里[①]。

眼下，一瞬间在文彦看来都显得无比漫长。他将电流开到最大，驾驶着飞船猛冲过去，同时朝对方发射了一发空炮。

握着船舵正打算全速逃离的秋山男爵听到这一声炮响，下意识地松开了手。船舵开始反向旋转，飞船的高度也随之略有下降。当他回过神来，重新握好船舵的时候，文彦的飞船已经到了他的面前。

"秋山男爵！"大声喊出对方的名字之后，文彦又故作客气地点头致意，"许久不见，别来无恙？"

"好久不见。"秋山男爵傲然应道。

文彦接着说道："秋山男爵，我这次是来把叔父接回

[①] 1英里约等于1609米。

去的。"

"叔父？您是指筱山博士吗？"

"正是。"

秋山男爵忽然破口大骂："说什么蠢话！少在那儿异想天开了！你以为我拼死拼活到现在是为了什么？全都是为了找到筱山博士！费尽九牛二虎之力才找到他，怎么可能轻易让给你？这么想要的话怎么不自己去找？"

厚颜无耻地倒打一耙之后，他又说："博士是我拼上性命才找到的，你想要的话，就拼上性命来抢吧！"

"好，咱们来决斗吧！你给我准备好！"

"黄毛小子不知天高地厚。来吧，我来做你的对手！"

两人都举起了枪。

突然，一声枪响传来，秋山男爵大叫道："糟了！"身体随即往后仰去。

文彦惊讶地望着眼前一切。

秋山男爵一脸痛苦地瞪着文彦。

"云井，你这混蛋竟然偷袭我！"

这时，东助猛然站了起来，狠狠说道：

"刚才射你的可不是少爷，少爷没你那么卑鄙！那枪是我开的。在你和少爷决一生死之前，我找准机会报了之前山洞里那件事的仇，仅此而已。"

听罢，秋山男爵叫道："喊，大意了……"

之后，他便因致命伤而身亡。

* * *

尽管男爵是恶人，文彦还是哀悼了他的死，并把他和杉田厚葬在了月球上，还在墓旁立了一块墓碑。之后，他们在月球上又逗留了一个星期，等博士的身体状况略微恢复一些。之后文彦、博士、东助，还有在主人死后表态痛改前非，并愿意服从命令的平三一起，两人一组分乘两艘飞船，向着地球出发了。

贾雨桐　译

附录二　凭吊地球

中山忠直

究竟
经过了多么漫长的岁月——

日复一日
我孤零零地
沉眠于
冰冷的墓穴之中
正当
我穷极无聊之时
一抹记忆忽然闪过脑海
于是
我茫然地爬出了坟墓

究竟

经过了多么漫长的岁月——

这颗地球

早已经面目全非

无垠的沙漠

充斥了我的视野

所有的火山

都冰冷地沉默着

城市的废墟之上

散落着殿堂的基石

眼前

看不到一个活物

只有无垠的沙漠

这颗地球

早已化为一具破败的骸骨

究竟

经过了多么漫长的岁月——

无论是

鸟鸣声在寂静草木中回响的

松鼠们的森林

还是

芳香扑鼻的花海

或是

吹着轻柔口哨的小溪

又或是

月夜之下泛着一叶小舟

传来阵阵吉他声的海湾

都已不见丝毫踪影

就连骇人的波涛

冲刷着暗礁的大洋

都变成了巨大的低地

究竟

经过了多么漫长的岁月——

啊

看太阳那苟延残喘般的赤铜色

太阳也将冷却了吗

看那虚空中的黑暗啊

空气早已干涸

飘着白云的蓝天

如今仅存在于回忆

漆黑的天空之中

太阳与星辰

正在一齐闪烁着光芒

究竟

经过了多么漫长的岁月——

在这里

尼禄①的暴虐

特洛伊的战争或是俄罗斯的革命

歌德或是瓦格纳

---

① 尼禄,即尼禄·克劳狄乌斯·恺撒·奥古斯都·日耳曼尼库斯(37—68),罗马帝国第五位皇帝。在位时期,行事残暴,被后人称为"嗜血的尼禄"。

孔子或是克娄巴特拉

一切的权力、荣光、争斗

都被彻底遗忘

仿佛

人类从未来到过

这个世界

究竟

经过了多么漫长的岁月——

无论压迫或反抗

无论正义或自由

无论战乱或和平

人类所有的烦闷和挣扎

全都消失得无影无踪

剩下的只有

一片荒芜的沙漠

多么

寂静冷清的世界啊

究竟

经过了多么漫长的岁月——

可是

我看到了

看得清清楚楚

人类的末路

地球的终结

光阴如梭

时光荏苒

啊

究竟

经过了多么漫长的岁月——

贾雨桐　译

附录三　致未来的遗言
——写给三百年后的人类

中山忠直

　　火星人乘着奇怪的飞行器

　　来侵略地球了——

　　地球一方在空战中败北

　　世界联合军损失惨重

　　所有人类被迫躲进矿山

　　火星人撒下怪异的植物种子

　　以地球人难以想象的残忍手段

　　将我们屠戮殆尽

　　——如此阴森可怖的幻想小说

　　我们已读得不想再读

　　抬头仰望

夜空的苍蓝星海之中

唯一闪烁着红色光辉的火星

那星球上真的居住着

远比我们高级的可怕种族吗

每每在晴朗的夜晚眺望它时

我总会幻想

要是拥有一台

性能超越威尔逊山天文台千倍的

能细致观测火星的神奇望远镜该多好

马可尼[①]无线电公司接收到的

疑似来自火星的信号

一定是地球磁场造成的误判

火星上不可能存在

智慧堪比地球人的生物

既然如此

火星人的侵略也是无稽之谈

而与之相反

---

① 伽利尔摩·马可尼（Guglielmo Marconi，1874—1937），意大利无线电工程师、企业家。

我们很轻易就察觉到了

地球人试图征服其他星球的前兆

在不远的将来

两三百年内

一定会有憧憬着未知与奇景的冒险家

于星辰之间开启一场宏大冒险——

哥伦布穿越未知海域

抵达可怕的魔鬼之海的彼方

人们曾相信在那海的边缘有妖魔居住

海水自断崖落入地狱

他说服西班牙女王伊萨伯拉

成功开启一场惊心动魄的航行

只为证明一个尚不被接受的学说

——地球是圆的

新的冒险者和新的探险家

将会打造出新时代的"圣玛丽亚"号

去开拓星与星之间的航路

勇士们必定会在彰显赴死决心的丧服之上

装饰上绽放于喜马拉雅和阿尔卑斯的馥郁地球之花
少女的眼泪、激动的人群、雷动的掌声、挥舞的手帕、升空的焰火
他们将会在盛大的欢送仪式中
开始前往蓝色天空的征程
突破蔚蓝地球的大气层后
飞船终于进入宇宙那广袤无垠的真空之中
天空漆黑一片
而太阳、月亮、星星一齐散发着璀璨的光辉

那毫无疑问是在地球上难以想象的
壮丽无比的天体奇观
勇士们早已将赴死之旅的可怕抛诸脑后
情不自禁地为这绝美景象而喝彩
我们生活在旋转的地球之上
所以有日夜之分
白天的天空因空中飘浮的微尘而显得碧蓝而明亮
地面强烈的反射光线令人目眩
只有太阳统治着整片天
到了夜晚

星星终于冒出头来
如果月亮现身
星星就会变得稀疏零落

地球的上层啊——
已经没有了日夜的分别
那里没有空气
光线直接穿过天空而没有反射
所以澄澈而黑暗
若是飞船内部没有铺满镜子
光线无法直接照射到的地方
想必会伸手不见五指
在漆黑天空的四面八方
星星、月亮、太阳同时发出耀眼的光芒
啊
在美丽繁星间的航路上
冒险者的飞船如流星般穿梭前进——

美国克拉克大学的戈达德[①]教授啊

你为了实现这个幻想踏出了第一步

花费十四年去研发直达月球的狼烟

如今那巨大的狼烟已经开始了制作

仅仅听说这些,我就感到激情澎湃

啊

宣告新时代来临的狼烟

即将朝着月球发射升空

它会从地球一角唤醒旧人类的幻梦

根据你的计算

巨大的狼烟将在十二个小时内到达月球

请把它抵达时的景象

用望远镜拍成录像

带到日本给我们开开眼界吧

过去数亿年间未曾传来爆炸声的

即使白天也仅有零上二三摄氏度的月面沙漠

突然如回忆起什么似的发出爆裂巨响

[①] 罗伯特·戈达德(Robert Goddard,1882—1945),美国教授、工程师,液体燃料火箭的发明者,于1926年3月16日发射了世界上第一枚液体燃料火箭。

月面空气极为稀薄

不知爆炸能否顺利发生

不,更重要的是一切计算准确无误

狼烟成功抵达月球

并在地球上也能观测到那场爆炸——

这狼烟使我欢欣鼓舞

这并非因为我天生就是疯子

只喜欢一些奇怪的东西

而是因为这件事把我一直以来都想尝试的

那些愚蠢的科学假设

全都击得粉碎

挪威克里斯蒂安尼亚[①]大学的

一个名叫维嘉德的彻头彻尾的傻子学者

在用分光仪对极光进行分析后

自称发现了非常漂亮的氮光线

并且发表了愚蠢至极的臆测

---

① 克里斯蒂安尼亚,即奥斯陆,挪威首都。

然而世界上那些好事的低能学者

竟然真的相信这离谱的歪理邪说

如今，这狼烟将把谎言炸得粉碎

那歪理邪说声称

在包裹地球的大气之外

还有一层氮的结晶体

结晶体中包着空气，而空气中包着地球

简直就像花生一样

据那人所说

正是因为有这层氮结晶

无线电的电波才不会一直飞向无垠的宇宙深空

而是围绕地球旋转

——这理论简直蠢到家了

啊

如果大气之上还有一层氮结晶

为何流星陨石坠落地球之时

没有和结晶层发生猛烈碰撞

每年都有几百吨宇宙尘落向地球

若它们积累在氮结晶层上
数亿年前就已经结成了陨石壳
来自太阳的光线会被其遮挡
地球不早应该如地狱般漆黑一片了吗

晴朗的夜空澄澈无云
无数星辰发出灿烂光辉
我看着火星,幻想着这些科学奇景
月亮依然时盈时亏,诗人依然悲伤地歌唱着人生
太阳如常升起,鸟儿如常啼鸣,农夫如常耕种
极光的光谱如何又能有什么影响呢
如果大气上层是氢气或者氦气这种极轻的气体
那倒另当别论

即使戈达德的狼烟无法抵达月球
至少也能突破维嘉德的结晶层
啊
如果维嘉德的结晶层真的如魔术般悬浮在空中
狼烟应该就会与其碰撞爆炸
在世人都相信亚里士多德的落体法则时

伽利略从比萨斜塔上扔下一大一小两枚炮弹
粉碎了亚里士多德的重力法则
而这一次,不是向地下扔,是向天上发射

狼烟啊,赶快完工吧
在你飞向月球的途中
顺便把愚蠢的维嘉德和他的信奉者全部打醒吧
啊
我在自己那宛如山塞的书斋之中
如谋反者一般热切地盼望着狼烟升空

当狼烟的研究逐渐进步
星间航行成为可能
那该多么令人兴奋啊
诸位可否读过名叫《二十世纪》的幻梦小说
那是四十年前问世的虚构作品
里面有天上飞的机械、海里游的潜航器
可以进行远距离通话,甚至还有千里眼
看似只是一串空想
如今却一个个变成了现实

——不,现实甚至更进一步

无线电话、X 射线、飞机、图片传真

奇迹成真!这是奇迹的世纪!这是梦想的实现!

啊

已经脱离兽类之伍的人类又将不再是人类

甚至意图超越半神,到达神的领域

百年前,发明汽船的富尔顿①被污蔑为疯子

有人骂道:"铁做的船怎么可能浮起来!"

五十年前,亨利②发明感应线圈

二十年前,莫尔斯公开展示了无线电通信③

那些嘲笑人类无法登上火星的愚蠢之辈啊

曾经试图徒步与斯蒂芬孙的火车比谁更快的低能儿

就是你们的祖先吧

---

① 罗伯特·富尔顿(Robert Fulton, 1765—1815),美国工程师,于 1807 年设计制造出了世界上第一艘蒸汽机轮船"克莱蒙特号"。
② 约瑟夫·亨利(Joseph Henry, 1797—1878),美国科学家。他比法拉第更早发现电磁感应现象,但因未及时发表研究成果,使得发现电磁感应现象的功劳归属了法拉第。
③ 1893 年,塞尔维亚裔美籍物理学家尼古拉·特斯拉(Nikola Tesla, 1856—1943)首次在美国圣路易斯公开展示了无线电通信,而非文中的莫尔斯(Morse, 1791—1872),后者系电报之父、莫尔斯电码发明者。此处应为作者考证有误。

眼睛像鲽鱼一样长在背上，只能看见过去的家伙们啊

正是因为有了被你们这些乌合之众污蔑为疯子的人

世界的文化才会进步，你们才会得到便利！

啊

这人生真是令人怒火中烧

每当想起探索者和发明家们的苦心

我就想把这群乌合之众撕成碎片

——啊

在这神明治下的世界

唯独社会经济制度还是一如从前

共产制度竟然还未实现！

啊

利用发现和发明为全体人类谋福利的经济体制

能不能早一些出现呢——

似乎是明治三十四年吧

那时哈雷彗星造访地球[①]

---

① 哈雷彗星的轨道周期约为76年，而距离本诗创作时间最近的一次观测记录在1910年即明治四十三年，而非明治三十四年，此处应为作者笔误。

还是中学生的我每天晚上都到对面山顶去

仰望着哈雷彗星

向它呼喊道：

哈雷彗星啊

我可否乘上你那怪物般的彗尾

漂泊流浪到宇宙的边境？

而如今

我的这个幻想终于快要实现了

若我有生之年

有幸看到宇宙飞船完工

我会非常愿意作为实验品登上那飞船

效仿哥伦布开始我的旅程

即使在途中冻死抑或是缺氧而死

再也回不到地球

我也绝无怨言

若那机器已十分完备成熟

我便要先前往月亮，再前往火星

还要把这本诗集作为礼物带到火星上

如果那里有热爱诗歌的火星人

我就把自己的诗翻译成火星语

他们一定会欣喜若狂

给予我一番盛大的款待

我只希望火星的酒比地球的酒更加美味

希望火星的女性也与地球的女性一样

都拥有那能够让男性愉快的美好事物

如果火星女孩也像京都女孩一样温柔可人

像东京女孩一样口齿伶俐

我大概会在火星结婚，并在那里长住下来

如果成为我恋人的女孩愿意随我去任何地方

我会带着她回到地球

模仿马可波罗

撰写一部宏大、怪奇、梦幻般的宇宙旅行记

可是

这幻想何时才能实现呢？

宇宙尺度的不远将来

与须臾人生相比也显得极其遥远

我只能用武藏野天文台的简陋望远镜

观测那宛如十钱硬币的火星
聊以自慰

——我想通过诗集中的这首诗
向未来世界各国那些喜爱冒险的青年和发明家
提出自己殷切的期望

在或远或近的将来
如果我的梦想真的实现
人类能够登上月球和火星
请将我的诗集带上宇宙飞船
让它代替我的肉身、告慰我的灵魂
作为来自地球的礼物
躺在日本琵琶湖畔
被花草遮蔽的坟茔之中的我
将会含笑九泉，对你们感激万分
这就是我的遗言——可别笑话我哦

贾雨桐　译